電視與新媒體新聞製作實務

許志明、沈建宏　著

五南圖書出版公司 印行

自序

　　2010 年至 2014 年，我曾在世新大學新聞系擔任 8 個學期的兼任講師，以及第 1 至第 10 屆世新卓越教學計畫──「記者龍」特訓班的實作業師。這段時間的教學經驗與資料蒐集，對於本書的完成，有極大的幫助！雖然我在電視新聞工作資歷已超過 25 年，但是過去從來沒有想過，把我個人在新聞採訪與擔任記者主管的多年經驗化為文字，一直到我成為大學兼任講師，才慢慢的把這些工作經驗寫成教材，並且經由學生的實作驗證之後，將教材內容調整到一個比較完整的地步。

　　2014 年 9 月後，個人開始了 3 年半的博士班學生生涯，也同時學習把工作和教學經驗導入傳播理論，並藉由理論來解決一些新聞實務上的問題。這一連串的訓練，讓我學會化解新聞工作上碰到的許多疑問，也順利度過了一些個人意志力上的瓶頸，在 2018 年，陸續完成博論專書、回憶錄和本書的寫作工作。

　　在當講師那一段教學期間，我最常思考的一個問題是：為什麼我上課講得這麼認真，學生當時也好像都聽懂了，但是他們所製作的期末作業影片，依然犯了很多我在上課時一再強調「不能犯的錯」？後來漸漸明瞭，新聞採訪與製作，它就是一種「默會知識」，一定得要透過「實作」過程，讓學生不斷的嘗試、不斷練習、不斷犯錯與不斷的修正，他們才能在實作中真正學會一些電視記者的本事！所以，在後面幾屆「記者龍」的課程中，我大多只是提供他們中央社「今日新聞採訪行程」，讓學生自己去

選擇即時新聞議題，並且在沒有任何奧援的情況下，讓他們帶著攝影機和麥克風，親自到新聞第一現場進行採訪。學生從採訪前的驚懼與擔心、採訪過程碰到許多意想不到的難題、採訪後的成敗檢討、新聞稿的寫作、新聞影片的剪輯，這樣的一系列實作課程訓練下來之後，他們也許才能稍微體會電視新聞記者到底一整天的工作內容是什麼？還有，自己到底適不適合成為一名電視記者？這樣的實作課程，如果光是讓學生在課堂中聽講，他們可能會對電視記者工作產生極端浪漫或極端厭惡的一些幻想，我想這些幻想對於大傳相關科系學生，都是沒有必要、也沒有幫助的。

為了讓讀者了解電視新聞的實際運作狀況，在本書的寫作過程中，我也盡可能把自己多年的電視新聞及新聞性節目採訪、製作經驗化為文字敘述，諸如在新聞採訪過程中，我曾經犯了哪些錯、學到什麼教訓、體會到什麼心得。所以本書中的「新聞實務篇」及「新聞實戰篇」，都提供了不少我個人的採訪經驗和心得，尤其「新聞實戰篇」，模擬 18 種電視新聞工作者在新聞場域中最常碰到的問題，並提供一些可行的參考原則與解決方案，希望能給大傳科系學生或者電視新聞初學者，有一些具體的方向與建議。同時，本書的第四篇提供了「電視新聞記者的故事」，藉由許多資深新聞工作者的親身經歷，讓讀者能進一步了解，資深電視記者在新聞職場曾經遭遇的重大事故和許多他們一生都難以忘懷的採訪經驗。

不過，我還要強調的是，本書雖然提供了一些新聞與專題在寫作時的「參考公式」，但新聞稿的寫法與電視影像的表現方法，絕對不像數學公式一樣，是一成不變的。我認為，我們應該把電視新聞當成是一種「藝術的呈現」！初學者可以模仿資深記者處理新聞的模式，但是一旦有了自己產製新聞的心得之後，就要比較大膽的去嘗試與創新！不過要記得，所謂「嘗試與創新」，並不是要記者在電視上要寶演出或出現驚世駭俗之作，而是在既有的新聞產製原則之下，去進行一些比較具有突破性的新聞和畫面呈現方式。例如：有記者利用空拍機做「stand」（記者拿麥克風講話），空拍機從近拍記者說話開場，然後緩緩升空飛過新聞現場，拉大了

觀眾看電視新聞時的視野與格局，這就是一種電視新聞呈現的創新作法！

　　本書的後半部，邀請東森數位媒體事業部總監沈建宏共同合作，為讀者介紹新媒體的發展趨勢，以及他們經營社群媒體 5 年來的寶貴實戰經驗。這些傳統電視經營者發展新媒體的實務操作經驗，是第一次完整且有系統的公開披露，也是本書的一大特色！

許志明

於 2018 年 10 月

自序

　　剛出社會，我便投入電視產業，充滿理想地投入新聞性節目製作。每一天的工作有如 24 小時的馬拉松賽跑，從凌晨報紙投入家中信箱、從配著報紙油墨味的早餐讀報鳴槍起跑，經過一整天會議、錄影、後製，直到當晚看完各臺節目播出後入睡補充能量，隔天起床衝向終點線接受收視率的洗禮或洗臉。每天有如腳底按摩一般的生活，有時獲得豁然開朗的成績；有時好似被痛打一頓；有時好似治療了這個社會的不公不義但卻又無法根治國家的問題。周而復始 Running Man 的生活，身後強大的推力是希望透過媒體讓這個世界更美好，經過十幾年的奔跑始終熱愛著這份使命。

　　在 2015 年，電視產業面對網路媒體極大的挑戰，在當時決心投入新媒體的大冒險，一位電視圈前輩曾形容，我有如北極探險隊的隊長一樣生死未卜，能否活著回到電視圈都不知道。當時決定勇往直前、找齊跟我一起冒險的夥伴，我們開始變與不變。不變的是對品質要求的熱忱；變的是選題的方向、鏡面的製作、對於科技與新事物的學習力。我們有如吞下了「惡魔果實」像魯夫一樣擁有橡皮人彈性，航向「偉大的航道」去尋找媒體的未來祕寶「ONE PIECE」。

　　經過四年，我們從孤獨出航的孤軍時代走入新媒體的「大航海時代」，我們看到了媒體的氣候變遷：如何將傳統媒體打造成融媒體，成為電視臺的顯學；走入影音時代，傳統紙媒轉型成網路媒體備受電視臺融媒

體挑戰；小而美的新媒體如雨後春筍般冒了出來。媒體遊戲規則、版圖、技術、產製流程都在重新洗牌，記者所製作的新聞開始走入社群平臺當中發光發熱，新聞節目開始透過網路讓全世界的觀眾都看見臺灣。很多我所認識的電視人都飛躍式學習，都變成比很多新媒體工作者還新的新媒體人；網路上的網紅或製作精良的網路節目不只在網路上有過人的「病毒」能力，還能走進電視成為收視明星。無論在網路或電視領域都競爭更加激烈，但也表示好的內容有了更高的價值，而且透過網路，我們有機會航向全世界，去說故事給全世界的觀眾聽，讓臺灣真正地走入內容的大航海時代。希望這本書有如「海賊王」哥爾多・D・羅傑所述：「想要寶藏嗎？去吧，我把一切都放在那裡——偉大航道。」所有新媒體的夢想與實現，始於這本書的心得分享，終於你偉大的冒險故事。

沈建宏

2018.10

目錄

1

開場白

舊媒體的「新」與新媒體的「舊」

　　有一天，電視媒體主管和新媒體主管（本書的二位作者）不期而遇，雙方進行短暫而有爆點的一段對談：

　　「電視」：很多人都說我是舊媒體，還預言我大概幾年內就要掛掉，好像大家都等著要替我送終，這讓我很沮喪！你覺得，我來日無多了嗎？

　　「新媒」：我並不覺得你是舊媒體耶，很多時候，我覺得我才是舊媒體！

　　「電視」：此話怎講？

　　「新媒」：我經常告誡我們同仁說：你愈來愈像舊媒體了！「新媒體」與「舊媒體」之分，並不在硬體與載具，而是在執行者的思維之上。

　　「電視」：所以我不是舊媒體？

　　「新媒」：我認為電視不能叫舊媒體，電視它依然很重要，不論在營收或是影響力上。關鍵在於我們執行者身上，如果我們有創新思維與觀念，有勇氣去進行任何嘗試，那電視它就是個新媒體。相反的，如果我們「新媒體」的人，滿足於現狀，不再做任何創新與突破，不再把每 10 分鐘當做是一個排程，那麼我們工作的媒體，即使有最新的科技設備與硬體，但它還是個舊媒體！

　　「電視」：你認為電視有一天會消失嗎？

　　「新媒」：我認為電視不會被淘汰，因為電視還是很重要，新媒體再強，也無法完全取代電視，接下來會進到電視與所謂「新媒」各有擁護者的時代！

　　「電視」：你的營收項目裡，最大的收入來源是哪一項？

「新媒」：根據過去的統計，臉書的文章分潤占最大宗，其次是youtube。

「電視」：不是說臉書現在都是 50 歲以上的老人在使用？

「新媒」：臉書的中年以上年齡使用者的黏著度很高，即使臉書曾因個資外洩出了大包，但目前還沒有一個社群媒體能夠完全取代它，因此臉書擁有的使用者仍然十分死忠，臉書的文章分潤依然占我們收入來源的最大宗。

「電視」：你認為世界各先進國家的新媒體發展，是否已經到了我們怎麼也追趕不上的地步了？

「新媒」：這幾年我經常出國去考察很多國家的新媒體發展，但我覺得，除了英、美和半島電視臺，其他國家的傳統電視臺經營新媒體成效，並不如我們想像的：「我們已經被遠遠的拋在後面，怎麼追也追不上了！」有很多國家的新媒體發展也還是很落後啊！

「電視」：如果我們不再有新、舊媒體之分，那我們最大的差別在哪裡？

「新媒」：電視的頻道大多是「有限」與「有線」的，而我們的頻道是「無限」與「無線」的。你們的收入來源很固定，但節目的變化也十分有限；我們的收入來源沒有像你們那麼固定，但我們可以去嘗試千百種無限的可能，嘗試就是一種創新！我們經常失敗，但我們也從中學到很多成功模式。如果我們都具有這種創新思維，那我們的差別就只有載具與內容形式的不同，其他並沒有什麼差異！

「電視」：與君一席話，勝讀三年書，謝謝！我要回去監看我的電視節目了！

「新媒」：不客氣！我也要回去看看我的網站流量了！

PART 1

電視新聞製作實務

➲ 許志明

第一篇

電視新聞基礎篇

第1章
電視新聞產業介紹

一 臺灣有線電視及衛星頻道發展史

　　臺灣到 1969 年才有所謂「第四臺」的出現，比美國晚了 27 年。1988 年解嚴之後，政府開放民眾可自行接收直播衛星訊號，但該政策只是特定點對點的傳送，如果使用直播衛星進行點對面的電視廣播傳送，就屬違法行為。1988 年，奧運在漢城舉行，共同天線及第四臺業者也加入「轉播」行列，由於沒有插播廣告干擾，大獲民眾好評，「第四臺」逐漸在臺灣推廣開來，全省收視戶暴增至 25 萬戶。而解嚴後所導出的「言論適度自由」，配合幾年來的經濟奇蹟，吸引政客和財團競相投入這個新興行業的經營（鄧榮坤、張令慧，1995；陳清河，1999）。

　　1988 年後，第四臺業者在臺灣如雨後春筍般暴增，為了滿足客戶需求，第四臺大量播出未經授權的錄影帶，臺灣戲院及錄影帶出租店業績大幅下滑，引起國內、外供應商關切。1988 年至 1992 年，臺灣政府也不斷打擊有線電視業者，包括剪線、抄臺等行動。例如：在 1992 年，政府對第四臺業者的剪線，就達 40 萬公斤，是新聞局過去 5 年來的剪線數量總和。此一時期業者無心朝制度化經營，不但系統工程簡陋，線纜隨意亂掛，同時也欠缺積極規劃與改善的誘因（陳克任，1998：17；鄧榮坤、張令慧，1995）。

　　1992 年，政府開放「大耳朵」，給了有線電視和共同天線業者再度壯大的機會。一般民眾因「大耳朵」價格未普及化，大多未在家庭中自行裝設，而有線電視和共同天線業者，基於市場競爭或服務客戶理由，於系統中附載播出香港衛視、日本 NHK 及 WOWOW 節目，受到民眾熱烈歡迎。1992 年 2 月，臺灣的衛視收視戶已有近 106 萬戶，占臺灣全部電視收視戶 23%；1992 年 12 月，成長到 198 萬戶，占比 38%。但臺灣第四臺隨意播出未經授權錄影帶的侵權行為，終於在 1992 年引發美國方面重視。當時錄影帶出租業者業績嚴重下滑，戲院門可羅雀，殃及美國電影的全球票房。美方認為臺灣政府縱容第四臺業者，才會出現這樣的侵權亂象，於是在 1992 年對臺灣開始施加壓力，並且以保護智慧財產權為由，對臺灣祭出「301 報復條款」，[1]引起臺灣社會的震撼。在美方不斷施壓之下，臺灣朝野對立法規範有線電視達成高度共識，1993 年 7 月 16 日，立法院倉促完成《有線電視法》立法，同年 8 月 11 日正式公布實施。當時全臺灣 51 區中，共有 204 家業者提出營運執照申請。《有線電視法》實施的意義，除了減緩美方「301」的報復行動之外，政府也希望以設立執照及種種經營規範，來改造有線電視業者，使其脫離早期因陋就簡的經營環境，並進入制度化公司經營（陳克任，1998：18；鄧榮坤、張令慧，1995）。

　　1995 年起，衛星節目改用衛星取代跑帶，造成國內有線電視頻道大量增加。此時的電子媒體市場看似一片活絡，但傳播學者陳清河認為，這只是一個假象，它其實遮掩住了惡性競爭的媒體環境。因為在衛星頻道與有線電視的激烈競爭之下，引發了斷訊、聯賣及統購的市場策略，而被犧

---

[1] 「301 條款」源自美國《1974 年貿易法》第 301 條款。該條款授權美國貿易代表可對他國的「不合理或不公正貿易做法」發起調查，並可在調查結束後建議美國總統實施單邊制裁，包括撤銷貿易優惠、徵收報復性關稅等。這一調查由美國自身發起、調查、裁決、執行，具有強烈的單邊主義色彩。資料來源：http://wiki.mbalib.com/zh-tw/301%E6%9D%A1%E6%AC%BE

性的，就是消費者權益（陳清河，1999：284-285）。在《有線電視法》通過之前，臺灣原有 501 家有線電視系統，1993 年《有線電視法》通過後，經整併驟降為 160 家，到 1996 年時，再整併成為 130 家。和信集團與東森集團，看好有線電視事業發展，各投資百億元以上到相關產業。有線電視的收視人口，也從 1993 年的 20% 占有率，快速到達 1996 年的 60% 占有率（陳炳宏，2001：108；劉幼琍，2005：5）。傳播學者彭芸、鍾起惠（1997：195）指出，1996 年，國內有線電視市場現象是：(1) 業者集團化愈見明顯；(2) 有線電視為求生存，遊走法律邊緣製播節目；(3) 有線電視分層收費制度未建立，業者隨時想要漲價，消費者權益受損，政府威信受到挑戰。

1994 年 1 月時，無線電視臺的平均收視率為 7.0%，剛合法未滿一年的有線電視只有 2.6%，到了 1998 年 1 月，有線電視的平均收視率已達 4.8%，首次超越了無線電視的 4.6%，此後無線電視的總收視率更是每下愈況（陳炳宏、鄭麗琪，2003：71）。1999 年 2 月 3 日，《衛星廣播電視法》在立法院三讀通過，首批提出衛星服務經營者與節目供應者的家數計有 118 家。同年，有線電視普及率突破八成（陳清河，1999：288）。

在電視臺賴以維生的廣告量方面，1996 年有線電視廣告量為 60.31 億元，占總廣告市場的 14.7%；2000 年有線電視廣告量已達 176.68 億元，占總廣告市場 30%，並首度超越無線電視臺的 130 億元（劉幼琍，2005：6）。此後，有線電視業績不斷成長茁壯，而無線電視則是面臨人才和廣告收入不斷流失的窘境。對比現今數位媒體崛起，有線電視和衛星電視業者，收視率和廣告收入則是不斷下滑，讓人有一種時代更迭、物換星移的感覺！媒體不斷在裂變，現今的「新媒體」可能幾年後就會變成「舊媒體」，唯有在內容和形式的表現上，不斷求新求變，並且符合閱聽眾在不同階段的不同需求，臺灣電子媒體才有可能不被時代巨輪淘汰！

二 有線電視業者與 MOD 的戰爭

　　根據 NCC（國家通訊傳播委員會）在 107 年統計，臺灣有線電視系統共有 65 家經營者，分屬凱擘、中嘉、台固、臺灣寬頻、臺灣數位光訊及獨立系統業者。衛星電視部分，則包含有 2 家直播衛星業者、92 家境內衛星節目供應業者（175 個頻道）、28 家境外節目供應業者（112 個頻道）。至於有線電視訂戶，在民國 101 年第一季有 4,989,155 戶，普及率 60.94%；到了 106 年第一季增加為 5,224,462 戶，普及率維持在 60.9%。從長期來看，有線電視在民國 101 年到民國 106 年的 5 年期間，呈現緩慢成長趨勢。但是 107 年第一季則出現了戲劇化的轉折，有線電視訂戶降為 5,194,779，普及率 59.95%，比 106 年時整整少了 29,683 戶，普及率也少了 1% 左右。107 年第二季再降為 5,156,824 戶，普及率 59.37%。[2]

　　而在中華電信 MOD（多媒體內容傳輸平臺服務）部分，NCC 統計，民國 101 年第一季中華電信 MOD 訂戶有 1,106,070 戶，到了 106 年第一季增加為 1,338,071 戶，107 年第一季已增加到 1,704509 戶；107 年第二季因為轉播世足賽，用戶一舉突破 180 萬戶。從 106 年到 107 年第二季，在這一年期間，中華電信 MOD 快速增加了 467,252 戶，呈現成長大爆發的趨勢。[3] 雖然中華電信 MOD 訂戶有 35% 是同時收看 MOD 和有線電視兩個平臺，但由於部分有線電視頻道，已陸續在 MOD 上架，因此有線電視訂戶的減少和中華電信 MOD 訂戶的增加，二者可能有其因果關係。

　　2017 年 11 月，中華電信公告「民視新聞臺」即將上架 MOD，這個舉動遭到頻道商集體反對，11 家頻道商聯名發函給中華電信，指上架應

---

[2] 資料來源：https://www.ncc.gov.tw/chinese/news_detail.aspx?site_content_sn=2989&cate=0&keyword=&is_history=0&pages=0&sn_f=40252

[3] 資料來源：https://www.ncc.gov.tw/chinese/news_detail.aspx?site_content_sn=1966&sn_f=39247

經過合法程序，頻道商會議實際上並未通過民視新聞臺加入 MOD。**4**「民視新聞臺」上架 MOD 的這條導火線，也正式引爆了民視與有線電視系統業者的一場戰火！2018 年 5 月 2 日，臺灣寬頻所屬系統共 5 家有線電視公司，因與民間全民電視公司（民視）就授權費問題未能達成協議，民視新聞臺即將於 2018 年 5 月 3 日斷訊，NCC 發出緊急決議，要求民視新聞臺與南桃園 5 家有線電視公司間之授權費用爭議，應於 5 月 15 日前協議提付仲裁，或採取其他可達成授權之方式；同時民視應於達成授權協議前持續提供臨時授權，不得有斷訊等損害視聽眾權益情事。但因雙方協商未果，南桃園等 5 家有線電視公司仍於 5 月 4 日將民視新聞臺斷訊。**5**

對於這樣的結果，NCC 震怒不已，並再度於 2018 年 5 月 9 日發布措詞強烈的新聞稿。NCC 表示，民視公司及南桃園等 5 家有線電視公司在授權協商過程，僅優先考量各自商業利益，卻嚴重罔顧消費者收視習慣及閱聽眾權益，造成南桃園等 5 家有線電視公司在 107 年 5 月 4 日將民視新聞臺斷訊，涉及違反《有線廣播電視法》第 53 條規定，損害訂戶權益。因此，NCC 依《有線廣播電視法》第 63 條規定，裁處南桃園等 5 家有線電視公司每家 66 萬元罰款；並要求在裁處書送達當日，南桃園等 5 家有線電視公司應與民視公司完成授權協商及恢復信號之播送。

同時，民視公司與南桃園等 5 家有線電視公司協商未果且未持續提供授權，NCC 也依《衛星廣播電視法》第 61 條規定，裁處民間全民電視公司 20 萬元，並要求民視公司應於裁處書送達當日，與南桃園等 5 家有線電視公司完成授權協商或持續提供臨時授權。**6** 雖然 NCC 以「各打五十大

---

4 資料來源：https://www.ncc.gov.tw/chinese/news_detail.aspx?site_content_sn=8&is_history=0&pages=1&sn_f=39121

5 資料來源：https://www.ncc.gov.tw/chinese/news_detail.aspx?site_content_sn=8&is_history=0&pages=1&sn_f=39135

6 資料來源：http://news.ltn.com.tw/news/life/breakingnews/2239527

板」方式處理民視和系統業者的上架糾紛，但是根本問題仍然沒有解決：衛星電視頻道在 MOD 上架，到底損及有線電視系統業者什麼樣的利益，或者違反了有線電視系統業者什麼樣的「潛規則」？恐怕有線電視系統業者、衛星頻道節目供應業者和 MOD 業者的三方大戰，才正要「超展開」！

三　衛星電視新聞頻道簡介

　　根據 NCC 的資料顯示，目前臺灣的無線電視臺有 5 家，分別是：台視、中視、華視、民視、公共電視。直播衛星電視業者也有 5 家，分別是：侑瑋、星際傳播、美商特納、美商彭博、新加坡商全球廣播商業新聞臺之臺灣分公司。而衛星頻道節目供應事業則有 174 家，頻道名稱列為「新聞臺」的有 10 家，如表 1-1-1。頻道名稱列為「財經臺」、「財經新聞臺」或「財經頻道」的有 7 家，如表 1-1-2。

表 1-1-1　衛星電視新聞頻道表列（境內）

編號	頻道名稱
01	三立新聞臺
02	中天新聞臺
03	民視新聞臺
04	ERA NEWS 年代新聞
05	寰宇新聞臺
06	寰宇新聞二臺
07	東森新聞臺
08	非凡新聞臺
09	壹電視新聞臺
10	TVBS 新聞臺

資料來源：NCC 網站

表 1-1-2　衛星電視財經（新聞）頻道表列（境內）

編號	頻道名稱
01	三立財經新聞臺
02	中華財經臺
03	東森財經新聞臺
04	非凡商業臺
05	臺股資訊頻道
06	全球財經網頻道
07	ETtoday 財經臺

資料來源：NCC 網站

　　而依據臺灣大多數有線電視在「新聞區塊」的新聞頻道排列順序，如表 1-1-3。值得一提的是，TVBS 雖然位在有線電視頻道的「新聞區塊」內，但近年來內容走向較偏向「綜合頻道」，和一般新聞臺或財經臺內容有所區隔。

表 1-1-3　有線電視系統之「新聞區塊」頻道表列（境內）

頻道	頻道名稱
49	壹電視新聞臺
50	ERA NEWS 年代新聞
51	東森新聞臺
52	中天新聞臺
53	民視新聞臺
54	三立新聞臺
55	TVBS 新聞臺
56	TVBS
57	東森財經新聞臺
58	非凡新聞臺

四　衛星電視新聞鏡面簡介

　　臺灣衛星電視新聞頻道鏡面，多數的設計大同小異，而觀眾也大多已經習慣這樣的排列方式。在新聞的主鏡面裡，由上而下有「電視臺LOGO」、「天空標」、「直跑馬」、「訊息輪動直標」、「訊息輪動橫標」、「橫標題」、「下跑馬」和「時間顯示」等（如圖 1-1-1 與圖 1-1-2），茲說明如下：

　　1. **電視臺 LOGO**：電視臺名稱，有高清畫質的新聞臺大多會在電視臺名稱旁加上「HD」字樣。

　　2. **天空標**：用以顯示該則新聞內容提示的短標題或編輯個人觀感。

　　3. **直跑馬及下跑馬**：電視新聞頻道的「跑馬」，正式名稱為「插播式字幕」，有鑑於過去電視新聞頻道的跑馬內容和資訊較為雜亂，因此NCC 於 102 年 4 月 24 日公告「插播式字幕」的使用限制為：「《衛星廣播電視法》第 21 條規定，衛星廣播電視事業非有下列情形之一者，不得使用插播式字幕：(1) 天然災害、緊急事故訊息之播送；(2) 公共服務資訊之播送；(3) 頻道或節目異動之通知；(4) 與該播送節目相關，且非屬廣告性質之內容；(5) 依其他法令之規定。」不過，針對「公共服務資訊之播送」卻有所謂「灰色地帶」，因此 NCC 進一步明確解釋「公共服務資訊」定義：公共資訊應以「不獲取利潤」為前提，其內容應涉及公共事務、社會公益或及增進生活便利性（如：天文、氣象報告、時刻報告、停水、停電、演習等相關資訊），不得以公共服務之名、行商業宣傳之實；而針對業者利用插播式字幕播送「頻道或節目異動」訊息，則僅限於播送同頻道節目時間或內容之異動資訊，其文字說明應力求精簡，不能以節目預告或內容簡介之形式來播送。[7]目前各新聞頻道的約定俗成是：新聞訊息的推播

---

[7]　資料來源：https://www.ncc.gov.tw/Chinese/print.aspx?table_name=news&site_content_sn=8&sn_f=28590

放在「下跑馬」，而有關天氣、天災、交通狀況及節目異動，放在左側之「直跑馬」。

4.**「訊息輪動直標」及「訊息輪動橫標」**：「訊息輪動直標」多用以顯示最新聞訊息。而「訊息輪動橫標及 bar 頭」則用以顯示各地天氣和氣溫、國道車速、國內外股市等訊息。

5.**橫標題**：用以顯示該則新聞內容的重點題示。

6.**時間顯示**：用以顯示該則新聞播出時的即時時間。

圖 1-1-1　臺灣衛星電視新聞頻道鏡面（以東森新聞為例）

圖 1-1-2　臺灣衛星電視新聞頻道鏡面（以東森新聞為例）

第2章
電視新聞部門組織介紹

一 電視新聞頻道組織與編制

　　一個具有規模的衛星電視新聞頻道員工大約有400至500人左右，主要由「新聞部」及「製播部」二大單位統籌管理及執行運作；其他協同部門還包括業務部、工程部等部門，但這些單位通常是跨臺或跨部門協同支援，並不直接隸於新聞部。新聞部負責產製新聞；製播部負責新聞直播作業、新聞和節目後製、副控室操作及攝影棚設定；業務部負責電視頻道廣告招募及託播業務；工程部負責提供製播新聞及節目製播所需的器材、設備維護及訊號傳送。新聞部的主要核心為「採訪中心」，在「採訪中心」之下，尚有以下分組：包括「國際組」、「社會組」、「大陸組」、「政治組」、「生活組」、「財經組」、「專題組」、「地方組」（負責新竹以北範圍的新聞採訪）、「中部中心」、「南部中心」、「攝影組」、「SNG小組」、「空拍機小組」、「編輯組」、「主播組」、「新聞節目組」等。

　　有些新聞頻道的新聞部，則是把「採訪中心」、「攝影中心」、「SNG調度中心」（含空拍機小組）、「編輯中心」、「新聞節目中心」，並列為五個同等位階的編制單位。不過各個新聞頻道在組織編制上大多略有差異，本書所舉之例為一般新聞頻道所採用之編制圖，如圖1-2-1。

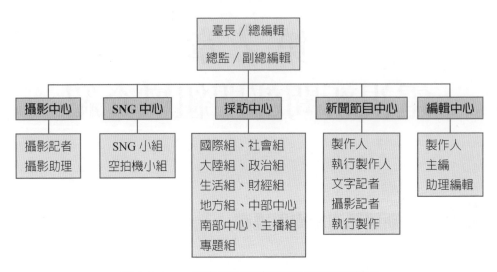

圖 1-2-1　一般新聞頻道新聞部之組織編制圖

　　「SNG 調度中心」負責 SNG 車維護及即時新聞連線，每一臺 SNG
車，配備有導播、攝影記者、工程人員及駕駛。其中，攝影記者、駕駛歸
屬新聞部管轄；SNG 導播歸屬製播部管轄；而 SNG 隨行的工程人員則歸
屬工程部管轄。因此 SNG 小組其實是跨部門的任務編制組合。另外，新
聞頻道的「新聞節目中心」，通常是負責帶狀談話性節目及假日塊狀新聞
節目的產製。而新聞頻道的製播部門，則負責整點新聞 LIVE 作業、電視
新聞及節目鏡面設計、攝影棚及副控室之影音設備操作、技術提供、器材
維護及後製、動畫之製作等，如圖 1-2-2。

　　一個具有規模的電視新聞頻道，通常會編制有 100 組以上的記者，也
就是 200 個以上的文字及攝影記者，負責即時新聞、新聞專題、新聞性節
目的產製。以東森新聞臺為例，總員工人數約 320 人（不含製播部、業務
部、工程部員工），其中記者（含文字記者、攝影記者）有 218 人，約占
總員工比例 66%；SNG 人員（含空拍機小組）有 56 人，約占總員工比例
17%；編輯有 33 人，約占總員工比例 10%；編譯 20 人，約占總員工比
例 6%；編審 5 人，約占總員工比例 1%。而東森電視的製播部門約有 150
人，主要負責旗下新聞頻道的即時新聞及訪談性節目製作播出。

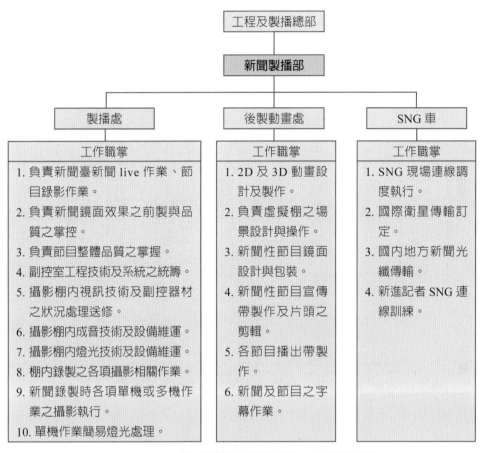

圖 1-2-2　一般新聞頻道製播部門之組織編制圖

　　有些衛星電視業者向 NCC 申請了新聞頻道之外，又另外申請了財經新聞頻道。例如「東森新聞臺」與「東森財經新聞臺」同屬東森電視公司；而「三立新聞臺」及「三立財經新聞臺」，同屬三立電視公司。原屬於新聞臺的「財經組」採訪記者，此時就會被編制到財經新聞頻道。但同一個公司旗下的「新聞臺」及「財經臺」，雙方所產製的新聞，彼此是可以交換使用的，這就是商業媒體集團的「大編輯臺」政策。各個「財經新聞臺」的組織編制略有不同，大致如圖 1-2-3。

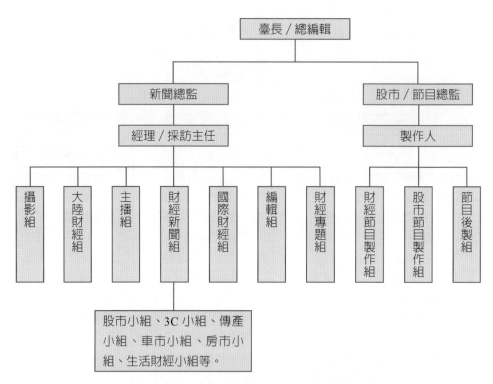

圖 1-2-3　一般財經新聞頻道之組織編制圖

二　新聞頻道每日新聞運作邏輯

　　臺灣電視新聞頻道每日新聞有一定的運作規則與邏輯，茲分為「新聞頻道節目表」及「每日新聞運作邏輯」二大項詳述。

新聞頻道節目表

　　電視新聞頻道的節目表，如同學校的課表，是電視新聞頻道製播新聞或節目的重要依據（如圖 1-2-4）。通常電視新聞頻道當週的節目表會在前一週公布，除了以內部信件通知電視臺各相關單位之外，也必須在電視臺網站上公告，以便讓觀眾能隨時查閱。因應重大新聞發生，若臨時有新

圖 1-2-4　各新聞頻道之節目表

聞時段或節目異動，則依 NCC 規定，必須在當天異動時段前一個小時，在新聞頻道上以直跑馬向觀眾告知。若新聞頻道擅自異動新聞時段或節目而未事先向觀眾告知，有可能會被 NCC 裁罰。

▌每日新聞產製流程與審查

傳統新聞守門人理論中，如果我們把訊息送到傳播組織的過程，看作是一條條的通道，那麼「閥」（gate）則是訊息進（in）、出（out）的關鍵點，每一個「閥」都有守門人（gatekeepers）看守。在電視新聞組織中，記者、編輯、採訪中心主管等，都是新聞守門人。新聞在經過層層守門人篩選後，最後會運送到「終極守門人」所看守的「閥」內，由他裁決哪一些新聞可以播出，哪一些必須捨棄，而這個「終極守門人」，就是總編輯和電視新聞製作人。美國有線電視新聞多採製作人制，臺灣的衛星電視新聞頻道，則採「總編輯制」或「製作人制」。有部分新聞臺總編輯或副總編輯，兼任晚間新聞（18:00-20:00）製作人，有些甚至還兼任晚間新聞主播，對於新聞採訪選擇、議題設定和新聞播出都具有決定權，可謂集大權於一身；但有些晚間新聞製作人未兼任行政職，僅有晚間新聞 rundown 的排播權及對於新聞產製的建議權。

電視新聞頻道的「採訪中心」，負責提供當日國內外大事及專題規劃之「新聞菜單」，而「編輯中心」的整點新聞製作人和編輯們，則負責將這些料理好的一道道菜餚，予以重新排列組合，以提供給每一個整點收看該頻道新聞的閱聽眾，有不一樣的感受。「採訪中心」主要職掌：「每日國內外要聞、新聞專題及系列報導之採訪規劃和執行」及「地方中心、駐地記者新聞採訪之指派、督導及新聞品質之管控」。同時，採訪中心主管也負責記者之出勤與休假管理、考核、獎懲、升遷等行政工作。

通常新聞部採訪中心有關於新聞規劃的發動，是起始於前一晚的採訪會議，採訪中心每晚 7 點集會，由各中心主管提報次日新聞規劃及重大新聞提醒。每天上午，採訪記者大多 8 點到班，把今日打算採訪的線上新聞及大致新聞內容，打在電腦編採系統的「今日預定稿區」。**8 點 30 分**，採訪中心各組組長參加第一次「會稿會議」，由總編輯或副總編輯主持，初步決定今日新聞「議題設定」（Agenda Setting）重點，並動用較多採

圖 1-2-5　上午 08:30 總編輯主持晨會　　圖 1-2-6　檢討前一日收視率表現

訪人力執行議題設定題目；同時，該次會議也會進行檢討前一日各節新聞之收視率表現（如圖 1-2-5 及圖 1-2-6）。**下午 1 點鐘**，採訪中心進行第二次「會稿會議」，同樣由總編輯主持，各組組長依次報告，上午的報稿內容是否有所變動，或者新增哪些新聞內容？此時晚間新聞（指 18:00-20:00 時段）主編，開始依照各組組長的報稿內容，在電腦編採系統進行初步晚間新聞排序編輯。**下午 3 點鐘**，進行晚間新聞「定稿會議」，這次會議只須當節新聞的編輯、製作人、主播、導播參加，由製作人決定新聞表定排序（rundown），定稿之後，在下午 3 點半進行內部公告。攝影組組長依照新聞 rundown 先後排序，決定哪些新聞先進剪輯室進行新聞帶過音和剪輯，哪些可以再等等。如果錯過新聞播出排定時間，帶子還沒做好，記者可能被懲處。到了**晚上 8 點**，晚間新聞播完，須由晚間新聞相關人員再開一次檢討會議，並由主編填寫新聞 on air 日誌。

　　晚間新聞是電視新聞頻道的主要時段（prime time），是一整天廣告、閱聽眾和收視率的最大流量之所在，也是競爭頻道兵家必爭之地。衡量一個新聞臺的戰力和影響力，除了一整天的收視總和之外，晚間新聞更是具有指標性意義。因此，晚間新聞的新聞播出帶製作最高指導原則是：**寧可剪輯粗糙，但有趕上預定播出時間；決不剪輯細緻，卻沒趕上排播時間**。因爲沒趕上預定的排播時間，除非是很重大的新聞，還有緊急插播的

機會，否則一般新聞就有可能會被捨棄，無法在晚間新聞播出，即使記者最後剪輯出了優秀的作品，也等於是一整天白費力氣！

　　電視新聞的品質控管和內容審查流程上，分為「文稿審查」和「畫面審查」二個項目。**「文稿審查」**流程是由文字記者寫完稿後，通知其所屬單位組長進行審查，組長審查後，若仍有疑慮，則由組長通知副總編輯或總編輯再次審查；若組長審查後無疑慮，則將文稿丟至電腦編採系統的「文稿已審區」。各節新聞主編（編輯）則從「文稿已審區」挑出自己想要播出的各則新聞，再次進行文稿審查，而當節新聞製作人也有權進行該節新聞的文稿審查，若覺得有所不妥，則由主編或製作人將文稿退回採訪中心重修。**「畫面審查」**是由攝影記者在新聞畫面剪輯結束後，通知攝影組（中心）主管進行畫面審查。如果攝影主管審查後，若仍有疑慮，則由其通知副總編輯或總編輯再次審查；若攝影主管審查後無疑慮，則將剪輯好的 VCR 丟（dup）至新聞帶線上播出系統的「已審待播區」。在正式播出之前，副控室的助理導播（assistant director 或簡稱 AD）必須針對每一則新聞再度快速檢查一次，以防止播錯新聞內容或瑕疵影帶。最後，新聞部內設置的「編審」人員，也是新聞文稿和影帶的重要把關機制。如果編審認為文稿或新聞影帶有觸法疑慮，他有權可以在新聞播出前，要求新聞影帶暫緩播出，並將文稿及影帶退回採訪中心重修（如圖 1-2-7）。對於新聞文稿及畫面的尺度，若編審與新聞部主管或時段製作人見解產生重大爭議時，則由總編輯或副總編輯進行裁決。新聞頻道的新聞製播審查流程，詳如圖 1-2-8。

　　由於「新聞編審」是重要的新聞守門人，通常和整點新聞製作人共同負責最後一道的新聞把關工作，因此各新聞頻道大多選用資深新聞主管或法務人員擔任。在分工上，新聞製作人主要負責 rundown 順序的調整及稿、帶在播出前的最後審查，而新聞編審則主要負責播出前的新聞文稿、畫面、歌曲、照片使用等是否有違法疑慮的審查。

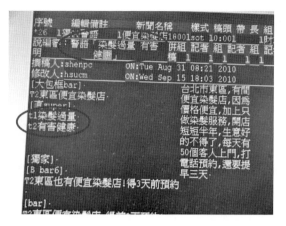

圖 1-2-7　新聞編審於文稿上要求新聞畫面打上警語

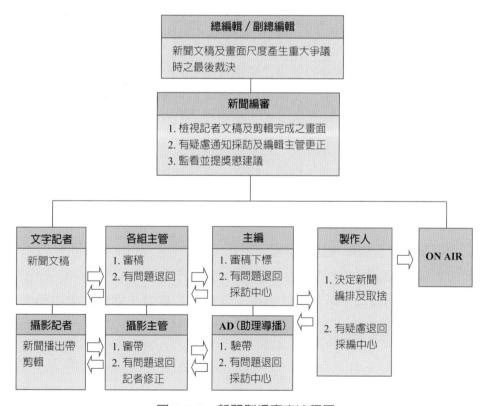

圖 1-2-8　新聞製播審查流程圖

新聞編審審查之內容，概分爲新聞內容、新聞剪輯與後製、新聞製播等三大項，分述如下：

1. **新聞內容**：審查新聞文稿及畫面，是否有違法之虞或不妥之處。

2. **新聞剪輯與後製**：審查新聞影像及聲音表現，是否有所瑕疵；若須上馬賽克保護當事人，是否已確實打上；新聞所需之剪輯效果、字卡，是否已按定位製作完畢，並放置於新聞所需之正確位置。

3. **新聞製播**：審查新聞所需之動畫、副控室人員是否到位、播報新聞所需之字幕機、效果機及混音機等是否正常；攝影棚之燈光及攝影機是否就定位。

新聞編審對於新聞文稿及新聞畫面的檢視重點主要如下：

1. 不得有損害國家利益或民族尊嚴之言論。

2. 不得具有違反公共秩序或善良風俗之對白。

3. 不得有影響兒童身心健康之不雅言詞。

4. 避免傳布異端邪說或其他足以影響人心道德之言論。

5. 避免錯字、別字或用辭不當之情事。

6. 不得過分描繪犯罪行爲，足以對社會產生暗示作用。

7. 不宜詳加描述賭博、狎妓、吸毒、自殺等過程，以免引人仿效。

8. 避免過分恐怖及迷信。

9. 避免色情與暴力。

10. 避免奇裝異服或過分暴露。

11. 避免新聞廣告化或廣告新聞化。

12. 新聞和節目中所使用之畫面、片頭、片尾曲、襯底音樂或 MTV 等是否取得合法授權。

三 攝影棚及副控室之運作

　　新聞頻道每日整點新聞的 on air 播出，除了攝影棚內的主播和攝影師之外，主要操控新聞播出順序和技術的地方是在副控室（sub-control room）。一節整點新聞的播出，主要由二個部門的人力進行通力合作：一是製播部，包括有：副控室導播、助理導播、技術指導／視訊、成音師、攝影師等人力；二是新聞部，包括主播、製作人、主編、助理編輯等人，二個部門人力在副控室各司其職，才能維持整點新聞的正常播出（如圖 1-2-9 至圖 1-2-11）。

圖 1-2-9　副控室工作中之助理編輯、主編、導播、視訊、助理導播（左起）

圖 1-2-10　新聞製作人（站立者）　　　圖 1-2-11　開播前主播於攝影棚內對鏡位

新聞播出時之製播部人力

⊃導播（PD, Program Director）

　　如前述，一個電視新聞頻道以 18：00 至 20：00 的晚間新聞最為重要，因此新聞導播必須於每日下午 3 點鐘，參與晚間新聞「定稿會議」。導播參與這個會議的重點，在於了解當節新聞製作人和主編如何設計每一則新聞呈現的鏡面、圖卡和新聞畫面呈現。製作人和主編的設計，只是在於紙上作業階段，而晚間新聞導播，必須將每一則新聞的呈現設計圖在腦海中先轉化為影像，並做好初步的分鏡、轉場和攝影機鏡位切換準備，如此在實際播出新聞時，導播才能從容不迫的落實每一則新聞的主播走位和畫面呈現。

　　每一節電視新聞的 on air 播出作業中，導播無疑是靈魂人物和幕後的最大功臣。在攝影棚內，主播負責唸每一則新聞的稿頭；在副控室內，製作人和主編負責新聞播出排序，而導播則是負責將新聞播出流程以視覺化呈現。雖然大家各司其職，但導播無疑是整個新聞播出作業流程中，責任最大、壓力也最大的一個人。導播除了在新聞播出現場要指揮很多工作人

員之外，還要操作面前密密麻麻的各式專業鍵盤、按鈕切換作業，稍一不慎，新聞播出中如果切換到錯誤的圖卡、新聞畫面、黑畫面或主播不雅動作，疏失大多是導播要負責。因此在新聞播出時，導播的壓力是非常大的，尤其是有多個即時新聞現場連線時，畫面的切換最容易出錯。在這樣的壓力和氣氛之下，有部分導播在新聞播出之中，情緒容易失控，使得副控室沉浸在一片低氣壓中。但也有很多具有經驗的新聞導播，不論現場發生什麼緊急狀況，他／她都能夠處之泰然，並且鎮定的指揮現場工作人員處理好突發狀況，這樣具有修養又臨危不亂的導播，通常能夠贏得工作夥伴的敬重，並且也能減輕工作同仁在新聞播出作業時的心理壓力。

➲ 助理導播（**AD, Assistant Director**）

在新聞播出的副控室中，通常需要二位助理導播，一位負責無帶化的播出系統，另一位負責字幕的叫出。負責無帶化的播出系統的助理導播，必須緊盯著電腦螢幕，除了告知製作人、主編和導播，每一則新聞的到帶狀況之外，他／她還必須聽從導播的指令，點選新聞鏡面所需之 source 帶及新聞播出帶；同時，助理導播還得趁新聞播出空檔，快速的檢查下一則即將播出的新聞帶內容是否正確，或者新聞帶是否為未剪輯完成、誤丟出來的「半成品」及出現黑畫面等狀況。若即將播出的新聞帶出現問題，助理導播必須告知製作人、主編和導播，下一則新聞畫面有問題，請製作人或主編更換另一則新聞播出。雖然在整點新聞播出的幕後工作人員之中，助理導播的壓力不若導播的大，但如果助理導播不熟悉無帶化播出系統，就會導致新聞畫面的切換錯誤連連，有些耐不住性子的導播，就會大聲痛罵助理導播，因此，助理導播這個工作也得要有高度抗壓性才行！

➲ 成音師（**Audio**）

在副控室作業之中，成音師負責主播聲音、新聞帶現場音和記者過音的切換作業。在主播唸完稿頭後，成音師會把主播聲音關掉，只保留新聞帶的播出聲音，但有時成音師會忘記關掉主播麥克風聲音，導致主播講話聲音在新聞影帶播出時竄出。過去某個新聞臺，曾經發生成音師在新聞影

帶播出時忘記關掉主播麥克風聲音，剛好主播在跟工作人員聊天，以不雅字眼批評了新聞主角，這一段過程被網友側錄，在網路中不斷被轉傳，平面媒體也報導了這樣的糗事，導致該名主播遭到電視臺的懲處。而在攝影棚新聞訪談來賓或談話性節目的錄影過程中，成音師則須負責調校每個來賓麥克風的聲音，不至於每個人聲音忽大忽小。

➲「視訊」（VE, Video Engineer）

在新聞播出過程中，由「視訊」負責監看和調校儀器訊號、視波器和攝影機的色相是否正常。

➲ 技術指導（TD, Technical Director）

在新聞播出之前，技術指導會先進到副控室檢查器材運作狀況是否正常，若遇有問題，技術指導會與相關人員或維修人員進行討論，以緊急排除器材狀況。以職級來說，技術指導會比視訊高了一階，但大部分新聞臺，技術指導都兼任視訊的工作，或視訊兼任技術指導工作。

➲ 攝影師（Cameraman）

在攝影棚中，攝影師負責執行導播需要的畫面拍攝。一般電視新聞播報，通常是雙機作業，也就是有二位攝影師掌控二臺攝影機；而談話性節目則是三機或四機的多機作業。攝影師大多是聽從導播指令，提供導播所需的畫面，但有些和導播合作已久的資深攝影師會臨機應變，在導播還沒下命令之前，攝影師會立刻用鏡頭抓住現場來賓的激烈或有趣的反應表情，有時也能抓住錄影現場的突發狀況畫面，並通知導播立刻切換到他正在拍的畫面。

➲ 燈光師（Lighting）

燈光師負責在新聞播出前，調校攝影棚及照射主播的燈光明暗，對於畫面美感的呈現有非常大的影響。有些新聞主播會要求在主播臺加裝幾盞「蘋果光」，以襯托出主播的氣色及臉部美感，因此燈光師也負責主播臉上「蘋果光」的調校。

新聞播出時之新聞部人力

⤷ 主播（Anchor）

整點新聞主播須於新聞 on air 前 2 小時到班，並且於新聞播出前一小時梳化、換裝完畢，然後回到自己座位，打開播報該節之新聞 rundown 區，開始順記者寫好的稿頭或進行稿頭內容修改。主播通常會在 on air 前 10 至 15 分鐘被通知進到攝影棚，別上麥克風、試踩（用）讀稿機（prompter）運作是否正常，並配合副控室內的導播進行播出前的燈光、音訊和畫面的調校。

⤷ 製作人（Producer）

製作人擁有該節新聞的播報先後排序，以及在 on air 過程中，每一則新聞是否播出、插播或抽掉的最終決定權。同時，整點新聞製作人也須為該節新聞的收視率表現負起最多的責任。由於電視新聞製作人是新聞播出作業中的實際領導人，牽涉的層面較廣，因此本書將於下一章進行深入探討。

⤷ 主編（News Editor）

每一節整點新聞的主編，在採訪中心的所有供稿中，挑選出適合自己負責時段的新聞，並依照新聞製作人的意願，進行排序的調整。主編也負責每一則新聞的鏡面呈現的初步設計，並在編輯會議中，與製作人和導播進行商討，新聞鏡面創意和想法如何落實。同時，主編也必須在新聞播出前，審查文字記者的文稿，若發現有問題，則通知採訪中心主管立刻進行修改，因此主編也是重要的新聞守門人之一。

⤷ 助理編輯（Assistant Editor）

助理編輯主要工作是協助主編。在新聞播出前，助理編輯負責將稿頭印出來給主播。在新聞播出時，助編有時也負責標題叫出及口白校閱。主播若要在新聞中 call out 連線，助編負責打電話給連線者，並 hold 住對方電話等待連線。

四 電視新聞產製流程

文字記者

　　一則電視新聞或專題該如何呈現，首先取決於文字記者如何寫稿，而攝影記者則是根據文字記者所寫的稿件內容，進行畫面的鋪排與填充。文字記者在獲得一則新聞的訊息後，他必須要先掌握這則新聞的重點，並在腦海中對這則新聞的架構設計，有一個初步的想像，然後根據這個想像，向他的新聞主管報稿，並請示是否前往採訪。如果新聞主管同意記者的報稿，文字記者會先列出新聞基本資料及簡單的採訪設計，交給攝影記者閱讀，並且在出發採訪前，與攝影記者針對這則新聞該如何鋪陳進行意見交換。

　　在新聞採訪過程中，文字記者必須以電話或簡訊，向其所屬主管說明採訪到的新聞內容與先前報稿時，是否有較大的落差。如果採訪到的新聞及畫面優於記者報稿時的想像，那麼新聞主管會通知編輯主管及新聞製作人，將該則新聞放到頭條或比較重要位置。如果記者到了採訪現場，才發現是一場騙局或畫面乏善可陳，可能不值得報導，也可以藉由電話或 LINE 回報，將這則新聞從預排的新聞 rundown 中抽掉或降低它的重要性。一般來說，文字記者會在回到電視公司時，才開始在發稿系統撰寫新聞稿頭及內容，但如果距離新聞播出時間已相當接近，文字記者也可以在採訪現場，以手機、平板電腦或紙筆先將初稿寫好，等一回到電視公司，立刻進到剪輯室進行新聞內文的過音，然後再把文稿貼（打）到發稿系統，以趕上新聞排播時效。

攝影記者

　　電視新聞是否能吸引閱聽眾，關鍵在於它的影像如何呈現！文字記者完成的新聞文稿，只是為這則新聞畫出骨架，而接下來，攝影記者得為這

則新聞添上血肉，也就是新聞畫面的剪輯，最後結合了標題、口白、現場音和鏡面，電視新聞才算具有完整的軀體和靈魂。每日即時新聞的拍攝和剪輯，大多由攝影記者一人獨自完成，有些深度新聞專題和新聞節目，會交給專業的剪輯師進行剪接及後製包裝。攝影記者在拍攝新聞時，對於新聞畫面該如何呈現，大多在心中已有一定的想法，有些資深攝影記者甚至會在腦海中先畫出「分鏡圖」，然後照著這張想像的分鏡圖進行拍攝和剪輯。從電視新聞當中「鏡頭語言」如何呈現，我們也可以看出攝影記者的個人專業能力強與弱。而電視新聞所需的口白字幕，如果該則新聞是「全程上字」，則由文字記者先打好口白後，交給攝影記者在剪輯系統上貼好字幕，然後再傳送到副控室無帶化系統待播。

有些新聞或專題在完成採訪、文稿撰寫和初步的剪輯之後，還需要後製的特別包裝，這部分包括襯樂、快剪、[1]慢動作、開雙框（或多框）、轉場、小片頭及特殊字幕等的效果運用。尤其是在新聞專題的部分。比較資深的文字記者，通常會先把這些想要使用的效果註記在文字稿當中，而負責剪輯的攝影記者或剪接師，就照著文字稿的註記進行新聞影片的剪輯、後製與包裝。有時較為資深的攝影記者，也會依自己的想法，在剪輯上加入一些後製效果上的設計。有關於電視新聞的後製及包裝，本書後續章節還會有深入介紹。

▊ 新聞主管

電視新聞經由攝影記者剪輯及後製完成後，會先由攝影主管進行審查，若沒有太大的問題，即會上架新聞 on air 系統待播。若是新聞主管對於新聞剪輯及後製處理不滿意，但已接近新聞播出時間且未違反相關法規，攝影主管會先徵得編審同意後，先將第一版新聞放行播出，等這則新

---

1 「快剪」，是電視新聞有關剪輯的一種專業術語，指的是將影片快動作剪輯並且搭配音效呈現，通常作為開場或轉場之用。

聞播完後再進行第二次修改。而文字記者的文稿部分，則由新聞主管、編輯、製作人、編審等新聞守門人依序審查及修改。在電腦文稿系統上，有權限修改文稿的人，都必須在自己修改的每一則新聞註記欄中簽上名字或代號，以示負責。

　　在新聞播出之前，當節新聞主播也有權對於每一則新聞稿頭進行增刪。部分資深主播，為了突顯自己的新聞權威感或想要陳述個人的獨特觀點，會把稿頭不斷的拉長及「加料」，最後主播唸稿頭的時間，竟然比該則新聞實際的 VCR 還要長，這也是臺灣部分電視頻道晚間新聞主播的一大個人特色！

第 **3** 章
電視新聞製作人

一 電視新聞製作人專業條件

　　如前所述，電視新聞製作人是電視新聞的「終極守門人」之一。在電視新聞頻道的組織架構中，「新聞製作人」具有多種功能，他既是新聞「構思者」、「決策者」，也是新聞「品管員」。美國馬里蘭大學新聞系教授史岱普（Carl Session Stepp）認為，一位優秀的記者或傑出的編輯，並不一定就是未來總編輯的最佳人選。隨手從編輯部門裡優秀記者或傑出編輯中，挑選一人，拔擢為總編輯，完全沒有經過一個有效的訓練制度，其結果就會像《紐約時報》發行人沙茲柏格（Arthur Sulzberger），在 2014 年撤換才上任 2 年的總編輯一樣。史岱普並且表示，新聞界只知道招募、訓練、培養一個好記者與好編輯，卻沒有及早培養一個「編輯部門」的領導人；同時，擢升一位總編輯時，著重的是他們處理新聞技巧和概念，而非他們與人相處的經驗與管理一個單位的能力（轉引自胡宗駒，2014）。也就是說，一個好的記者或編輯，他的「單兵作戰」能力很強，可能個別表現也極為突出，但是電視新聞強調的是「團體作戰」，而新聞製作人就是這個小組織的領導人，他被列入適任考評的項目，可能是這個領導人指揮、調度、應變能力和時段收視率，而不再是他個別的新聞表現。因此一個好的記者或編輯，是否能成為一個優秀的電視新聞製作人？可能並不能直接劃上等號。

上述美國的「編輯部門」，在臺灣其實包含了「編輯部」與「採訪部」。臺灣電視臺習慣將二個部門分別獨立，有些總編輯權責範圍較小，只能管轄「編輯部」，而「採訪部」另由採訪主任負責。部分電視臺的總編輯權責範圍較大，可以同時管轄「編輯部」與「採訪部」；而這個總編輯如果又兼晚間新聞製作人，那麼他的職權範圍就更加的擴大。只是，總編輯權責包山包海，對電視臺新聞製播和競爭力，是好處較多或是壞處較多？那又是另一層次問題，本書暫不探討。

晚間新聞，通常是電視臺一整天最重要的新聞時段，它的收視表現，也是電視臺廣告命脈所繫。晚間新聞製作人，由於具有新聞播出與否的「最後選擇權」，也因此他必須全權為晚間新聞收視率表現負責。而電視新聞製作人，他是依據何種價值判斷對新聞作出「最後選擇」？恐怕我們還得從這個「選擇」的背後，守門人如何與社會「互動」來進行深入了解。在臺灣現有電視媒體大環境之下，電視新聞製作人所需的基本專業條件如下。

▌社會觀察能力

電視新聞製作人必須是一個良好的社會觀察者，這是基本條件，也是專業要求。媒體常批判政府單位是「無感施政」，也就是執政者不知民間疾苦，許多政策無法引發民眾認同或共鳴，甚至對百姓造成生活壓力，而政府仍強力推行具有高度爭議政策，並自以為是政績而沾沾自喜，許多民怨因此而生。同理可證，媒體產製新聞的出發點，必須站在民眾角度，為一般民眾著想，也就是電視新聞須有「廣大市民代言人」功能，讓政府能夠同時聽見意見領袖和基層民眾聲音。

電視新聞製作人如何培養這種「社會觀察力」？除了閱讀報紙、雜誌及相關網站蒐集輿情之外，他必須實際走入新聞發生場域觀察真實狀況，並體會新聞場域的情境和氛圍。也許突發性重大新聞，電視新聞製作人無法到達現場，但對於「連續發生中的新聞」，他必須利用時間，親自到新

聞現場進行觀察和記錄。這種現場觀察，有助於釐清新聞室內對新聞發生和過程想像失真之處，並有助於進行後續新聞角度修正。

例如：2014 年 3 月，太陽花學運持續占領立法院 24 天，電視新聞製作人如果親自到現場，以一個第三者的角度，可以感受到有別於透過新聞室觀察的學運氛圍，並看到更多現場細微之處。這種現場觀察，能讓電視新聞製作人對於學運有重新的認識與定位，並及時修正後續的新聞議題設定。

另外，對於財經新聞臺的新聞製作人而言，當民生必需品物價指數持續波動時，電視新聞製作人必須走進傳統市場，他要了解物價是否真如傳言漲翻天？他必須親自聽到菜販、肉販、主婦們的抱怨聲音強度與抱怨內容，才能知道民怨到底有多強烈？電視新聞製作人會根據他所蒐集到資訊，以及到現場觀察到的現象，擬定對應的新聞議題，並引導政府注意民怨和解決民怨。

政策解讀能力

電視新聞製作人，對於政府公布新政策或即將實施的新政策，必須要在極短的時間內解讀該政策對一般民眾造成的影響。若是研判新政策可能造成民眾反彈，這種觀點必須在採訪會議中形成立場，進而在當日新聞議題設定中呈現。電視新聞製作人這種對於政府政策的快速解讀能力，可能需要多年的工作經驗累積，當他無法即時判別政府政策便民或擾民時，可能須以電話詢問專家、學者，以免新聞立場背離民意。

資訊消化能力

電視新聞製作人在每日新聞議題設定前，須閱讀完國內各大早報。財經類頻道電視製作人，尚須另外閱讀專業報紙，如《工商時報》、《經濟日報》、《電子時報》等。另外，國內和國外新聞類網站、重要新聞頻道，如 CNN、BBC 等，也須注意這些媒體每天的新聞報導重點；同時，

每週發行的新聞類雜誌也不能錯過。電視新聞製作人必須在短時間內吸取大量新聞資訊，並且也要在極短時間內進行專業判斷：哪些是適合電視新聞追蹤和發展的議題！

▌熟悉相關法令及規定

以電視臺而言，「相關法令」通常是指主管機關 NCC（國家通訊傳播委員會）管制媒體的各項法令，如「廣電三法」（《有線廣播電視法》、《衛星廣播電視法》及《廣播電視法》）及其施行細則。另外，與電視新聞報導較有關的，還包括《刑法》「誹謗罪」、「妨害祕密罪」、「妨害名譽罪」、「性侵害犯罪防治法」、「兒童及少年福利與權益保障法」等。電視新聞製作人為電視新聞最重要的守門人，因此有義務與責任在新聞產製期間，要求新聞內容遵守政府相關法令，而他本身也必須熟知這些法令相關規定。

二 晚間新聞運作邏輯

美國國家廣播公司（NBC）媒體研究高階主管 Paul Klein（1981）說：「我們的價格、我們的節目時程、我們的預算、我們的工作都是憑藉我們預測收視率數字的能力而定，如果我們預測錯誤，成本就會提高。」也就是說，電視公司寄望電視新聞製作人，經由對新聞收視率準確的預測，來提高廣告收益，廣告收益也就是電視公司獲利主要來源。而「新聞收視率準確的預測」，就成為電視公司對於任用新聞製作人的最高考評原則。在每日例行的工作中，電視新聞製作人依循的大多是同一套工作模式，大家要找出的，其實只是各自在收視率表現上的「致勝公式」。

收視族群「目標設定」

如前所述，電視新聞製作人既是新聞「構思者」、「決策者」，也是新聞「品管員」。如果我們把新聞頻道當做一個「新聞產製工廠」，那麼在這家工廠的前端設計中，他必須了解產品到底是要給誰使用？也就是收視族群在哪裡？在描繪出主要收視族群輪廓之後，他才能進行「目標設定」（Target Select）。收視率是一種不折不扣的「模控化」商品，新聞產製的過程中，它們早一步已經被建構成為一種商品。這類商品都起源於總體化的監控及監看程序，其間也都使用了精密的傳播及資訊科技（馮建三、程宗明譯，1998：223）。

電視新聞製作人通常參考的資料，是尼爾森收視調查公司（AC Nielsen）每日對外公布的「4 歲以上個人收視率調查表」及「無線、有線臺收視前 80 名排行榜」。但許多電視臺更關切的是分眾收視率表現。因為廣告商認為，與其把預算全部放在 4 歲以上的整體觀眾，不如放到分眾族群來得更有效益。目前臺灣大多數有線電視新聞頻道，參考的是尼爾森「25 至 44 歲」、「25 至 49 歲」、「30 至 54 歲」等三種不同的分眾收視率表現（如圖 1-3-1）

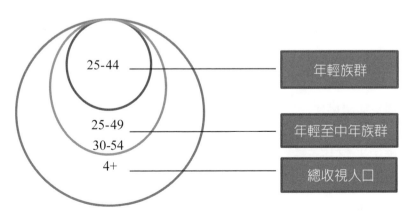

圖 1-3-1　電視新聞主要及次要目標族群（本書作者整理）

新聞議題設定

電視新聞製作人每天都要知道，他今天必須投入最多資源在哪些新聞議題上，「議題設定」是新聞產品的一種包裝，目的是要吸引閱聽人注意。從傳播政治經濟學角度來看，閱聽人的勞動或閱聽人的勞動力，是大眾媒體的主要產品；而觀眾在電視新聞中看到的「社會真實」，其實是透過電視新聞製作人的眼中所看到的世界，這個電視新聞中的世界，又是由新聞製作人根據分眾市場及收視表現所建構出來的。

新聞選取邏輯

在議題設定之後，「新聞工廠」產線流程要進行的，是新聞的選取與排序。過去老三臺時代，晚間新聞多照製作人或新聞主管認為的「重要性」，從頭開始排列。但如今電視新聞競爭激烈，新聞排序必須參考該時段的閱聽眾特性及收視率數據進行排列組合。本書歸納臺灣衛星新聞頻道之晚間新聞選取及編排邏輯如下：

1. 通常最重要的新聞，不會在晚間新聞一開始就詳細播報，而是刻意選在 18：50 至 19：10「觀眾流量最大」的區段中完整播出。

2. 18：00 觀眾族群較多是婦女、學生族群，挑選上以重點新聞、生活新聞、影劇及娛樂八卦為優先；到了接近 19：00 時，上班族群陸續回到家，新聞編排上轉向重大性、話題性、議題設定性新聞，少量的國際新聞也較適合放在這個時段。

3. 監看競爭對手頻道，視其議題設定新聞內容，機動性增減新聞稿件，或調整播出排序。

「準確度」校正

在新聞播出之後，製作人要在隔日尼爾森收視率報表公布後，檢視前一日新聞操作是否「命中目標」。檢視方式是由新聞製作人針對特定目標觀眾族群（25-49 歲或 30-54 歲），分別依「收視率」、「觀眾觸及率」、

「觀眾收視時間」等三大項目進行檢討。如果收視成績和目標觀眾較前一日成長，那表示新聞「商品」受到觀眾歡迎。若收視成績較前一日下降、目標觀眾群減少，那表示新聞議題設定有偏差，必須立即進行修正。在新聞臺一般性操作過程中，由製作人所主導的晚間新聞產製流程如圖1-3-2。

在實際的操作過程中，電視新聞製作人不只是被動的「終極守門人」，他的角色更具有多重特性。布雷夫曼（Braverman, 1974）指出，勞動是由「構思」這個單位（預視、想像與設計的能力）及「執行」這個單位（執行概念的能力）所構成。資方將構思能力、權力「集中」在經營管理階級身上，這個階級可能是資方的一部分，也可能是資方利益的代表。電視新聞製作人根據資方所賦予的權力，他可以每日變換新聞商品內容設計，並且指派新聞部人員，依照設計圖進行產製成品。同時，在眾多已完成檢測的各式產品中，他也可以自由從中挑選「具有賣相」（可能有收視率）的產品出貨。如果產品受到買方歡迎，那麼電視新聞製作人就會

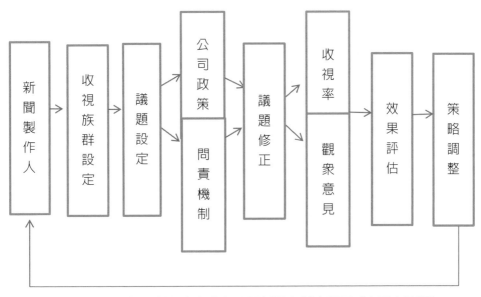

圖 1-3-2　電視新聞製作人主導之晚間新聞產製流程圖（本研究整理）

受到資方的重視，並且成為受到倚重的管理階層，所以說他是「資方利益的代表」也並不為過。

三 電視新聞頻道的鏡像化

　　臺灣的衛星電視新聞頻道相似度極高，經常有人提出質疑，如果把電視臺「LOGO」（識別標誌）遮住，只看新聞鏡面和內容的話，幾乎無法分辨到底是哪個電視臺。當然，少數極具特色、辨識度極高的個別新聞時段，應該被排除在外，例如年代新聞臺 18：00 的《張雅琴挑戰新聞》，就和一般晚間新聞內容呈現有較大差異。臺灣大多數有線電視系統播出的 49 至 57 頻道，屬於新聞頻道區塊，我們把這些新聞頻道的晚間新聞鏡面呈現進行比較，會發現「橫標題」、「直標題」、「訊息輪動框」、「天空標」等位置，有極高的相似性。

　　位明宇（2005）研究 1962 年至 2005 年臺灣電視新聞鏡面設計的改變，發現由於市場及收視競爭，電視新聞製作人必須「創造」新的鏡面元素（像是天空標、訊息框等），當收視率出現下降趨勢時，各臺迫於競爭壓力，必須開始模仿與抄襲。等到各臺鏡面都長得差不多時，製作人或主管，又得為了收視率開始想辦法創造新的鏡面元素。因此，我們可以知道，電視新聞鏡面的高度相似性，來自於電視新聞製作人和新聞主管彼此互相抄襲鏡面的惡性循環。除了新聞鏡面之外，林照真（2009）研究臺灣四家衛星電視新聞頻道，包括三立新聞臺、中天新聞臺、TVBS-N、東森新聞臺，發現臺灣衛星電視新聞內容雷同度甚高，其呈現的趨勢有四大項：新聞羶色腥化、新聞非政治化與去政治化、新聞個人化、新聞戲劇化。從過去的研究中我們可以得知，臺灣衛星電視新聞頻道，不管從鏡面或從新聞內容進行比較，都呈現出一種高度相似性，也就是彼此之間的鏡像化。

　　為了找出國內電視新聞頻道鏡像化的根本原因，本書作者曾於 2016 年至 2017 年，分別訪談了 7 位新聞頻道資深新聞工作者，尤其是曾任或現任電視新聞製作人（如表 1-3-1），因訪談部分內容具敏感度，因此受訪者均以代號呈現。最後整理出臺灣各電視新聞頻道鏡面和新聞內容都十分雷同的原因如下：

表 1-3-1　本書訪談人員一覽表

項次	訪談進行時職稱	代號	訪談日期
01	TVBS 製作人	A	2016.01.20
02	東森新聞臺晚間新聞製作人	B	2016.05.27
03	東森財經臺財經晚報製作人	C	2016.06.04
04	年代新聞部經理	D	2016.01.28
05	年代晚報主播／製作人	E	2016.01.28
06	中天新聞臺製作人	F	2017.06.13
07	三立新聞臺總監	G	2017.06.21

　　1. 從「新聞工廠」的產製流程來看，臺灣各有線新聞臺的晚間新聞製作人，幾乎每天都重複做著大同小異的事情。包括：上午先看過國內發行的四至六份報紙、流覽固定幾個重要新聞網站及爆料社群網站，接著進行「開稿」、「會稿」和下午的晚間新聞編排流程。由於擔心「漏新聞」，因此晚間新聞製作人會千方百計的打探競爭頻道可能會採訪哪些新聞議題？可能會進行何種模式的編排？在「同一素材來源」、「互相揣摩」及「不漏新聞」原則下，造成臺灣各個有線新聞臺晚間新聞內容相似度極高。

　　2. 當「敵臺」鏡面或新聞編排方式出現一個較具有創意的做法時，不但要立刻將它「拷貝」過來，而且這個做法在自己的新聞臺重新呈現時，要修改得比對方更具有「創意」。

3. 臺灣有線新聞臺競爭激烈，而具豐富經驗的晚間新聞製作人又占少數，因此各個競爭頻道間也常會互相挖角。電視製作人負責的晚間新聞如果從收視率表現來看是成功的，那麼他多年工作所累積的操作經驗，可能被其他電視臺老闆視為「懷璧」而進行挖角。當電視新聞製作人流動和跳槽時，這些製作新聞或挑選新聞的習慣，也會從他原來服務的電視臺帶過去，造成新聞臺之間的一種「風格複製」。

4. 目前臺灣電視環境很難讓製作人去做太多變化，因為在收視率的要求下，製作人一定會先走「奇觀」（spectacle）型態的新聞，將收視率先維持住，有了收視率之後，才能去嘗試其他新的內容。於是，在這樣的指導原則下，電視新聞製作人只要照著「勝利方程式」去做，就可達到老闆要求，且大幅降低被撤換的風險。

5. 新聞鏡面或內容的「重大改變」必須與新聞決策層取得共識，並非晚間新聞製作人一己所能決定。一旦製作人進行重大決策改變，導致晚間新聞收視率下滑，製作人就得獨自扛起失敗責任。而對於電視臺老闆或CEO而言，「重大改變」意謂新聞模控化產品可能會出現無法掌控的風險。這些風險包括：新聞商品失去觀眾的喜愛、電視公司營收下滑和來自董事會的責難。因此，「重大改變」大多是電視經營決策層不願意碰觸的議題。電視新聞製作人也深知這種風險性，於是盡可能不自己主動要求進行新聞鏡面或新聞編排上的重大改變。

當新聞專業與「業務」或「社會責任」發生衝突時，電視新聞製作人必須在極短時間內作出決定，到底該放棄新聞、廣告收入或是社會責任？如何讓公司領導人能夠支持自己所作的這個決定，這就關係到電視新聞製作人「專業判斷」準不準確。而這個所謂的「專業判斷」，又跟他自己內化的潛規則有關。也就是說，電視新聞製作人在作出判斷之前，他必須先揣摩領導階層對這件事的可能處理意向。這種「潛規則」內化得愈黏著和深入，電視新聞製作人的「專業判斷」愈能接近「精準」，而這種「精準度」，有助於他能順利保住飯碗，甚至有助於他在電視公司的未來發展。

但是，電視新聞製作人除了追求新聞收視表現外，還肩負著非常多的社會責任與觀眾期待。電視新聞製作人應該在與資方良性溝通的前提下，尋求「收視率」、「新聞專業」與「創新」的平衡表現。有了「創新」和「創意」才能讓臺灣電視新聞產生一股向上提升的力量，而非成為收視率控制的奴隸，不斷相互抄襲，繼續向下沉淪！

第4章
電視新聞訊息來源及種類

 電視新聞的來源

　　電視新聞訊息來源十分多元，主要包括四大項目：(1) 實體媒體：如報紙、雜誌、書籍、通訊社；(2) 網路訊息：如網路媒體、社群網站、網路聊天室等；(3) 記者布線或人脈：記者在自己所屬採訪路線所追蹤、發掘到的消息，或者記者靠著自己的人脈所打聽來的消息；(4)「自來」訊息：如公關公司、政府部門、各行各業所發布的新聞稿或公開聲明。另外，還有部分訊息來自於民眾投訴。茲分述如下。

實體媒體

　　1. 國內七大報紙：蘋果日報、自由時報、聯合報、中國時報、經濟日報、工商時報、電子時報。

　　2. 國內外通訊社及電視臺：國內如中央社（新聞、當日行程預告）、軍聞社。國外如美聯社、路透社、法新社、新華社等。國外電視臺，如ABC（美國廣播公司）、BBC（英國廣播公司）、CBS（哥倫比亞廣播公司）、CNN（美國有線電視新聞網）、NHK（日本放送協會）、ANN（朝日電視臺）、半島電視臺等，大多和臺灣電視新聞頻道簽訂有新聞畫面購買使用或者互惠交換使用合約。

　　3. 雜誌：如天下雜誌、商業週刊、今週刊、週刊王、鏡週刊等。

網路訊息

1. 國內網路新聞媒體：蘋果日報網路即時聞、各日報網路版即時新聞、各電視新聞頻道網路新聞、YAHOO 新聞、東森新聞雲、GOOGLE 新聞、鉅亨網等。

2. 國外網路新聞媒體：香港蘋果日報、香港東方日報、香港明報、大陸新華網、BBC 中文網、美國之音網站、星島日報網站、CNN 網站等。

3. 網路社團：報料公社、[1] 爆廢公社、臺大 PTT 之 BBS 網站等。

記者布線或人脈

每個負責每日即時新聞的電視新聞記者都分配有採訪路線，記者必須充分掌握採訪線上每天發生的大、小事，並向自己所屬的採訪中心各組組長回報值得採訪的新聞，亦即所謂的「報稿」。各組組長研判記者的報稿具有新聞價值，就會指示記者前往採訪；反之，若組長認為記者報的稿不具新聞重要性，記者就要再提出另一則組長可以接受的新聞。有時，記者在偶然的機會裡，會獲知採訪中心其他組別管轄路線所發生的新聞（例如警政線記者得知政治線記者採訪範圍的政治人物新聞），倘若記者沒有知會這個組的長官或記者就前往採訪，就會發生「越線採訪」情況。「越線採訪」通常在新聞組織內是不受歡迎的，因為如果越線的記者採訪到了大獨家新聞，會突顯原本管轄組別的記者很無能；反之，如果越線記者為了搶獨家新聞而得罪了原先管轄組別的採訪對象，會被認為「侵門踏

---

[1] 「報料公社」於 2017 年 8 月 1 日成立公司，資本額 300 萬元，初期員工 6 人。成立公司之時，爆料公社粉絲 250 萬人，16 個子社團社員 400 萬人。

資料來源：https://blog.hamibook.com.tw/%E6%96%B0%E8%81%9E%E6%99%82%E4%BA%8B/%E3%80%8A%E7%8D%A8%E5%AE%B6%E3%80%8B%E7%88%86%E6%96%99%E5%85%AC%E7%A4%BE%E8%AE%8A%E5%85%AC%E5%8F%B8%EF%BC%8C26%E6%AD%B2%E7%A5%9E%E7%A5%95%E5%89%B5%E8%BE%A6%E4%BA%BA%E6%9B%9D%E5%85%89/amp/

戶」，使得越線記者和原本採訪路線的記者，雙方鬧得不愉快，並衍生許多糾紛。因此，除非是特殊狀況，例如：新聞部高層主管得知一則大獨家新聞，主管因爲擔心負責採訪這條路線的記者和被報導對象交情太好，而有洩密的可能，因此故意指派別的採訪路線記者「越線」採訪，否則「越線」的狀況，在電視新聞頻道的採訪中心通常會被儘量避免。一般而言，記者會把意外得知的訊息，交給原本負責路線的採訪記者去執行採訪工作，而不會自己越線去執行採訪。

▌「自來」訊息

「自來訊息」，顧名思義就是「不請自來的新聞訊息」。「自來訊息」通常分爲二種，一是文稿訊息，二是影像訊息。記者每天都會接到採訪對象所傳送的新聞訊息，但並非每一則訊息都值得前往採訪，被過濾或捨棄掉的訊息，永遠多於值得採訪的訊息。這些訊息大多是採訪單位宣傳自己或發布對自己有利的新聞稿，但對電視新聞頻道而言，這些新聞稿卻大多是垃圾訊息，值得採訪的通知並不太多。而另一種「不請自來」的影像訊息，電視新聞頻道通常稱之爲「自來帶」。「自來帶」的來源，包括警政機關逮捕嫌犯時攝影機所錄下來的現場畫面或者是監視器的側錄畫面，這些畫面大多是在警方開破案記者會時，現場隨新聞稿「附贈」給記者，由於是動態畫面，因此頗受電視新聞頻道警政線記者的歡迎。其他的「自來帶」，還包括公關公司、唱片公司、娛樂集團等所提供的電影宣傳影帶或藝人新歌 MV，有助於娛樂線記者製作影劇相關新聞，因此也受到電視新聞頻道的歡迎。另外，自來訊息也包括觀眾投訴或爆料的線索，許多民眾投訴的內容可以發展爲新聞。例如：買了新房子卻不斷漏水、惡質房客將出租房屋家具全部拆走還留下滿地垃圾、惡質房東浮濫收費還控告房客等等。板橋知名的張姓女房東敲詐房客並不斷控告、勒索房客事件，就是被害房客在網路爆料並共同投訴電視媒體才被揭發開來的。

二 每日即時新聞

　　每日即時新聞是電視新聞頻道耗費最多人力所產製的成品，它的呈現方式，又分為幾種格式：包括「SOT」、「BS」、「SO」、「SO+BS」、「DRY」、「LIVE」、「D-LIVE」等等，如表1-4-1。這些電視新聞頻道流傳的「專業術語」，在大學課程中，除非有上到業界老師的課，否則較難有機會去接觸或練習到它的用法。對於電視新聞工作有興趣的傳播科系學生，最好在進到職場前，能夠熟悉並了解這些「專業術語」的用途和用法。因為電視新聞頻道的工作環境是充滿緊張氣氛的，新聞主管或記者通常不會有太大的耐性，如果傳播科系學生進到電視新聞頻道去實習、工讀或工作，卻完全不了解電視新聞「專業術語」，甚至會錯意、給錯新聞格式或帶子，可能會惹得新聞主管或者帶著學生實習的記者不高興。因此，在進到電視新聞職場前，最好能夠盡可能了解這些「專業術語」，就像背九九乘法一樣，先把它硬背下來也是個辦法。等到進了電視新聞頻道後，有了實作經驗，很快你就會知道這些術語大概會用在什麼地方了！

表 1-4-1　電視新聞專業術語

項次	專業術語	意義	效果
1	OS	記者的配音內容	讓觀眾快速了解新聞背景
2	NS／現場音（natural sound）	採訪攝影機附屬麥克風收到的現場聲音	增加新聞的臨場感
3	Bite（招一段 bite）	一段受訪者的訪問	
4	Stand	記者手持麥克風作報導	增加新聞的臨場感及記者的權威感

項次	專業術語	意義	效果
5	SOT	一則已剪輯完成之新聞播出帶。通常是具有記者 OS、受訪者訪問及臺呼的完整新聞格式。（亦可無訪問，但要有臺呼）	
6	Dry / S / Sound	主播唸乾稿無畫面	即時性新聞資訊
7	SO / Sound On	一段訪問（意義同 Bite）	
8	BS	先由主播唸一段稿頭，導播在主播唸稿同時，將切換進相關新聞畫面。	
9	SO+BS	先播放一段訪問後，接著由主播開始唸稿，導播並在主播唸稿同時，將畫面切換至相關的新聞 VCR。	新聞畫面不夠豐富、趕著播出來不及做 SOT，或加快新聞節奏才使用。
10	NA+BS	先放一段有現場音的新聞畫面後，主播開始唸稿，導播並在主播唸稿同時，將畫面切換至相關的新聞 VCR。	新聞趕著播出來不及做 SOT，或是為了加快新聞節奏時使用。
11	LIVE	現場連線	呈現新聞即時性
12	D-LIVE（delate live）	假連線	修飾連線及重播
13	CG	一張圖卡	解釋新聞用
14	CG+BS	畫面先進一張圖卡，主播現場解釋這張圖卡的內容。	補充 SOT 不足之處或解釋新聞時使用
15	膜	浮貼在新聞畫面上的圖卡	輔助解釋新聞
16	襯樂	較長的音樂襯底	強調悲傷或快樂情緒
17	效果音	罐頭短音效 2-3 秒	強化或提醒新聞重點
18	轉場效果	如淡入 / 淡出或溶接	新聞內容或場景轉換之時使用

項次	專業術語	意義	效果
19	SLUG	新聞標題	
20	OVER	新聞播出超出預定時間	
21	UNDER	新聞播出低於預定時間	

三 電視新聞專題

　　電視新聞頻道的採訪中心大多設有專題組，通常是挑選 5 年以上資歷的資深記者擔任專題記者。一般性的新聞專題大多設定在 2 分半的長度，許多新聞頻道的專題可以容許長度製作到 3 至 5 分鐘，例如 TVBS-N 的「十點不一樣」及 TVBS 方念華主持的「Focus 全球新聞」，因為標榜以新聞專題作為新聞時段主要的特色，因此有些專題可以長達 5 分鐘。

　　許多電視新聞的初學者，會誤認為「專題就是拉長的新聞」，但其實二者是非常不同的。新聞專題並不是訪問特別多或做得特別長的新聞，專題的精髓在於新聞的「深度和廣度」。深度指的是專題對於新聞事件所挖掘的縱深，而廣度指的是專題所涉及層面及多元意見。基本上，長度 2 分半至 3 分鐘的新聞專題，無法觸及新聞事件太多的深度和廣度，頂多只能就單一事件提出比一般新聞更深一點的思考；而長度在 4 到 5 分鐘的新聞專題，就比較能對單一事件提出較深層和多層面的看法和檢討。例如：同樣是發生規模 6 的地震，為何日本關東沒有大樓倒塌，而臺灣的臺南統冠大樓卻倒塌了，到底差別在哪裡？新聞專題記者可以針對日本和臺灣在建築法規、檢查制度和官僚體系的差異，分別採訪官方單位、民間結構技師、建築法規學者的各自說法後進行比較和檢討；同時，記者也可以借鏡 1994 年美國舊金山通過的「特別監造法」，來比較現行臺灣建築法規有多麼的老舊與不足。最後，新聞專題記者在報導的最後，必須提出結論與自己對這個議題的心得與建議，如此整個新聞專題才能在深度與廣度之

下，同時也呈現出記者的專業度。

一般電視新聞專題，依內容型態的不同，還可以分爲如下幾種：

1. **資訊重組類**：記者未進行實際採訪，僅藉由網路影片或資料影片，重組既有資訊，邏輯化編排內容，使之更適合閱聽眾了解設定之議題。

2. **新聞追蹤類**：對剛發生不久的「新聞事件」作深入探討或後續追蹤，並廣納各方意見後，再由記者歸納出結論。

3. **揭發類**：針對尚未曝光之社會黑暗面、政府官員違法貪腐等事實，經由記者周詳之搜證及調查後，將眞相公諸於新聞專題，「調查報導」較多屬於此類新聞專題範圍。惟調查報導類的新聞專題，相較於一般電視新聞，記者要付出的時間與精力更多，而對電視公司而言，其成本和風險也更高，因此近年來國內電視新聞頻道已比較少製播此類專題。

4. **人物類**：針對特殊之採訪對象，進行較爲深度式報導。

5. **事件回顧類**：針對發生時間較久的重大新聞事件，進行還原現場式的回顧，並賦予這個事件新意義、新解釋。

6. **遊記類**：針對國內、外之景點或特殊地區進行深度式採訪。

7. **系列報導**：從許多不同面向來探討一個新聞事件，或者將一個新聞事件擴散成許多相關面向來進行探討。系列報導通常會由 3 至 5 個專題組成，並在一週內播完。例如「慰安婦系列報導」、「臺灣隱形冠軍系列」、「臺灣夜市經濟系列」等。

四 電視新聞性節目

▋臺灣電視新聞性節目的發展

臺灣電視「新聞性節目」從何時起源？曾任台視副總經理的何貽謀（2002：53）回憶：「台視在開播當年（1962 年），即由新聞組製作播出『政令宣導』和『時事分析』兩個新聞性節目。」由此可知，「政令宣

導」和「時事分析」這二個節目，算是臺灣電視新聞性節目的濫觴。而最早期的臺灣「新聞性節目」，其功能在於：為政府政策宣導，或者邀請專家學者、民意代表及政府官員，為觀眾解析時事。不過《台視二十年》專刊中認為，1964 年 2 月，由台視新聞組開闢的三個節目，才是臺灣電視新聞性節目的始祖。這三個節目，第一個是：《時事座談》，維持了 9 年多時間；第二個節目是：《政府與民眾》，也維持了接近 10 年；第三個節目是：《時人訪問》，維持 8 年。「初期的新聞性節目，在製作上具備了一個共同的形式，那就是節目內容以談話為主。」（台視二十年，1982：150）也就是說，臺灣最早的電視「新聞性節目」，其實就是現今電視「談話性節目」的形式。

1969 年 10 月 31 日，中視開播。《中視十年》專刊（1979：19）記載，中視開播第一年，即播出一個叫《新聞集錦》的新聞紀錄片。這個節目由當時首任新聞部經理張繼高，指定編導王曉祥策劃、編導並兼任攝影、剪輯工作，舉凡民俗、藝術、社會點滴、人生百態，均在策畫之素材之列。該節目每集包括 3 至 5 個影片，每段 5 至 10 分鐘不等，播出後，頗獲好評，尤其年輕閱聽眾反應熱烈。而《新聞集錦》也成為中視最早的「新聞性節目」。1970 年，中視又推出二個新聞紀錄片節目，分別為每週播出一次的《新聞人物》及《國貨櫥窗》，但因經費及器材不足，播出半年後即告停播。1971 年，中視再推出新聞性節目「某某人的一天」，記錄 365 行各業人物一天的生活。同年，中視採購英國 DARER 紀錄影片公司《ECHO》片集，重製之後推出《世界之窗》節目，共播出 52 次後停播（中視十年，1979：19-20）。1971 年 10 月 31 日，華視開播，臺灣電視從此進入「三足鼎立」局面。隨著三臺競爭日益激烈，新聞性節目也更加的多元化。諸如「新聞專題」、「新聞分析」、「新聞評論」、「新聞座談」等，皆屬新聞性節目。不過令人意外的是，臺灣第一個「新聞雜誌類型」節目，並不是歷史最悠久的台視製播出來的，而是由中視搶了頭香。

張勤（1983：89）認為，國內電視新聞界，第一個把新聞專題製作

成新聞雜誌節目的人，是中視記者潘健行。《中視十年》特刊中特別記載，1973 年初，潘健行策畫、製播《時事觀察》節目。這個節目採紀錄片型態，來說明對一個問題的看法與批評，並提出建設性的改進意見。該節目每週播出一次，每次 15 分鐘，1973 年 3 月曾獲行政院文化局（文建會前身）頒發「優良電視節目新聞評論獎」，這是中視最早的新聞評論及新聞性深度報導節目。之後，1978 年，王曉祥擔任中視第三任新聞部經理時，將美國已頗富盛名的 CBS《60 Minutes》節目型態節目引進，[2] 在 1978 年 8 月 25 日，開闢一個國內全新型態的新聞雜誌節目，定名《六十分鐘》，每週五於晚間新聞之後播出一小時。歷屆主持人有胡雪珠、王曉祥、熊旅揚、翟翬等人。

《中視十年》特刊（1979：26-27）記載，《六十分鐘》節目製播方向有八大項，包括：社會公共事務之評述、國民旅遊及民俗藝術報導、新聞人物等。該節目播出後，廣泛獲得社會各階層的重視與喝采。專刊中認為，《六十分鐘》節目的貢獻在於，改變了過去觀眾對新聞節目的漠然，也引起國內電視業者重視。

《六十分鐘》節目成功後，對其他兩臺新聞雜誌節目起了鼓舞和催生作用，華視、台視隨後陸續推出《大櫥窗》、《新聞雜誌》、《黃金特輯》、《新武器大觀》、《點線面》等節目（梅長齡，1981：86）。《六十分鐘》節目分別獲得 1980 及 1981 年電視金鐘獎「教育文化性節目獎」，主持人熊旅揚也獲得 1981 年電視金鐘獎「新聞性節目主持人獎」。1983 年 9 月 2 日，該節目延長為 90 分鐘，並改名為《中視新聞週刊》，之後又改名為《九十分鐘》，並獲得 1985 年電視金鐘獎「新聞節

---

[2] 1968 年 9 月 24 日，美國哥倫比亞廣播公司（CBS）的電視新聞雜誌節目《60 Minutes》開播，之後節目一直雄踞美國電視收視率排行榜前十名，成為唯一一個進榜的新聞節目，堅定鞏固 CBS 的新聞霸業。節目中捧紅的記者如丹‧拉瑟和黛安‧索耶，也都維持一貫的咄咄逼人、一針見血報導方式，讓美國電視閱聽人印象深刻（盧非易，1995：76）。

目獎」。最後，該節目名稱仍改回《六十分鐘》（張勤，1983：89；聯合報，1980.03.27：2、1981.05.17：3、1985.03.25：5）。

曾經風光一時的中視《六十分鐘》節目，於 1992 年 10 月 9 日正式走入歷史。1992 年 10 月 16 日，中視推出新聞性節目《超越九十》，由湯健明和黃晴雯主持，該節目在 1993 年 4 月起，改以現場播出，每週選定一個焦點專題在前半段播出，後半段則由主持人和來賓進行問答和討論，同時開放觀眾 call in，這是新聞性節目的全新型態嘗試（中國新聞學會，1997：103）。

1980 年 1 月，華視製播第一個新聞雜誌型態節目《華視新聞雜誌》，由高信譚與陳月卿聯合主持，每集節目長度 60 分鐘，後來並延長為 90 分鐘。該節目迄今（2018 年 10 月）已播出 2,145 集以上，是目前臺灣電視史上，播出最久的新聞雜誌類型節目。

1983 年 4 月，台視推出 90 分鐘的新聞性節目《浮生三錄》。《浮生三錄》節目，算得上是《熱線追蹤》和《從臺北看天下》兩個節目的前身，它的內容兼具國內、外的時事和趣聞。初期，《浮生三錄》由節目部製作，後改名為《熱線追蹤》後，交由新聞部製作（台視三十年，1992：62；張勤，1983：89-90）。1983 年 8 月 2 日，台視在總經理石永貴的督導下，推出了首集台視新聞《熱線追蹤》。這是台視第一個深度報導型的新聞性節目，第一任主持人是盛竹如，每週二晚間播出 90 分鐘（盛竹如，1995：307）。

當時媒體報導，台視《熱線追蹤》加入戰局後，華視的《華視新聞雜誌》和中視《六十分鐘》節目備受威脅。《華視新聞雜誌》將《熱線追蹤》當作最大的假想敵，而中視《六十分鐘》節目為了迎戰《熱線追蹤》和《華視新聞雜誌》這二個 90 分鐘長度的節目，也將節目長度延長為 90 分鐘，並且改名為《中視新聞週刊》，三臺新聞雜誌節目自此正面對打，硝煙迷漫（聯合報，1983.09.06：9 版）。前台視資深主播盛竹如（1995：307）在其回憶錄中表示，台視新聞《熱線追蹤》剛推出時，立即成為同時段三

臺收視率第一的節目。五個星期之後，它成為所有新聞節目中，收視率第二位的節目，接近 30%，超過中視與華視的晚間新聞甚多。1983 年之後，台視、中視、華視，「三臺」各有一個招牌新聞雜誌節目，三家無線電視臺也在新聞雜誌的議題深度、廣度、收視率和「得獎次數」上，彼此良性競爭。

不過，無線三臺新聞雜誌節目在製播多年後，開始出現疲態。1992 年 10 月 9 日，中視《六十分鐘》因節目型態無法推陳出新，導致收視欠佳，中視新聞部宣布停播。為何美國 CBS《60 Minutes》能歷久不衰，而中視《六十分鐘》卻黯然下臺？傳播學者盧非易曾就 CBS《60 Minutes》與中視《六十分鐘》節目走向，作了清楚的對比。盧非易（1995：76-77）指出，《60 Minutes》致勝的因素包括：時間縮短、話題增多、簡化訪問、增加現場呈現、儘快切入衝突點、發展詰問式的訪談技巧、敘事方式由平鋪直敘轉向引人入勝的調查、將偵探類型公式引進……等等。同時，《60 Minutes》製作單位發現，一個廣受歡迎的單元，必須具備二大特點：一為帶觀眾去看他們無法看到的事情（如探險或內幕祕辛），二為激起觀眾憤怒、執行社會公義（打抱不平、揭發弊端）。盧非易認為，中視《六十分鐘》早期曾因報導大陸內幕而受到大眾矚目，但之後卻一直無法像 CBS《60 Minutes》一樣，以咄咄逼人和一針見血的報導風格，揭發內幕祕辛或執行社會公義，以至於中視《六十分鐘》終究回到沒人愛看、不痛不癢的生活瑣事上去，這是最後導致它停播的主因。

1994 年 7 月 4 日，中視在深夜推出一系列帶狀新聞性節目，週一是《風雲人物》，週二是《社會祕密檔案》，週三是《中國大陸內幕》，週四播出《縱橫天下》。該系列帶狀節目以短打模式，每次播出半小時。曾任中視《六十分鐘》製作人、現為傳播學者的張煦華（1996：82）指出，《社會祕密檔案》是新任總經理（按：指朱宗軻）創意要求下的產物，也是此一帶狀新聞性節目中，觀眾收視最多的節目。《社會祕密檔案》多以本地監獄、黑社會、竊盜、色情場所犯罪、治罪、泛道德或反道德為主，

整體而言，確實比以前的節目有創意及有看頭。節目主持人王育誠，在其著作《王育誠之新聞X檔案——中視社會祕密檔案節目集結》一書中指出，《社會祕密檔案》專門揭發社會黑暗面，並且伸張社會公理、正義，該節目開播 3 年後，已經由一個沒沒無聞的小節目，晉身為全國最受歡迎的新聞性節目（王育誠，1998）。而《社會祕密檔案》的節目型態成功，也為日後的《社會追緝令》節目奠下基石。2000 年 9 月，因應「東森新聞 S 臺」開播，王育誠帶領子弟兵投效東森電視，擔任該臺副理，並開關新節目《社會追緝令》，由王育誠擔任該節目主持人。《社會追緝令》以原《社會祕密檔案》記者為班底，並廣招好手加入，擴大採訪戰線，挖掘更多大社會故事。2005 年 6 月 2 日，已擔任臺北市議員的《社會追緝令》節目主持人王育誠爆發了「腳尾飯」[3]事件，東森電視公司宣布《社會追緝令》節目自該年 6 月 8 日起停播（許志明，2010）。

▌電視新聞性節目的類型

傳播學者劉新白（2003：206）認為，新聞性節目是針對重要的新聞事件加以探討、分析和評論，以使觀眾對新聞事件有更深入的了解。劉新白並將臺灣新聞性節目分為新聞評論、專題報導、時事座談、新聞雜誌等。洪賢智（2005：30-31）則將電視新聞節目分為七大類：(1) 新聞報導；(2) 新聞重點；(3) 電視評論；(4) 特別報導；(5) 深度報導；(6) 新聞雜誌；(7) 電視紀錄片。臺灣最多電視公司採用的尼爾森收視率調查公司，將「即時

---

[3] 腳尾飯事件：2005 年 6 月間，臺北市議員王育誠利用錄影帶拍攝殯葬業者在告別式結束後，將腳尾飯送至民間自助餐店內，用菜餚製作成豆腐乳的片段，該片段並陸續在各新聞臺播出，並引起臺灣社會的普遍關注，但疑點也逐漸浮現。經媒體追查，該卷錄影帶被證實是王育誠的議員助理們聯同電視臺工作人員及臨時演員共同參與製作，檢調隨後追查出這是「一場自編、自導、自演的造假揭弊案」。此事件也被認為是 2005 年臺灣電視頻道換照爭議中，新聞局撤銷「東森新聞 S 臺」執照的一個導火線（引自維基百科）。

新聞報導」與「新聞節目類」分開計算收視率，因此尼爾森公司「新聞節目類」，僅包含：(1) 特別報導；(2) 深度報導；(3) 新聞雜誌；(4) 電視紀錄片；(5) 新聞談話節目。

洪賢智（2005：31）認為，深度報導型節目要讓觀眾感興趣，必須有幾個重點：(1) 新聞主題是社會關注；(2) 對新聞事件的本質有前瞻性見解；(3) 以多面向、多種角度來分析發展的過程和因果關係。臺灣衛星新聞頻道的深度報導型節目各有特色，民視《臺灣演義》、東森財經新聞臺《現代啟示錄》節目傾向於每一集一個主題，而其他的報導型節目，多屬新聞雜誌類型。此類型節目特色為一集包含數個單元，每個單元探討內容各有不同，其結構表現分為五個部分：(1) 背景的說明；(2) 因果關係；(3) 影片描述過程；(4) 分析解釋；(5) 追蹤和探索其發展趨勢。

目前臺灣新聞雜誌類型節目，在衛星新聞頻道部分，包括有 TVBS-N《一步一腳印，發現新臺灣》，節目強調召喚公民意識、建構共同體及呈現新臺灣精神（張慈軒，2007）。東森新聞臺《臺灣啟示錄》，以報導藝人故事及爭議性人物為主。民視新聞臺《異言堂》，為綜合議題類型新聞雜誌，但較關切弱勢族群。中天新聞臺《文茜的世界週報》以深度報導國際局勢為主。三立新聞臺《臺灣亮起來》節目，鎖定臺灣餐飲和文創產業發展。東森財經新聞臺《進擊的臺灣》節目以三至四段美食故事為主（如表1-4-2）。無線臺方面，臺灣電視公司《熱線追蹤》、中國電視公司《放眼天下》、中華電視公司《華視新聞雜誌》，亦屬新聞雜誌類型節目。

表 1-4-2　臺灣衛星新聞頻道「新聞雜誌類型」節目播出概況表（2018.07 統計）

頻道	東森 新聞臺	中天 新聞臺	民視 新聞臺	三立 新聞臺	TVBS-N 新聞臺	東森 財經臺
節目 (一)	臺灣啓示錄	文茜世界 週報	異言堂	臺灣亮起來	一步一腳 印‧發現 新臺灣	現代啓示錄
主持人	洪培翔	陳文茜	李偵楨	郭雅慧	詹怡宜	劉芯彤
節目 (二)	臺灣 1001 故事	臺灣大探 索	臺灣演義	消失的國界		進擊的臺灣
主持人	白心儀	洪淑芬	胡婉玲	李天怡		廖廷娟

第 5 章
感官主義和社會責任

 電視新聞感官主義

　　電視新聞「感官主義」（emotionalism）是「小報新聞」（tabloidization），還是「羶色腥」（sensationalism）？訴諸感官興奮的處理新聞手法，是「狗仔新聞」（paparazzi）、「資訊娛樂化」（infotainment）、「八卦化新聞」（gossip news），還是「黃色新聞」（yellow press）？在臺灣傳播研究領域裡，這些名詞經常互相替換，成爲對方的「解釋名詞」。那麼到底「感官主義新聞」究竟該如何定義呢？Adams（1978）是依據「新聞主題」來定義，包括報導災難、娛樂（amusing）、感人（heartwarming）、令人震驚或好奇的新聞，都屬於「感官主義新聞」範圍。以今天的電視新聞來分類，也就是社會新聞、娛樂新聞、感人故事、揭發或扒糞新聞都屬此類。傳播學者王泰俐（2004：10）對「感官主義新聞」的定義是：「用以促進閱聽人娛樂、感動、驚奇或好奇感覺的軟性新聞，訴諸感官刺激或情緒反應甚於理性。」若依新聞類別區分，王泰俐將「犯罪或衝突、人爲意外或天災、性與醜聞、名人或娛樂、宗教或神怪、弱勢族群」等六類，歸類爲「感官主義新聞」。

　　隨著「感官主義」在電視新聞的運用上愈來愈廣，手法也愈來愈多元，許多原來被認爲「應該討論嚴肅話題」的政治、財經、軍事、科技、醫藥、教育等新聞，也都開始以「感官主義」形式呈現。比如政治新聞

中，立法委員間發生互毆或互罵的激烈衝突場面，經常被放在晚間新聞的一開頭；國會議員爆發不倫戀，也常是政治新聞頭條。財經新聞更是時常出現「藝人理財術」、「排隊美味餐廳」等專題。若純就新聞屬性分類，很難區分上述新聞是否為「感官主義新聞」。因此，Slattery 與 Hakanen（1994）主張，應在 Adams 原先認定的四大新聞主題類目外，另外再增加一個「內嵌式感官主義新聞」（sensory components of the embedded news）類目，各類原先被認為非感官主義的新聞，只要內容出現「感官主義」的成分，都可能被編入這個類目。因此，現今電視新聞「感官主義」表現，可在下列的新聞處理模式中發現（王泰俐，2004；牛隆光，2004）：

1. **題材選擇**：轟動、驚奇、震撼人心、感人、影劇、八卦、名人、凶殺、醜聞等題材，優先選擇採訪及製播。

2. **剪輯模式**：新聞或專題採用電影「蒙太奇」模式剪輯。

3. **後製模式**：使用電腦特效機製作轉場效果，呈現大量淡入／淡出（Fade in/out）、溶接（Dissolve）、擦拭（Wipe）、閃光、飛翔等。非轉場效果，則呈現大量分割畫面、快慢動作、層疊、定格等特效。

4. **敘事模式**：不同於一般新聞敘事模式，以懸疑手法、感性手法、倒敘手法、恐嚇手法等新聞敘事，加深閱聽眾印象。

5. **開場模式**：新聞開場，優先剪輯具有衝突性現場或感人場面之片段，以抓住閱聽眾注意力。MTV 式短片，也常作為新聞開場。

6. **結尾模式**：在新聞或新聞專題中，利用 MTV 式短片、短片加上字幕，或純字幕式短片，作為新聞結尾時之「感性」表現。

7. **音效及配樂**：新聞及專題中，利用短音效達到震撼效果，通常搭配圖卡或字幕出現；利用感人或滑稽音樂，作為新聞報導中配（襯）樂，達到新聞的「戲劇效果」。

「感官主義」和「小報新聞」的運用，固然可以在短時間內吸引閱聽眾的注意，但若無所不用其極，不顧新聞道德，只求新聞轟動效應，

極容易「走火入魔」。1885 年，英國一個叫做《Pall Mall Gazette》的便士晚報新聞記者威廉‧湯姆斯，使用「釣魚式採訪」（誘導式採訪），揭發震驚英國的少女賣淫事件。他把自己假扮成了一個「人肉販子」，從一個家庭中買到一個少女，並且把她給賣到妓院去。當計畫成功後，1885 年 7 月，威廉‧湯姆斯接連一週，都使用 5 頁以上的報紙篇幅，持續報導整個系列，造成社會轟動。威廉‧湯姆斯很快的竄紅，成為報社裡的紅牌記者，但當事件被揭穿之後，威廉‧湯姆斯因「綁架少女」罪名，被起訴坐牢三個月。許多讀者和廣告主發起了「退報運動」，《Pall Mall Gazette》聲譽受挫。不過此事卻也引起司法單位重視「人口販賣」問題，在一連串調查之後，破獲許多人蛇集團，而一些無辜少女也因此獲救（Örnebring and Jönsson, 2004: 290）。2005 年 6 月臺灣發生的「腳尾飯事件」和上述英國威廉‧湯姆斯「釣魚採訪事件」有著「異曲同工之妙」。兩者皆強調不法之事的確存在（臺灣：腳尾飯被業者外流販售；英國：少女被人口販子販賣），而影片中出現的自導自演的模擬畫面（黑衣人賣腳尾飯）或記者以身試法（假扮人肉販子），只是為了「還原不法之事過程」，卻沒想到引發社會風暴，這是慣用「感官主義」的媒體記者，所應引以為戒的事。

　　那麼，電視新聞「感官主義」的呈現，是不是真的能操縱閱聽人情緒變化、注意力改變及對新聞內容的記憶程度？王泰俐（2006：124）採取實驗法，針對 192 名閱聽人進行控制變項實驗，結果發現，「感官主義」的新聞操作手法，的確可以提高閱聽人對新聞的注意力，而且也提高新聞辨識程度。但是實驗也發現，閱聽人對於「感官主義」新聞的「正確回憶程度」降低，也就是說，閱聽眾對於此類新聞較容易「看過就忘」。王泰俐的實驗研究也發現，臺灣閱聽人對「感官主義新聞」不但沒有排斥或厭惡感，反而還非常肯定這種手法可以「提高新聞資訊性」，這個結果和國外研究有極大不同。美國地區研究顯示，觀眾對於中規中矩的非感官主義電視新聞之評價，高於以感官主義手法製成的新聞（轉引自王泰俐，

2006：125）。有鑒於感官主義式的新聞可以吸引觀眾的注意力，並且可能提高電視新聞收視率，因此所謂的電視新聞開場「黃金五秒／黃金十秒」，要求記者要把一小段具有動態感或激烈的現場影音畫面放在新聞的最前面，諸如火災、爆炸、救難、吵架、打架、家屬激動反應等，都是屬於電視新聞感官主義的標準做法（許志明，2010）。

二 電視新聞的社會責任

　　新聞媒體因疏於查證新聞來源而報導不實，容易觸犯「誹謗罪」。《刑法》第 310 條規定：「意圖散布於眾，而指摘或傳述足以毀損他人名譽之事者，爲誹謗罪。[1]」此外《民法》第 195 條，也有針對誹謗受害人得請求賠償之規定。[2] 而新聞媒體侵犯他人隱私，也容易構成《刑法》第 315-1 條「妨害祕密罪」。[3] 美國法律更將隱私權區分爲四種態樣，包括「侵犯隱密、公開揭露、不實曝光、商業使用姓名肖像」，以確實保障個人隱私權（林世宗，2005：5）。

---

[1] 《刑法》第 310 條：意圖散布於眾，而指摘或傳述足以毀損他人名譽之事者，爲誹謗罪，處一年以下有期徒刑、拘役或五百元以下罰金。散布文字、圖畫犯前項之罪者，處二年以下有期徒刑、拘役或一千元以下罰金。對於所誹謗之事，能證明其爲眞實者，不罰。但涉於私德而與公共利益無關者，不在此限。

[2] 《民法》第 195 條：不法侵害他人之身體、健康、名譽、自由、信用、隱私、貞操，或不法侵害其他人格法益而情節重大者，被害人雖非財產上之損害，亦得請求賠償相當之金額。其名譽被侵害者，並得請求回復名譽之適當處分。

[3] 《刑法》第 315-1 條：有下列行爲之一者，處三年以下有期徒刑、拘役或三萬元以下罰金。
一、無故利用工具或設備窺視、竊聽他人非公開之活動、言論、談話或身體隱私部位者。
二、無故以錄音、照相、錄影或電磁紀錄竊錄他人非公開之活動、言論、談話或身體隱私部位者。

有鑒於媒體內容格調逐漸降低，1942 年美國「新聞自由調查委員會」（The Commission on Freedom of the Press）成立。1947 年該委員會委員哈佛大學教授霍根（W.E. Hocking）發表報告，提出「社會責任」（social responsibility）概念，其重要原則如下（黃新生，1992：214-215）：

1. 媒體應重視對社會的責任。

2. 媒體社會責任有賴於教育性、告知性、真實性、正確性、客觀性與平衡性之專業標準來達成。

3. 媒體應在現成的法律和機構之內作自律。

4. 媒體內容應避免導致犯罪、暴力、破壞社會，更不可侮辱少數種族或宗教信仰。

5. 媒體應反映社會多元層面，報導不同觀點，給公眾有答辯的權利。

6. 社會大眾有權要求媒體提高品味，並可基於公眾之利益，干預媒體運作。

美國「社會責任論」的內涵，在於強調：傳播媒體有負起社會責任的義務，不能侵害個人權利或傷害社會利益。同時，媒體的使用者，只要有意見發表都可以使用媒體，媒體也受到社會輿論、閱聽眾和專業倫理的規範（關尚仁，1994：28）。

鄭貞銘（1993：18）認為，新聞媒體之社會責任主要在完成下列目標：

1. 媒體應作為公眾發表意見與批判之論壇，以形成意見之自由市場，達到健全輿論，有利民主政治之發展。

2. 關於公共事務之新聞應為真實且充分之報導，以利閱聽者對公共事務作健全判斷。

3. 對社會事件之實際情況應為真實平衡之報導，以促進公眾之彼此了解。

4. 媒體應發揮教育功能，確立社會之價值觀，提出共同奮鬥之目標，並誘導公眾達成。

綜觀國、內外學者對媒體「社會責任」提出的具體做法，重點如下：

1. 媒體應提供公眾「公共論壇」平臺，新聞及論壇並應給予公眾答辯機會。

2. 媒體內容應考慮是否有教唆犯罪或特定偏見之嫌。

3. 媒體新聞報導應力求正確、客觀與平衡。

4. 閱聽眾有權干預媒體，要求其提高新聞或節目品質。

事實上，臺灣媒體近年來開始注重「社會責任」，都是在媒體發生重大事件之後，由主管機關「強制執行」，例如：2005 年 7 月 31 日，行政院新聞局第 6 屆「衛星廣播電視事業審查委員會」，通過 62 件衛星廣播電視事業換照申請案，並且增列附款方式換發執照，意在藉由「附款」，強制媒體成立自律組織並重視社會責任。三大附款第一項是通過換照之衛星電視頻道業者，在複審面談時所作承諾事項應列入營運計畫書。第二項是要求換照通過的電視新聞臺必須在一個月內成立「自律組織」，訂定「自律公約」。第三是所有通過換照之電視臺，應建立外部公評人公共參與及監督制度，並予透明化，甚至建議電視臺每週固定時段製作新聞討論節目，以促進公共議題對話。[4]

2007 年 3 月 26 日，TVBS 及 TVBS-N 頻道因播出周振保亮槍恐嚇新聞，遭 NCC（國家通訊傳播委員會）裁罰各 100 萬元。NCC 並要求 TVBS 撤換總經理李濤。此重大事件發生之後，臺灣各有線新聞臺於 2007 年 4 月 12 日召開「衛星頻道公會新聞自律委員會」。2007 年 4 月 12 日《聯合報》報導，在時任 NCC 委員劉幼琍的協助下，該委員會和臺灣艾傑比‧尼爾森媒體研究股份有限公司（AGB Nielsen）正式簽下合約。此後，各家新聞臺收視率調查由每 1 分鐘收視率改為 15 分鐘（經濟日報，2007.03.31：A7；聯合報，2007.04.03：A4）。

三立新聞臺新聞性節目《福爾摩沙事件簿》，於 2007 年 2 月至 3 月間製播〈二二八走過一甲子〉特別報導，因採取置入性行銷手法，又將歷

---

4 資料來源：行政院新聞局 2005 年衛星廣播電視事業換照報告書。

史畫面張冠李戴，引起各界撻伐。2007 年 5 月 18 日，NCC 對三立電視臺核處 100 萬元罰鍰。NCC 並且提出多項附帶決議，要求包括三立總經理、副總經理及相關部門主管，在二個月內至少上 8 小時的新聞倫理教育課程；三立應於 15 日內修正新聞編審制度，強化事前的自我審查機制，以有效防範錯誤再度發生。同時，日後各新聞臺受委託贊助或對價播出新聞節目時，應「明確告知」資金來源，讓社會大眾有明確認知（聯合報，2007.05.19：A3）。2018 年，民視新聞臺、三立新聞臺、壹電視新聞臺、中天新聞臺、年代新聞臺等，因播出「護鯊哥」恐嚇公眾要在魚翅裡下毒影片之新聞，遭 NCC 裁處各 20 萬元。[5]

從東森新聞 S 臺撤臺事件、TVBS 周振保亮槍事件，到三立新聞〈二二八走過一甲子〉誤用紀錄片事件，不管是新聞局或 NCC，都曾「借力使力」要求各電視臺加強新聞自律，以及建立公開、透明化的監督機制。媒體當時雖是被強制性要求強化「社會責任」和「新聞自律」，但是衛星電視公會依據《新聞自律執行綱要》，[6] 在多年的運作後，電視新聞頻道的自律機制日漸成熟，除了減少新聞頻道被主管單位裁罰機會之外，因為自律機制的運作，也減少了電子媒體在新聞現場一窩蜂爭搶新聞而大失控的混亂場面。同時，在保護兒童、少年、被害人及其家屬的部分，衛星電視公會的自律機制也多次發揮及時效用，媒體自律所營造的採訪秩序與自我監督功效，其實是遠大於主管單位（NCC）對於媒體的嚴刑峻法。

三 業配和置入性行銷

所謂「業配稿」，指的是「業務配合稿」，也就是廠商付費，將商品

---

[5] 資料來源：https://www.ncc.gov.tw/chinese/files/18050/3984_39131_180508_1.pdf

[6] 衛星電視公會《新聞自律執行綱要》：http://www.stba.org.tw/file_db/stba/201806/ymd16n9zoy.pdf

或企業理念置入在新聞報導中的一種宣傳方式。既然是廠商付費，因此商品或理念在新聞的呈現方式，大多得照廠商的要求進行。雖然新聞中沒有露出置入的商品品牌，但有些觀眾仍然可以發現，「業配」新聞中對於特定商品的肯定、暗示和宣傳意味，與一般新聞的表現形式有所差異。近年來，隨著大眾傳播相關科系重視「媒體識讀」課程，許多大學生會利用監看電子媒體新聞的機會，「抓出」有特定商品置入新聞或業配稿嫌疑的新聞，在側錄或拍照之後向 NCC 提出檢舉。而 NCC 也會根據民眾檢舉，對於有商品置入嫌疑的新聞進行審查，若認定是新聞置入，就會對播出該新聞的電視臺進行核處。

根據《新衛星廣播電視法》第 33 條第 2 項之〈電視節目廣告區隔與置入性行銷及贊助管理辦法〉規定，電視新聞及兒童節目不得進行置入性行銷，如果新聞和新聞性節目內容出現以下第四、第五及第六條所述狀況，將會被認定未與廣告進行區隔：[7]

第四條

1. 節目名稱之呈現與特定廠商品牌、商品、服務、電話、網址、標識或標語相同者。

2. 節目名稱與其所插播之廣告關聯者。

3. 節目參與者於節目中之言論或表現，呈現特定廠商品牌、商品、服務、電話、網址、標識或標語；或涉及特定產品之效用、使用方式、價格者。

4. 節目參與者所演出之廣告與節目內容有關聯，或雖無關聯但未與其他廣告前後區隔者。

5. 節目內容之呈現，利用兒童、名人、專業者、贈品、統計、

----

7 資料來源：https://www.ncc.gov.tw/chinese/law_detail.aspx?site_content_sn=3709&law_sn=2580&sn_f=2580&is_history=0

科學數據、實驗設計結果等手法，突顯特定商品或服務之價值者。

6. 節目所用之道具、布景、贈品、特定活動或其他設計，透過影像、聲音或其他形式呈現特定廠商品牌、商品、服務、電話、網址、標識或標語；或涉及特定產品之效用、使用方式或價格者。

7. 節目所用之道具、布景、贈品、特定活動或其他設計，與廣告有關聯；或雖無關聯但未以其他廣告前後區隔者。

8. 節目內容呈現特定廠商品牌、商品、服務、電話、網址、標識或標語；或涉及特定產品之效用、使用方式、價格者。

第五條

1. 對特定商品或服務呈現單一觀點，或為正面且深入報導者。

2. 呈現特定廠商品牌、商品、服務、標識、標語、效用、使用方式之播送時間，明顯不符比例原則者。

3. 畫面呈現廠商提供之宣傳或廣告內容者。

第六條

1. 誘使兒童要求家長接受節目中商品或服務之建議者。

2. 利用兒童參與心理，鼓勵使用各種付費形式之互動者。

NCC 自 2018 年 1 至 9 月，已經裁罰衛星頻道 16 件「節目與廣告未明顯區分」案件，總計裁罰金額達 390 萬元。以某新聞臺在 2017 年 10 月的一則郵輪專題報導為例，這則新聞專題在 2018 年 2 月，被 NCC 裁定「節目與廣告未明顯區分」，也就是它被認定是一則「郵輪廣告置入新聞」的專題報導，因此被 NCC 裁罰 70 萬元，這樣的罰款金額對新聞頻道而言，可說是「重罰」！而以上述新衛廣法第 33 條第 2 項之〈電視節目廣告區隔與置入性行銷及贊助管理辦法〉規定內容，這則專題之所以被認定為業務置入新聞，有幾個重要關鍵，分述如表 1-5-1。

表 1-5-1　遭裁罰郵輪報導內容及診斷

項次	表現形式	新聞內容	違規診斷
01	主播	……郵輪旅遊從歐美紅到亞洲，在競爭激烈的市場當中，郵輪品牌推出首艘亞洲所打造的豪華郵輪，靠著 35 種異國美食、精緻軟硬體來搶攻中高階層的客群……。晚上娛樂活動層出不窮，也有適合全家大小一起觀賞的各種雜技表演跟大型歌舞秀，也成為時下最夯的旅遊行程。	主播推薦商品式的詳細介紹，有別於一般新聞報導，商業化色彩濃重。
02	記者口白	1. 百老匯式的歌舞秀融入舞蹈和雜技，加上 LED 聲光投影……，熱情的拉丁舞蹈，讓人看得目不轉睛，猶如置身賭城、拉斯維加斯般的各種精彩表演……。 2. 把亞洲最大電音俱樂部原汁原味搬到船上……，娛樂活動層出不窮，旅客不怕無聊，只需要擔心活動太多。 3. 露天泳池、兒童戲水區共有 6 條水上溜滑梯，想要更刺激的可嘗試 18 層甲板高的滑索場……，另外郵輪上還設有足球場、籃球場以及可以打桌球、高爾夫球……，也可以在甲板上享受日光浴或者到水療 SPA 中心、中式按摩或西式療程，任君選擇…… 4. 中式的餐點道地又豐富，川菜、廣東菜，甚至是東南亞風味通通吃的到……，郵輪上共有高達 35 種異國美食……，從平價美食到星級佳餚一應俱全。	1. 新聞專題鉅細靡遺介紹豪華郵輪內部設施，極為少見，比較像是購物臺的套裝行程介紹 VCR。 2. 如果記者同時介紹另一個品牌的豪華郵輪行程及價格，就不會突顯專題是為了單一品牌行程量身訂做。

項次	表現形式	新聞內容	違規診斷
03	專訪	1. 雲頂郵輪市場部高級副總裁 XXX（本書作者隱藏其名）：「在設計的文化活動或娛樂活動方面，我們也更加注重亞洲人的口味……。我們的郵輪是國際化的郵輪，但是我們始終是有一顆亞洲的心，我們是非常的貼心的亞洲式的服務，……」（類似訪問出現 2 次） 2. 星夢郵輪總裁 XXX（本書作者隱藏其名）：「我們有接待人員在大廳，我們有每日行程表，有 APP 你可下載，這都可以幫助你，參與精彩的活動，你不容錯過的。」（類似訪問出現 3 次）	為了避免新聞報導被認定有業務置入嫌疑，通常此類行程介紹報導，不會把品牌名稱露出，例如：「雲頂郵輪市場部高級副總裁 XXX（姓名）」、「星夢郵輪總裁 XXX（姓名）」，可改為：「郵輪市場部高級副總裁 XXX（姓名）」或「郵輪總裁 XXX（姓名）」。把品牌名稱露出，絕對是導致這則專題遭到裁罰的重要因素。

　　NCC 明確指出，這則新聞專題專訪「星夢郵輪公司」總裁及副總裁，強調自家商品（雲頂夢號）的特色、優點，又詳述雲頂夢號所提供之各式各樣的軟、硬體設備及服務等相關訊息，並由記者親身體驗其設備。同時這則新聞更點出，雲頂夢號亞洲豪華郵輪，靠美食、精緻軟硬體來搶攻中高端客群，藉以突顯產品之優勢及價值，已明顯表現出媒體於新聞報導中置入行銷特定商品之意涵，因此予以裁罰。另外，若是違規的衛星新聞頻道沒有改善，下次就會加倍罰款，並列入衛星新聞頻道換照及評鑑之參考。[8]

----

[8] 資料來源：https://www.ncc.gov.tw/chinese/files/18030/3984_38867_180306_1.pdf

四 假新聞的查核

所謂假新聞（Fake News），它所指涉的範圍，其實並非單指「新聞」，而是泛指一切資訊的生態系統。假新聞的形式主要又分二種，一是 misinformation：指的是未經查證的**錯誤訊息**，它可能是新聞工作者未經查證而引用的無心之過；另一種假新聞形式則是 disinformation：指的是有心人士刻意製造並散播的**虛假訊息**（或稱為：不實訊息）。現在大家常提到的「假新聞」，大多指的是這種刻意操弄並具有特殊目的的「虛假訊息」。假新聞還包括有如下的七種不同類型：**9**

1. **諷刺、惡搞**：無意造成傷害，但有愚弄或誤導別人的可能。例如：利用設計對白調侃公眾人物。

2. **誤導性內容**：誤導性使用資訊以形塑議題或人的認知。例如：民調調查結果顯示某候選人民調 35%，媒體詮釋為「有 65% 不支持該候選人」。

3. **偽裝性內容**：冒用真實的消息來源或公眾人物。例如：為求內容提高影響力，假裝以名嘴、名人、政府官員或匿名外交官身分發言。

4. **虛構性內容**：完全虛構新聞內容以欺騙讀者並造成傷害。例如：謠傳「林飛帆是李登輝的私生子」。

5. **題文不符**：標題、視覺資料或其說明與內文不符。例如：網路內容農場為了吸引讀者點閱，使用聳動甚至失真的標題。

6. **脈絡錯置**：真實內容被置於錯誤的脈絡。例如：以舊的水果棄置照片，放在新的農業新聞事件中。

7. **操弄性內容**：真實訊息或意象被刻意操弄來欺騙讀者。例如：謠

---

9 資料來源：(1) 引自胡元輝教授 2018.06.21 為東森財經臺上課 PPT。(2) 洪國鈞（2018），〈假新聞種類分析和舉例說明〉，沃草公民學院。https://medium.com/watchout/fake-news-example-ec0959930e08

傳「蔡英文在軍人節忠烈祠活動吐口水」影片。

現今媒體當中，假新聞可說是無所不在，尤其網路上更是充斥著「如假似眞」、「以假亂眞」、「似是而非」的各種造假訊息。爲什麼有人要製造假新聞流傳？有些人可能只是爲了惡搞，看到大家被自己耍得團團轉，他覺得很有成就感！但有些可能具有特定政治目的：爲了打擊異己，於是放出一些部分眞實、大部分是虛假的訊息，來傷害競爭對手！有更多的網路假新聞來自於「內容農場」，是業者僱用網路寫手製造出來的，標題通常十分聳動且吸引人，但目的是欺騙使用者點閱，以衝高網站流量；或者其目的是藉由「醫療新知」內容恐嚇讀者，以便推銷昂貴的藥品及保健食品。網路上常見的醫療性、商業性假新聞包括：

1. 某連鎖咖啡店在網路上宣稱，爲了歡慶在臺成立 20 年，推出一年份拿鐵兌換券，條件是必須在臉書粉絲專頁下方留言，如果按讚再分享給朋友還能獲得更多優惠。結果，這則訊息證實是假新聞。

2. 某羽絨大衣名牌公司因爲火警燒毀廠房，老闆被電視臺拍到跪倒在地痛哭流涕，無奈將搶救出來的羽絨衣低價大拍賣，只限三天搶購。結果，名牌羽絨衣公司根本沒有發生火警，老闆也沒有被電視臺拍到跪地痛哭，一切都是仿冒品業者製造的假新聞，目的是在網路上促銷仿冒的名牌羽絨衣。

3. 有關年金的訊息包括：「勞保年金請領年齡延後至 70 歲，年資未滿 25 年就無法領年金」、「領到 80 歲後會停發年金」及「領年金後再工作必須扣減年金」等，勞動部特別發新聞稿澄清這些均非事實，呼籲大眾勿採信。

4. 網路醫療訊息宣稱，多喝咖啡、多吃薑片和馬鈴薯放冰箱都會致癌。但這些訊息都屬未經證實的「網路謠言」，徒讓民眾感到恐慌。

Borel（January4, 2017）指出，假新聞的主要目的並不是爲了告知，而是希望散播「懷疑的種子」，讓人分心，並且提供矛盾的、讓人困惑的新聞訊息。尤其，網路上的各個新聞網站，已經形成「新聞」與「意見」

的綜合體，也就是內容看起來像是新聞報導，但是報導又看起來像是公關稿和廣告訊息。但是，偏偏這一類披著新聞外皮的「假新聞」會比「真新聞」吸引到更多閱聽眾，而且，假新聞的訊息來源大多來自社群媒體，像美國的假新聞常是利用臉書和推特傳播（Yang, January 4, 2017）。在頂尖的新聞網站排名中，社群媒體只占 10.1% 的流量，但假的新聞網站卻大量使用社群媒體，占了 41.8%，更可說明社群媒體對假新聞提供者的重要性（Allcott & Gentzkow, 2017；林照真，2018）。

網路假新聞橫行，有人認為政府應該立法來打擊假新聞！民進黨籍立委邱志偉、蘇震清等人於是提案修正〈社會秩序維護法〉：「未經查證於網路散播、傳遞假新聞、假消息或散布謠言，足以影響公共安寧秩序者，可處 3 日以下拘留或 3 萬元以下罰鍰。」無獨有偶，新加坡「打擊網路假信息特選委員會」，建議應立法給予政府打擊假新聞的權力。同時，《印度快報》也報導，印度新聞評議會和新聞廣播協會準備擬定守則或新規範，一旦接獲投訴，確認記者報導或傳播虛假新聞，將被暫停或永久取消記者資格。但是，用立法手段打擊假新聞，也有可能傷害到言論自由，造成媒體寒蟬效應，因此臺灣學術界和實務界，大多不支持政府或立法單位主導增訂相關刑度和罰責。[10]

電視新聞當中，有許多訊息來源是引述自網路及社群媒體，要避免引用到假新聞，唯一的辦法就是「**查證、再查證**」！但是，電視新聞頻道經常為了趕播出時效，對於網路流傳的訊息沒有仔細查證就立刻在新聞中轉述播出，於是，本來只有在網路中流竄的假新聞，在經由電視新聞的推波助瀾之後，會造成更多閱聽眾的恐慌或上當受騙。電視臺引用假新聞，如

----

[10] 資料來源：

http://news.ltn.com.tw/news/politics/breakingnews/2453002
https://www.nownews.com/news/20180404/2730022
https://udn.com/news/story/12178/3189288
http://www.chinatimes.com/newspapers/20180329000663-260102

果情況嚴重的話，可能造成他人生命、財產、名譽的損失，那麼播出的電視臺自然必須承擔查證不足的法律責任；同時，其他後果還包括可能受到 NCC 的核處、電視臺必須發出道歉聲明、出錯影片在網路流傳造成電視臺聲譽受損等，而處理這則新聞的記者可能也會遭到電視臺處分。有關於記者查證網路新聞的注意要點，〈中華民國衛星廣播電視事業商業同業公會新聞自律執行綱要〉第 14 則之 6 有以下原則可提供參考：

1. 查證該網站是否註明資料來源之時間與地點。

2. 查證該網站資料最後更新時間。

3. 查證該網站是否定期更新。

4. 查證該網站之所有人是否爲具有公信力之專業人士。

5. 透過專業驗證網站，查證該網址之基本註冊資料及 URL 網域相關資料。

6. 對有疑慮之內容，編採製播時秉持審愼態度，落實查證程序。

NCC 認爲，廣電媒體於製播新聞及評論應注意事實查證及公平原則，搭配事業建立之自律機制，如製播新聞違反事實查證原則，致損害公共利益，或妨害公共秩序，現行《廣播電視法》或《衛星廣播電視法》於 105 年訂有罰則：「違反者最高可核處新臺幣 200 萬，並得令其停止播送該節目，或採取必要之更正措施。」同時，NCC 也要求電視新聞頻道應將新聞報導事實查證及公平原則納入營運計畫，並將內控機制列爲換照最重要的審查項目，藉此防止網路假新聞可能經由電視新聞未經查證而引用的推波助瀾（NCC 於 2018.9.18 及 2018.12.19 發布之新聞稿內容；NCC「建立我國事實查證參考原則」，見本書附錄一）。但是，既然《廣播電視法》或《衛星廣播電視法》已對媒體疏於查證造成之損害訂有罰則，對於假新聞是否另訂新法或修正《社會秩序維護法》，就實際狀況來說，目前並無迫切之需要。

目前民間團體和學界，也紛紛成立了「事實查核機制」，以遏止網路假新聞的泛濫。根據杜克大學公布的統計數據指出，在全球活躍的事實

查核計畫總共有 149 個，其中有 22 個來自亞洲。2018 年 7 月，臺灣也在「財團法人臺灣媒體觀察教育基金會」與「優質新聞發展協會」的合作之下，成立了「**臺灣事實查核中心**」，諮議委員會包括鄭瑞城、翁秀琪、蘇正平、黃旭田、賴鼎銘等專家學者。發起人胡元輝教授希望媒體界能一起加入，讓民間組織、新聞室合作，做好事實查核的工作。同時，包括一般媒體及社群媒體如臉書（facebook）、Line、Google，也都希望能報導查核結果、充分揭露查核資訊，甚至在公開平臺（如粉絲專頁等）公告查核結果。而電視頻道的新聞工作者，也可以透過這樣的機制，讓假新聞的查證能夠更加周延與審慎。[11] 目前「臺灣事實查核中心」已經開始運作，並且針對許多假新聞或網路流傳的不實訊息進行查證及澄清，例如：

　　【錯誤】網傳日本核電輻射汙染食品已在國內數家賣場販售，且食品標示為「K」即代表福島產品，可據此辨識產地？（2018.09.21）

　　【錯誤】媒體報導：日本關西機場因燕子颱風重創而關閉後，中國優先派巴士前往關西機場營救受困之中國旅客？（2018.09.15）

　　【錯誤】媒體報導：總統批准法令，將封鎖散播假新聞的社群媒體帳號和威脅國安的網站？（2018.09.04）

---

[11] 資料來源：
　https://udn.com/news/story/7266/3098283
　http://www.cna.com.tw/news/ahel/201804190340-1.aspx
　https://www.ithome.com.tw/news/124113
　https://tfc-taiwan.org.tw/articles/report

第二篇

電視新聞實務篇

第6章
電視新聞文稿

　　撰寫電視新聞文稿是文字記者的重要工作。電視新聞稿由三大部分組成，一是「稿頭」，二是「標題」，三是「內文」，以下將分三節進行敘述。

一 電視新聞稿頭如何寫？

　　「稿頭」就是一則電視新聞的導言，通常由文字記者所撰寫，主要的目的是提供給主播在播報時，作為一則新聞的介紹或引導觀眾之用。還有另一種形式稱之為「連線稿頭」，是在記者 SNG 即時新聞連線時，提供給主播作為預告或現場交接之用，因此主播的最後一句話一定是：「我們現在將現場（鏡頭）交給記者 XXX。」進行稿頭撰寫時，有幾個要注意的事項如下：

　　1. **稿頭單一重點化**：稿頭要呈現的是「最重要的那個新聞點」，勿太貪心，一次出現多個重點，觀眾會混淆，不知你要講的新聞重點在哪裡？

　　2. **稿頭要精簡**：稿頭不需要把事情從頭到尾解釋一次，這樣後面的VCR，等於只是重複一次稿頭內容而已，觀眾會覺得厭煩。不過，有些新聞臺則是反其道而行，主播講稿頭時間，比內容 VCR 時間更長，這是策略性的做法，一般稿頭寫法會要求精簡，差不多是電腦 iNEWS 系統稿

頭打稿區的 2 至 3 行左右。

3. **激起觀眾興趣**：稿頭就是 VCR 的廣告詞，需要運用技巧吸引觀眾來收看，所以它要寫的是最有趣的那個點，讓觀眾覺得沒看到 VCR 會很可惜。甚至可以用懸疑性的語句吊觀眾胃口，如果在稿頭就「破梗」，把觀眾最想知道的那個「趣味點」或答案先說了，那麼觀眾就會覺得接下來的 VCR 可看、可不看了！

電視新聞稿頭寫法參考案例如下：

➲ 案例 1

完整版	現在物價到底有多貴？採買族感受最深，肉類價格狂飆，過去許多便宜養殖魚類，像是虱目魚、吳郭魚價格漲破 3 成，一隻吳郭魚要價近百元，養殖七星鱸也漲得很誇張，價格漲破 5 成，另外水果、蔬菜漲幅也大，其中平民青菜地瓜葉居然也漲到一把要價 35 元。

精簡版	現在物價到底有多貴？採買族感受最深，肉類價格狂飆，過去許多便宜養殖魚類，像是虱目魚、吳郭魚價格漲破 3 成，一隻吳郭魚要價近百元，養殖七星鱸也漲的很誇張，價格漲破 5 成。

➲ 案例 2

完整版	臺北市一間麵店，特色是全用兩蔣時代的照片作為裝潢，門口還有一個大大的蔣公銅像，有人會先敬禮才走進店裡吃麵！這些老文物是老闆花了 500 萬買的個人收藏，很多人就衝著懷舊氛圍來用餐。這家麵店還有一個特點，能吃完 2 碗麵，就通通不用錢，還有人曾經吃了 3 碗，老闆倒貼他 1,000 塊！

精簡版	臺北市一間麵店，特色是全用兩蔣時代的照片作裝潢，門口還有一個大大的蔣公銅像，有人會先敬禮才走進店裡吃麵！這家麵店還有一個特點，能吃完 2 碗麵就不用錢，還有人曾經吃了 3 碗，老闆倒貼他 1,000 塊！

⊃ 案例 3

破梗版	想進 google 工作不是夢！google 宣布在臺灣大舉徵才，一共有上百個職缺，條件不拘，不限定名校畢業，不強調英文能力，甚至廣邀女性工程師加入，而且透露薪資將具有市場競爭力，但 google 的面試題目是出了名的難，比如會出現「塞滿一輛校車，需要多少顆高爾夫球？」和「清洗西雅圖所有的玻璃窗，你的報價會開多少？」這一類的題目。

懸疑版	想進 google 工作不是夢！google 宣布在臺灣大舉徵才，一共有上百個職缺，條件不拘，不限定名校畢業，不強調英文能力，甚至廣邀女性工程師加入，而且透露薪資將具有市場競爭力，但 google 的面試題目是出了名的難，到底有多難呢？緊接著帶您來看！

⊃ 案例 4

普通版	有個屠宰專門行業，叫豬肉分解工，像是三重蘆洲地區有個豬肉王子就是分解工，一年四季都赤裸上身，從前他可是年薪百萬，縱使現在攤商豬隻叫得少，月薪還是能保持 8 萬以上。

趣味版	有個屠宰專門行業，叫豬肉分解工，像是三重蘆洲地區有個豬肉王子就是分解工，一年四季都赤裸上身工作，健壯的身材，吸引了市場許多婆婆媽媽光顧，豬肉王子在傳統市場裡，到底有多麼受到歡迎呢？我們帶您一起去看。

二　電視新聞標題如何寫？

　　電視新聞標題是一則新聞的簡介或提示，觀眾透過標題就可以很快的掌握即將播出的這則新聞重點。在電視新聞組織之中，「下標題」是文字記者的工作，但後續包括新聞主管、編輯、主播、製作人等新聞守門人，

都有機會修改記者所下的標題，所以經過層層修改後，最後在電視螢幕上所秀出的新聞標題，經常與記者原先所下的標題已相去甚遠。

通常在「下標題」時有如下的幾個重點需要掌握：

1. 標題要有主詞，否則觀眾會搞不清楚：「主角是誰？誰要做什麼？」

2. 化繁為簡、清楚明瞭，但要讓觀眾看懂：「發生了什麼事？」

3. 符合「對聯式下標」規格。「二段式」的新聞標題有點像過年時貼的門聯：左右對聯字數接近，唸起來又有押韻和對仗。新聞標題雖不必寫到「左右句字數相同、押韻和對仗」，但其表現形式上有點雷同（如表1-6-1所舉之範例）。「三段式」的新聞標題過去比較少見，則在已有增多趨勢（如表1-6-2）。

4. 諧音、趣味式標題及仿網路新聞標題，偶爾可以嘗試，但不宜泛濫（如表1-6-3及1-6-4）。

5. 新聞標題可以出現「！」和「？」等標點符號，但不可以出現「，」和「。」的標點符號。

表 1-6-1　二段式電視新聞標題範例

美麗華爭議不斷　千億黃家內鬥大揭祕
愛迪生百餘年前創立　奇異變巨無霸怪獸
鳥類 DNA 讓恐龍復活　美國團隊：最快 5-10 年

表 1-6-2　三段式電視新聞標題範例

梅西難救豬隊友　阿根廷輸球迷哭　克國球迷嗨翻
警 17 人抓他 1 人！嫌擁防彈背心　4 把槍都上膛
市價半折！網賣重機配件「攏是假」　防摔衣不安全

表 1-6-3　諧音及趣味式標題

「菲」常可惡！　公務船 59 槍射殺我船員
央行再打房！豪宅難賣　建商：害啊！
臺股一週跌掉 300 點　股民：做心酸吔！

表 1-6-4　仿網路新聞標題

大貨車停車手煞車沒拉好　自動滑行下坡 GG 了！
女網紅捷運熱舞秀美腿　小孩嚇哭母驚呆了！
警沒穿雨衣全身濕交管　熱心小鮮肉這樣做 ...

　　爲電視新聞「下標題」時，不能只顧趣味性和創意，相關的新聞倫理和法令規定也不能忽略。常見的標題內容錯誤和應該避免的事項，如表 1-6-5 及 1-6-6。

表 1-6-5　電視新聞標題常見錯誤

新聞標題	錯誤診斷
免費參觀　搶便宜好時機	**沒主詞的標題** 參觀什麼？搶什麼便宜？
2018 臺灣國際電動汽機車展開跑了	**規格不符** 中間要有空格，切成前後二段如對聯式。
智慧電動汽機車將是新興產業，期盼推動產業升級	**沒主詞又不符規格** 1. 標題中間不能出現逗點。 2. 誰期盼推動產業升級？
火辣模特兒**吸精**　國際新車展熱鬧登場	「吸睛」。 讓人尷尬的錯字。
新款房車配備**疝氣頭燈**　受車主歡迎！	「氙氣頭燈」：汽車使用的高壓氣體放電燈。 「疝氣」：腹腔內臟器進入不正常位置的一種疾病。

表 1-6-6　犯大忌的電視新聞標題

新聞標題	錯誤診斷
原住民酒後鬧事　酒精麻痺山區部落	不得特意標籤化原住民與少數民族。
變性人妖逛大街　苗栗純樸村震撼大	不得特意標籤化或歧視不同性別認同者。
同性戀結夥搶劫　員警偵訊怕染愛滋	不得特意標籤化或歧視不同性傾向者。
精神病患殺人分屍　成社會不定時炸彈	精神疾病與殺人分屍之間未必有因果關係，不得任意進行猜測或連結。

三　電視新聞內文如何寫？

▌簡版與正式版內文

　　電視新聞的內文寫作，其實只是幾個基本元素之間的排列組合而已，這幾個基本元素包括：

1. 記者 OS（唸白／唸稿）
2. 有現場音新聞片段
3. 訪問
4. CG 圖卡或字卡
5. 新聞襯樂或短音效
6. 臺呼 + 記者名

　　電視文字記者在採訪結束之後，他／她必須在很短的時間內，先把新聞內文寫好，以便能在回到電視公司之後，能夠很快的和攝影記者進到剪輯室過音和搭架（在剪輯器材上先將新聞結構搭設好）。等搭好新聞骨架後，文字記者再趁著攝影記者剪輯畫面的空檔，在電腦的新聞系統內將稿頭寫好，並將新聞內文貼到新聞系統的文稿格式之中。由於新聞產製時間被壓縮得很緊，因此文字記者能夠撰寫新聞內文的時間非常有限，有時候必須在新聞採訪現場或採訪車上就開始寫內文。文字記者通常會先以「簡

「簡單版」的寫作格式進行初版的內文撰寫，而這「簡單版」的內文寫作格式，其實也就是上述六個內文的基本元素彼此之間的排列組合而已。通常簡單版內文，文字記者只會寫出大概的新聞內容排序，而不會把新聞內容的細節寫得非常清楚。以下以二則新聞爲例，說明「簡單版」的內文寫作方法（如表 1-6-7 及表 1-6-8）。

⊃ 化學工廠火警

表 1-6-7

新聞骨架：

（現場音）＋（記者 OS）＋（現場音）＋（記者 OS）＋（訪問）＋（記者 OS）＋（臺呼）

標題：桃園化學工廠爆炸　20 多名員工倉皇逃命

簡版新聞內文：

（現場音：消防車進場聲音）

（記者 OS：熊熊烈火照亮整個夜空中，位在桃園的一家化學工廠今晚又發生爆炸，同時還外洩出有毒氣體，有 20 位員工身體不適，被緊急送醫。）

（現場音：救護車離開火場聲音）

（記者 OS：這些被送醫的員工，都是晚班的工作人員，晚間 9 點，他們正準備收工下班時，聚乙烯工廠鍋爐突然一聲爆炸巨響，接著冒出火光和濃煙，讓他們幾乎嚇到腿軟。）

（訪問工廠員工：大家高喊快逃命……）

（記者 OS：桃園消防隊共派出 15 輛消防車和 2 輛化學泡沫車，在一小時的全力灌救之下，終於是控制住火勢，而傷者也沒有生命危險。）

（臺呼＋記者名）

‿ 天下第一攤評選

表 1-6-8

簡版新聞內文：

主標：天下第一攤評選　童家饅頭、億長御坊得獎

（宣布前三名現場音）

OS：天下第一攤美食評選現場熱鬧非凡，主辦單位每年以公開評選的方式，進行傳統市場的油飯、包子、肉干、燒雞的美食 PK 賽。

（評審試吃現場音）

Satnd：記者現在位於天下第一攤美食評選的現場，我手上這個包子就是今天獲得金賞獎的童家包子，老闆在得獎後，也語重心長的說出他的希望。

Super1：童家饅頭老闆童俊仁

Bite1：希望市政府未來多注重這一塊……

副標：億長御坊講究衛生　兼具服務品質

OS：這次評選的方式沒有分名次，只有選出最美味的三間店家頒發金賞獎。榮獲油飯金賞獎的億長御坊，老闆立志讓傳統市場的美食品質，能夠凌駕五星飯店之上。

Super2：億長御坊老闆朱億長

Bite2：一般大家都認為傳統市場的東西比較髒，因此我希望可以……

標 3：得獎美食兼具創新與傳統味　獲評審肯定

OS：烹飪評審李德全認為，傳統美食競爭激烈，許多店家會開發新的口味，但最難的就在於加入新的元素時，還要保有傳統的味道。

Super3：烹飪名師李德全

Bite3：臺灣美食很多發源地幾乎是在市場，而傳統美食最難的在於怎麼保留傳統……

標 4：第一攤美食評選　宣揚在地餐飲文化

OS：這次的天下第一攤美食評選共有 18 個市場 37 個店家參賽，各個都是傳統美食界的箇中好手，希望透過這個比賽，讓大家在洋食林立的時代，也不要忘了傳統市場內的好味道。

（臺呼＋記者名）

　　但是，上述「簡單版」的內文寫作格式，只是記者趕播出時效或應付緊急狀況時的「便宜行事」，它並不是正式的新聞寫作格式，許多電視公司會希望在正常狀況下，記者還是以正式版的新聞寫作格式進行撰寫。以下所舉的例子（如表 1-6-9），就是以正式版的電視新聞格式進行撰寫，

它通常分為「項次」、「影部」、「聲／音部」及「time code」四個項目進行填寫。這種正式格式的好處，是因為內容完整，且註記了拍攝帶上要使用新聞片段的 time code，所以即使文字記者沒有和攝影記者一起進到剪輯室進行新聞搭架，攝影記者也能夠靠著這張完整填寫的內文格式表獨自進行新聞搭架和剪輯。但前提是，文字記者必須先看過新聞拍攝帶，並且將要使用的新聞片段 time code 記錄下來，才有可能開始填寫這張正式版的內文寫作格式。

➲ 天下第一攤評選「正式版格式」

表 1-6-9

項次	場景	影部	聲部	TC
		比賽畫面	比賽現場音	
01	天下第一攤現場	美食畫面、參賽者介紹自家產品畫面	OS：每年都會吸引許多傳統市場攤販前來比拼的天下第一攤，參賽品項包括包子、油飯、燒雞以及肉乾，每家攤販都使出渾身解數，希望可以把最好的產品呈現給評審。	
02	比賽現場	頒獎畫面	頒獎現場音	
03	天下第一攤現場	記者 Stand	我現在所在的位置是天下第一攤第一次公開評選的現場，剛剛成績已經出爐，可以看到我手上拿的這個，就是在包子品項獲得金賞獎的童家包子。	
04		轉場效果		
05	訪問	童家包子老闆童俊仁訪問畫面	**童家包子老闆童俊仁** 訪問：「希望下次主辦單位給我們一個機會，讓所有市場都動起來，不要說只推幾種，把所有種類都結合在一起，辦一個滿漢全席大餐。」	01:00～01:13

項次	場景	影部	聲部	TC
06		億長油飯攤位畫面	OS：這次評選的方式沒有分名次，只有選出最美味的三間店家頒發金賞獎。榮獲油飯金賞獎的億長御坊，老闆立志讓傳統市場的美食品質能夠凌駕五星飯店之上。	
07	訪問	億長油飯老闆朱億長	**億長油飯老闆朱億長** 訪問：「我非常注重品質，這是我們店最強的地方，我們自己出產的東西，都自己花錢去檢驗。」	00:21～ 00:24+ 01:01～ 01:05
08	天下第一攤現場	評審講評、接take 阿發師畫面	OS：這次比賽首次採取公開評選的方式，希望公開評選過程，讓結果更加客觀，甚至還邀請到擁有 40 年廚師經歷的阿發師擔任評委。	
09	訪問	阿發師施建發	**阿發師施建發** 訪問：「比賽有比賽的方法，今年如果輸了，就是你的方法不對，沒有抓住評審的心。」	01:30～ 01:37
10.		試吃畫面	試吃的現場音	
11	天下第一攤現場	活動、頒獎畫面	OS：不論評選結果為何，許多攤販都表示抱持志在參加，不在得獎的精神，希望透過競爭相互交流，也希望藉由比賽吸引民眾走進傳統市場，傳承在地文化。（臺呼結束）	

▌以畫面引導文稿

　　電視新聞的內文寫作，是電視新聞產製流程中很重要的部分！一則新聞表現的好壞，主要取決於內文寫作的優與劣，因為攝影記者主要是根據文字記者所寫的內文順序進行畫面填充。如果文字記者捨棄新聞畫面最有張力的部分不使用或不描述，僅制式的抄襲新聞稿或為記者會主辦單位作

宣傳，除非攝影記者很有個人的專業主導性，能夠用畫面來扭轉文字記者能力不足之處，否則一個平凡無奇的電視新聞內文，通常剪輯出來的，也會是一則平凡無奇的電視新聞 VCR。

因此，如果一個文字記者本身具有新聞畫面和剪輯邏輯的概念，那麼他 / 她在撰寫新聞內文時，就會以攝影記者所拍到的畫面作為優先考量，並且將這些具有現場性的影音畫面在文稿中進行合理性的分配，而不是以自己的想像或者如同寫散文、小說一樣，不考慮任何新聞畫面可以表現的因素。因為電視新聞之所以能吸引人，主要是靠新聞現場畫面的呈現，所以，文字記者寫稿時，應該「以畫面來引導文稿」，而非「以文稿來引導畫面」。為了要讓畫面來引導新聞內文寫作，文字記者在寫稿前，應該先把攝影記者所拍回來的新聞拍攝帶先看過一次，並抄下要特別剪輯出來的幾個重要畫面片段 time code（新聞拍攝帶上的時間碼）。「現場音」片段和「訪問」片段的 time code 抄好後，接下來就是前述「新聞基本元素」的排列組合問題。文字記者應優先考慮呈現「有重要現場音」的片段，然後再來考慮，每一段現場音畫面呈現之後，要怎麼寫銜接的 OS 及受訪者的訪問應該放在哪裡等問題。以下以「王品魔鬼訓練營」簡單版新聞內文的寫作方法，來示範現場音片段、訪問和 OS 彼此間該如何排列組合，才能夠讓電視新聞完美呈現（如表 1-6-10）。

表 1-6-10　王品魔鬼訓練營

主標：王品魔鬼訓練　刺激員工抗壓
（6 秒現場音：幾個員工訓練嘶吼畫面＋短襯樂）
OS：學員穿著正式運動服展開員工訓練，這個訓練方式很特別，透過高壓式的訓練方式，像是早上要慢跑、吃飯前唱歌答數，做錯事要接受慘烈的處罰，極盡所能的以各種挑戰性極高的情境，來刺激受訓者的成長。
受訪者：王仁森（王品集團員工 / 監督者）
BITE 1：去年我原本是學員，今年是扮演監督者的角色，透過這次的訓練，可以使我們的學員更具抗壓力，以我本身來說，原本我的體力不是很好，但為了要領導學員，跑在學員前面，就必須要比其他人更努力，才有辦法領導學員。

副標：學員忘情怒吼　釋放正向能量

（現場音 5 秒：怒吼訓練畫面）

OS：透過大聲吼叫四面牆上的精神標語，「你一定會成功、你可以更好、你要戰勝自我」等標語，來刺激自己努力向上。結束之後，教官會來到每個學員的面前，大聲的向每個學員宣示自己一定會成功，每個人都要喊得面紅耳赤才行。

（現場音 5 秒：面紅耳赤訓練畫面）

OS：通過了層層的考驗，學員最後能接受教官與其他同學的祝賀。同時，通過考驗的學員，將能正式成為王品集團的儲備幹部，未來百萬年薪不是夢。

受訪者：王品集團主管　陳先生

BITE 2：我們相信藉由這種吼叫的方式，把自己想要成功的欲望表現出來，是放出自己的正向能量，可以幫助我們成長，也提升我們本身的抗壓力與毅力。

OS：王品集團的主管表示餐飲業是壓力很大的行業，因此把具有潛力的員工集中訓練，不但可以提升他們的壓力承受度，也可以強化面臨挫折的能力，突破個人的侷限，找到自己的夢想！（臺呼結束）

▌電視新聞產製注意要點

　　電視新聞稿內文的寫作，牽涉到記者的採訪態度、新聞專業和畫面構成、剪輯後製概念等問題，因此，一個資淺的記者，較不容易掌控「讓畫面自己說話」原則——讓觀眾看電視新聞有親臨現場之感。然後，電視記者還要一針見血的切入新聞點，讓觀眾能知道問題的關鍵所在和新聞敘述的重點，並且寫出具有批判與反思能力的電視新聞稿，這種能力需要時間和經驗的累積。新進的電視新聞文字記者較容易犯的錯誤，是沒有抓住新聞現場最吸引人的畫面，並用文稿巧妙的牽引著它自然呈現。同時，新進記者比較容易相信記者會主辦單位或當事人的陳述，沒有質疑或懷疑新聞真實的精神，這些缺失，需要透過課堂的模擬和新聞實戰的訓練來加以改善。表 1-6-11 的 13 項新聞寫稿和製作注意要點，是本書作者多年的新聞實務經驗所累積心得，提供給新聞採訪初學者作為參考。

表 1-6-11　電視新聞寫作及製作注意要點

1. **掌握電視新聞黃金十秒**：最激烈、最刺激的動態畫面放最前面。黃金十秒中，又以新聞開場的五秒內最重要！

2. 有些新聞為了增加動態性的新聞，可以善用**「快剪」**做開場。方法是以三秒至五秒左右的快節奏音樂加上幾個短畫面組合而成，或者剪輯幾個具有現場音的動態畫面組合而成一個強而力的開場。

3. **開場**要經過設計或特別挑選，一開始就要抓住觀眾目光。且新聞事件不一定是照時態進行，也可能用倒敘法。

4. 好的新聞，一定是讓**現場音**盡可能完整重現，但不冗長，讓觀眾有參與事件、如在現場感覺。

5. OS 的作用在於「呼應前面」及「引導後面」，前面的 OS 跟後面銜接的受訪者訪問，不要講一模一樣的話。

6. 好的新聞，OS 不一定要多，如果現場音夠精彩，OS 只是點綴與陪襯，不能喧賓奪主。

7. 注意新聞寫作**「邏輯」**和**「合理性」**。也就是說，OS、訪問、現場音和 Stand 的排列組合必須合理化和順暢化，前因後果要說明清楚，否則新聞做出來，只有你自己懂，觀眾完全看不懂。

8. 不可以把一大堆訪問都接在一起！如果訪問太多，要進行分類，一般分成「贊成」、「反對」二大類，中間用一個 OS 隔開。

9. 新聞很短，所以只能針對一到二個主題進行發揮，並且把最重要的那個主題先講，如果你什麼主題都要包進來，新聞會變一盤散沙，毫無重點。

10. 開記者會的單位不重要，這場記者會中，**誰是你報導中的主角**才重要。

11. 提醒觀眾，你做的這則新聞很重要，所以你使用的文字強度也要夠，否則觀眾會覺得這則新聞很普通，不看也可以。

12. 參加任何記者會或發表會，都要抱持著**存疑態度**！在記者會中，要針對你的疑慮提出問題。因為，你不是對方聘的寫手，沒必要為他們歌功頌德！

13. Stand 用於新聞最前面，通常在於介紹記者身處位置及被報導者背景，最好是以「走動式」方式為之，且須避免 Stand 與主播稿頭內容重複。Stand 置於新聞中間，通常用於場景轉換之時，Stand 結束後需要有一個 fade in/out 的效果作為轉場。Stand 用於新聞結尾，在記者於為新聞作總結，或者陳述記者的觀察與感想，最後連結臺呼、記者名字作為新聞的結束。記者應避免做「到此一遊式」且言之無物的新聞結尾 Stand。

第7章
電視新聞採訪

一 訪談分類與採訪企劃

　　「人物訪談」是電視新聞產製流程中非常重要的一環，也最能表現出電視新聞的深度。所謂「電視新聞訪談」，和記者在新聞現場機動性的問話或記者會中提問有所不同，「訪談」指的是記者事先與受訪者約好的「專訪」。這種訪談通常分為三種。

新聞訪談

　　一分多鐘的即時新聞，記者通常不會訪問太久，即使訪談進行很久，在經過新聞製作的裁切後，受訪者只會出現在新聞中幾秒鐘或只說一、二句話。有些受訪者因此十分不滿，他們認為自己在訪談中說明得很清楚，但是記者只剪輯無關緊要的一、二句話，甚至是胡亂剪輯，導致他的原意被扭曲，因此衍生許多糾紛。如果記者剪輯受訪者的訪談內容只有一、二句話，要十分確認新聞中剪輯使用的，是受訪者所陳述最關鍵、最重要的、最核心的內容；如果不確定，最好以電話向受訪者再次確認，以免曲解受訪者原意。在電視新聞採訪戰中，新聞當事人的「訪談」也可能是電視公司重要的「戰利品」！例如：有一位正處在新聞風暴中的焦點人物，不信任其他媒體，他／她只願意接受你單一媒體的訪問，這時候，不但記者得到的是一次「專訪」，而且還是「大獨家」，所以在電視新聞採訪戰中，通常稱之為「獨家專訪」。

新聞 ON AIR 現場訪談

　　有時，電視新聞時段製作人，會要求新聞當事人或相關專家、學者上新聞播報現場接受新聞主播的專訪。這種專訪，訪問者通常是主播，而不是記者，但仍有可能透過採訪記者進行當事人或專家、學者的邀約。因此，訪問之前的邀約、訪問問題的擬寫、受訪者到達電視公司後的接待，仍有可能必須由採訪記者負責進行。

新聞專題和節目專訪

　　所謂「專訪」，自然只有你自己是訪問者，不會有其他的媒體參與。由於新聞專題或報導型新聞性節目，所需的訪談內容會比較多，因此許多新聞當事人或專家、學者，會比較喜歡接受這一類專題或節目的深度訪談。但也因為不是臨時性的訪問，所以採訪記者在訪問前，必須做好準備工作，並且向受訪者提出「採訪 / 專訪企劃表」。有關於約訪前要填寫的「採訪 / 專訪企劃表」，可參考表 1-7-1 及 1-7-2 範本。

表 1-7-1　採訪企劃表（空白版）格式

採訪企劃表
一、工作（學習）單位簡介 / 自我介紹
二、採訪源起
說明為何要採訪拍攝及訪問
三、採訪規劃及需求
1. 專訪部分 　　要訪問誰？ 　　條列出要訪問內容
2. 拍攝需求部分 　　除訪問外，還要拍什麼？受訪者要如何配合拍攝？
3. 資料提供部分 　　受訪者相關照片、文字資料及影像資料可否提供？
四、採訪日期及地點
何時要採訪，在哪裡？

| 申請人／連絡人 |
| 電話： |
| e-mail： |

表 1-7-2　採訪企劃表（填寫版）格式

85 度 C 董事長吳政學採訪企劃

一、節目簡介／自我介紹

　　XX 新聞臺《流行無線》為假日新聞報導型性節目，每週進行一集焦點人物的採訪及專訪報導內容。採訪記者許志明，為電視新聞工作資歷超過 20 年的資深記者。

二、採訪源起

　　一個赤貧出身，沒有顯赫學歷，沒有驚人身世的臺灣平凡小子，他的人生前半段，是不斷的跌跌撞撞，是不斷從失敗中學到教訓。85 度 C 董事長吳政學做過電鍍工人、修車工人、美髮師、大理石工人、建築包商，他經常必須辛苦工作一整天，才能換得一頓溫飽。換做別人，可能在埋怨中度過人生黃金期，但吳政學卻告訴自己：「如果想要脫離目前困境，唯一的方法就是讓自己升級。」這樣的想法，讓這個窮小子能在艱苦中愈挫愈勇，終而實現自己的夢想。

《流行無限》節目採訪團隊，希望能藉由吳政學董事長艱苦出身，卻努力向上的個人經驗，鼓勵有夢想、有理想的年輕人，能夠踏出自己的第一步，勇敢的去築夢、追夢，終有一天，夢想有可能會成真。而這一切，都要從一杯 35 元臺幣的咖啡開始說起……。

三、採訪規劃及需求

1. 專訪吳政學董事長部分

預計訪問問題：

(1)2017 年，85 度 C 在美國休士頓開出第 1,000 家店，成為臺灣第一家有千店的跨國品牌，您是如何辦到的？

(2)蘋果公司創辦人賈柏斯，曾在休學之後去上英文書法課，學會了字體和版面美學，他當時只是為了興趣，沒想到日後這個概念卻應用在第一臺麥金塔電腦的美學設計中。對吳政學董事長來說，人生也沒有白繳的學費，是否可以請您談談家庭成長背景，還有您和父親的相處點滴。是什麼樣的因素，使您必須中斷國中學業，提早進到社會歷練？

(3)在吳董事長早年的工作經驗中，哪一些是您印象最深刻的？在這樣艱困的生活中，有沒有一些小故事是您永遠難忘的？在這些基層工作中，您學到了什麼？體會到什麼？

(4)您何時決心要自己創業？您何時賺到人生的第一桶金？那時的心情如何？早年的做生意經驗，包括開美髮店、開鞋底加工廠、當建築包商、開紅茶店、開 PIZZA 店，您學到了哪些做生意不賠錢的方法？有哪些發生過的事，是您印象最深刻的？

(5)七顧茅廬找蛋糕師傅！您是如何找到前亞太會館點心房主廚鄭吉隆，來掌管 85 度 C 的蛋糕烘焙事業？您為何會堅持要找到三位大師級的飯店主廚加入 85 度 C？

(6)創業維艱，85 度 C 在臺灣永和的第一家直營店是如何打響知名度？85 度 C 是如何做到百分之百成功，也就是沒有一家店是賠錢的？

(7)85 度 C 的成功，有很多的因素集結而成，您認為最關鍵的因素是什麼？市場上也有人在複製 85 度 C 的成功經驗，屆時 85 度 C 是否會喪失市場優勢？

2. 拍攝需求部分

(1)拍攝臺灣永和保平路第一家 85 度 C 創始店。並在此地進行吳政學董事長第一段訪問，談 85 度 C 創始甘苦，還有這家創始店當年如何造成轟動。

(2)貼身拍攝吳政學董事長一天，包括巡視工廠、巡店、員工開會、試吃新品蛋糕或咖啡、聽取民眾意見等。

(3)安排記者體驗當一日 85 度 C 員工，請分別安排於蛋糕烘焙部門及當店前服務員，以體驗 85 度 C 的服務品質。

(4)安排記者參與 85 度 C 之內部試吃會及討論會，讓主持人以「試吃員」身分，評選 85 度 C 新品蛋糕或現有已上市之蛋糕或麵包。

(5)拍攝 85 度 C 中央廚房。

3. 資料提供部分

(1)請 85 度 C 提供吳政學董事長學生時期、家庭及創業前及創業後之照片，及 85 度 C 紀錄片或相關影片，以供製作《流行無限》節目之用，本節目於使用時，會於片尾打上 85 度 C 提供字樣。

(2)請提供 2017 年 85 度 C 美國休士頓開店時的拍攝片段畫面。

PS：上述採訪需求，依現場狀況可臨機作調整。

三、訪談方法與注意要點

通常訪談的方法有下列幾種，有時候要看受訪者比較能接受哪一種，或者訪問者在現場也可以臨機應變，選擇一種最適合當天訪談情境的模式進行。有關於訪談進行的模式和其應注意的重點如下。

結構式訪問

　　這是最常見的一種訪談方式，通常訪談者會先擬好大綱，把訪談的問題分成幾個大類，然後就照著這張訪談大綱來進行。例如：我們要訪問一個成功企業家，我們可能要從他小時候談起，然後依序是：求學時期、企業草創時期、最艱困時期、業績突破時期、成果收割期和再創新突破期等，一個時期、一個時期依序來進行。

漏斗式訪談

　　有些受訪者在訪談進行時，可能因為和訪談者初次見面，在比較陌生的情況下而產生緊張感，這時候受訪者會不自覺的啟動他心裡的防衛機制，也就是他會很制式的回答你的任何問題，不會對你真情流露或掏心掏肺的說出你想要的答案，這樣的訪談自然效果會大打折扣。為了降低受訪者的緊張感，訪談者可以試著和受訪者先閒聊一些他有興趣的生活瑣事，以使對方卸下心防，能夠和你暢所欲言，這種過程一般稱之為「暖場」。例如：

　　　　記者：「我聽說董事長最近迷上了健身？」
　　　　董事長：「沒有啦！下了班就去運動一下！但是公司同仁都說我去健身房運動後，精神和體力好多了！」
　　　　記者：「真的嗎？我練健身已經十年了呢！」
　　　　董事長：「哇！那你身材一定很好！」
　　　　記者：「下次有機會和董事長一起到健身房運動！」
　　　　董事長：「哈哈！沒問題，這部分我還要向你討教呢！」

　　當訪談現場氣氛已經由緊張轉為熱絡或融洽時，記者就可以順勢把話題轉入訪談的正題。

反漏斗式訪談

這種訪談方法通常用在即時新聞採訪或者受訪者講話漫無重點之時，記者宜一**開始就進入主題**，且要從最關鍵的問題開始談起。因為有些受訪者為了要讓採訪記者了解事情的「前因後果」，所以會從很細節的地方開始講起，而且講了很久還是沒有講到事情的重點，徒然浪費時間。因此，採訪記者要針對問題關鍵點不斷追問，如果受訪者又不小心把話題叉開，採訪者要趕快引導他，把話題再度拉回事情的重點。等到受訪者講到採訪者想知道的答案了，採訪記者如果覺得還有一點時間，就可以陪受訪者「閒聊」他有興趣的話題，一直到時間差不多了，再起身告辭。

游擊式訪談

採訪記者在訪談進行時，並沒有準備任何筆記或大綱；但嚴格來說，並不是採訪記者沒有做任何準備，而是**所有的資料和問題都已經記在他腦海裡**了。採訪記者因為不需要看大綱或資料，所以他的眼睛可以一直看著受訪者講話，並隨時以表情和他進行互動，受訪者也會覺得你很尊重他。當受訪者愈講愈激動時，採訪者可以再追問細節，讓這種情緒延續；當受訪者愈講愈傷心，甚至流淚哽咽到無法繼續訪談時，採訪者可以把話題叉開，讓受訪者起伏的情緒得以獲得舒緩。因此，有些較有經驗的資深採訪記者，會比較喜歡這種「見機行事」的游擊式訪談。

訪談的主導性

訪談要能進行順暢，記者的經驗和現場的掌控十分重要！有些受訪者認為自己學有專精，他才是這場訪談的主導者，而不是來訪問他的記者。但採訪記者如果不能掌握訪談進行的主導權，就有可能問不到事情的重點，整則新聞或專題也會變得索然無味，因此採訪記者不能把訪談的主導權全部交給受訪者。但是，記者在訪談過程也不宜太過強勢，比如突然打斷受訪者講話或臉上露出不耐煩表情。採訪記者要表達的情緒是尊重對

方、以受訪者感受作為優先考量，但也要適時展現出自己的專業程度和對於新聞作品的堅持，這樣才能在雙方都和諧的情況下完成任務。

▌真的不能問嗎？

當記者訪談大牌的藝人、大企業家或位高權重的政治人物時，通常他／她的祕書或公關公司，會先要求看記者所寫的採訪大綱和擬出的問題，並且過濾掉他們不想回答的問題。在訪談當天，受訪者的祕書或者公關公司人員仍然會對採訪記者耳提面命：「我們沒有同意的問題不要提問！」**但真的不能問嗎？**有些資深的採訪記者，會想辦法突破受訪者祕書或者公關公司人員所設下的防護牆。因為「大人物」的祕書或者公關公司會不讓記者問一些敏感問題，例如外遇、情傷或不名譽的事，都是為了保護他們的長官或委託人，但**「不給問不代表不能問」**，因為有時候受訪者在特殊狀況下會願意談這些敏感話題！在訪談過程中，有時候採訪記者看到受訪者侃侃而談，氣氛十分融洽，他／她就會開始「伸出觸角」，嘗試性的碰觸不能問的敏感話題，但是碰觸禁忌時必須十分委婉和小心，且要極有技巧性的進行表達，一旦踩到了紅線，有可能受訪者會當場翻臉、拂袖而去，原本可以成功的訪談就會變成尷尬收場。在訪談過程中**技巧性的碰觸禁忌話題**，以下舉一個例子：

> 記者：董事長，今天能夠採訪到您，我真的非常高興！
>
> 董事長：我也很高興！
>
> 記者：董事長，您知道有些問題我不該問，這是我們原先就說好的，如果董事長不想回答，我非常尊重您，那我就此打住，不再讓您為難！但您知道，身為一個電視臺的採訪記者，我們有我們的職責，我想問的這個問題，也是大眾非常關切的事，不知道董事長願不願意談談今天報紙登的這件事？

對方可能的回答

狀況 1.

董事長（臉色大變）：抱歉，我真的不想談這個話題，我們可以不要談嗎……

狀況 2.

董事長（臉色微變）：你問的這個問題，待會我私下告訴你，下一題是什麼……

狀況 3.

董事長（臉色不變）：其實我也知道你一定會問這個問題，你既然問了，那我就說一點好了……

如果採訪記者運氣夠好，或許會遇到「狀況 3」的回答，那麼這段訪談就會變成是整則新聞或專題最大的亮點或者說是「意外收獲」。當然，我們必須一再強調，碰觸禁忌話題是有風險的，因此必須要看當天訪談的情境，如果訪談過程中，感受到對方極為警戒或充滿抗拒的情緒，就不要貿然進行「突襲」，不然你可能從此會被對方列為「拒絕往來戶」。除非這個問題涉及到公眾利益，因此你冒著對方翻臉的風險，也絕對是非問不可！如果你決定碰觸對方的禁忌話題，但又不想和對方打壞關係，那就要運用技巧、小心試探與處理。其他新聞採訪初學者應注意的訪談要點，如表 1-7-3。

表 1-7-3　初學者訪談注意要點

1. 請受訪者視線看你，表現像兩人在聊天一樣，不要讓他一直盯著鏡頭。
2. 訪問時，不要一直低頭看大綱或資料，對受訪者不尊重。
3. 隨時引導受訪者講重點，不要讓他天馬行空，浪費時間。
4. 注意受訪者談話情緒，若有神情不悅、不耐煩情緒，則避免再談同一話題（除非是有目的要激怒他）。若他說了你覺得有趣、感人、爆料的事，則讓他繼續說完，並且追問下去，不要立刻轉移話題。

5. 事前要作功課，並且條列出採訪大綱及資料重點。

6. 千萬不能遲到。

7. 手機關機或調振動，盡可能不要中斷訪談去接電話。

8. 訪談進行時，一邊要注意受訪者說話的內容，一邊想著要繼續問什麼。若受訪者說了有趣、感人、爆料的事，則追問下去；若受訪者說了無趣或你不需要的事，則趕緊將他引導回話題重點。

9. 受訪者落淚或情緒激動時，攝影記者可以推進鏡頭，但不一定要 ZOOM 進去到變成眼部大特寫，這樣反而讓觀眾感覺不舒服。

10. 電池要充飽，訪談到一半斷電，很沒禮貌。

11. 觸及受訪者傷痛或禁忌，先迂迴，勿一開始就冒險提起。

12. 鏡頭會放大人的臉部瑕疵，電話聯絡約訪時，可先請女性受訪者錄影前先化淡妝。現場也可準備粉底，為受訪者補妝。

13. 訪談要有重點，注意受訪者工作或遭遇之「特殊性」，如「最糗的事」、「最得意的事」、「最驚險的事」、「最難忘的事」。

14. 正式訪談前，文字記者及攝影記者要為器材作測試，先自己模擬訪談錄一小段，然後把帶子倒回來查看畫面及收音正不正常。訪談錄影結束後，不要讓受訪者立刻離開，先把帶子倒回來一點查看剛剛訪談畫面及收音正不正常，若不正常或完全沒錄到，請受訪者再把重點講一次，並進行第二次錄影。

15. 訪談錄影可能遭遇狀況：

    (1) 帶子絞帶。

    (2) 有畫面沒聲音。

    (3) 有聲音沒畫面。

    (4) 聲音畫面都沒有。

    (5) 聲音斷斷續續（可能收音麥克風問題）。

    (6) 對白不確實，色溫偏差。

    (7) 麥克風聲道沒開，導致訪談收音變成空洞的現場音。

三 重大新聞及災區新聞採訪

當國內因為天災（如颱風、地震）而發生重大災情新聞時，大眾因急欲了解災區現況，因此電視新聞頻道的開機率會突然大增，而電視臺新

聞部也會召回所有休假中的記者，將大批記者派往災區進行採訪。不過，到災區採訪有一定的危險性，也有很多需要注意的事項，以下分別進行敘述。

主動聯絡主管：是否要回公司幫忙？

當重大新聞發生時，新聞部各中心主管一定會忙著打電話給所有外勤記者，要他們立刻回電視公司報到。有些記者休假或晚上睡覺前，會把手機關機，造成主管無法在第一時間聯絡到記者。要特別注意的是，當重大災情發生後，如果主管一直找不到記者（如手機關機、已讀不回、人間蒸發），事後記者有可能會被處分。因此，在這種狀況下，電視新聞記者最好能夠主動打電話給各所屬主管，詢問是否立刻回電視臺投入採訪工作。既然我們選擇了「電視記者」這項工作，某些時候它的性質和軍人有點雷同，那就是你必須隨時和主管保持聯繫，在重大新聞事件發生後，要能夠「隨傳隨到」，這是作為一個記者的天職。電視新聞圈一直流傳一個笑話，那就是某次颱風即將來襲時，臺北市政府宣布隔日停止上班上課，有個新進的攝影記者，竟打電話給他的主管問說：「那我們明天還要來上班嗎？」會問這樣問題的人，想必沒有作好身為一個電視記者該有的心理準備，以為這個工作性質跟公務員差不多。

重大災情發生時，就是記者展現專業的最佳機會

所謂「時勢造英雄」！當重大新聞發生時，電視公司 SNG（Satellite News Gathering）車必定傾巢而出，而電視記者也會跟著 SNG 車深入各個災區現場，由於記者出現在新聞頻道的機會和時間大增，因此記者在災區採訪的個人表現和新聞專業呈現，也比較容易被電視公司的各級主管和觀眾們看到。所以，即時災區採訪十分辛苦，但是如果記者能夠趁這個時機多發揮和展現自我的能力，那麼日後他／她就有可能受到新聞頻道長官的重視，並確立自己「新聞戰將」的地位。

▍作好出差及留滯災區準備

如果災區不是在北部地區，那麼記者一趟出差採訪，有可能是一週之後才會回到電視公司。許多記者匆匆忙忙出門，但在災區通常物資缺乏，且交通不便，許多必備的東西如果沒有事先準備好，到了災區現場極可能有錢也買不到。因此，電視記者平時就要準備好**「便利包」**，放在公司座位抽屜內，以準備臨時被指派出差採訪時之用。便利包內可以準備有：換洗（免洗）衣褲、涼鞋、短褲、口罩、藥品（感冒藥、止瀉藥、創傷藥）、小手電筒、便利雨衣、防風外套、乾糧、防曬乳液、小鏡子、梳子、手機備用電池、旅充、行動電源等。有了「便利包」帶在身上，就能應付隨時可能要出差採訪的需求，而且也能在災區保護自己，以免著涼感冒或被烈日曬傷。

▍再忙也要吃飯，不要搞壞身體

許多電視記者一到災區之後，就開始沒日沒夜的投入採訪工作，但災區有可能傷者和罹難者的數量頗多，搜救和尋找遺體的工作也會一直持續進行，在這種緊張和哀傷氣氛的影響下，災區的採訪工作會讓人沒什麼胃口吃飯。但俗話說：「人是鐵、飯是鋼。」該吃飯的時候，不能以「沒胃口、吃不下」為由就忽略飲食和休息，否則，即使記者原本體能狀況不錯，可能也熬不過三天。同時，災區現場會有些小販或慈善團體提供便當或飲食，不管是買來的或是免費的，都要注意衛生狀況，以免造成腹瀉、影響工作。在災區工作要特別注意傳染病，積水地區要穿上雨鞋。

▍新聞再重要，也沒有自己生命重要

特殊狀況下欲進入管制區、封鎖區或災害核心地區，須向主管報准且有專業人員陪同（如救難人員和國軍特種部隊）才能行動，災區仍有高度危險狀況，勿涉險、勿逞強。同時，在攝影記者拍攝現場狀況時，因為觀景器視角有限，許多突發狀況攝影記者無法看到，此時文字記者要協助他

注意是否有往來車輛、海浪、落石、招牌等掉落物襲擊，否則攝影記者有可能會受傷。

採訪災區，要有同理心，別問白目問題

記者到達災區新聞現場採訪，很重要的一個專業素養，就是要有「同理心」！也就是要體會家屬焦急和難過的心情，勿因急著搶新聞而問出一些不得體也不恰當的問題，這種專業素養，學界稱之為「創傷素養」（trauma literacy）。有創傷素養的記者比較不會追逐受害者，報導面向也會傾向資訊性而非感官性，對整體災民的減災與復災有所幫助，進而讓受災社區與個人都能創傷後成長，對非災民則是提醒備災與防災的重要。[1]卓越新聞基金會曾做過一項調查，就是在災區採訪新聞時，記者對家屬問什麼問題最令人反感，結果如表 1-7-4。

表 1-7-4　災區白目記者與白目問題

排行名次	白目問題	白目指數
1	你難不難過？	100%
2	你的家呢？	90%
3	你為什麼不撤離？	80%
4	你有什麼話要跟過世的親人（同學）講？	80%
5	你會不會覺得自己很幸運逃過一劫？	50%

資料來源：卓越新聞獎基金會網站

電視記者問了所謂的「白目問題」，還大剌剌的剪輯進新聞之中播出，不但突顯自己缺乏同理心和新聞專業素養，也可能因此導致自己被平面媒體嘲笑。如果情況嚴重，電視臺也有可能因此遭到社會大眾撻伐或抵制，記者也會因此遭受處分，因此對於災區傷亡人員家屬的採訪和問

---

[1] 資料來源：創傷新聞網。http://traumanewswatch.blogspot.com/2011/

話不得不謹慎。採訪過程中,如果家屬痛哭、情緒失控時,記者也應該視情況停止再繼續追問。採訪結束後,記者向罹難家屬鞠躬,並輕輕的說一句「請節哀!」都會被視爲一種體貼和專業的表現。同時,爲了尊重罹難者,死者生前照片最好在臉部打上馬賽克。

四 SNG 新聞連線

SNG 連線是電視記者很重要的基本能力,尤其當國內發生天災或重大新聞之時,文字記者更是需要每一個整點都連線報導,而且連線時間也都會非常長,因此初學者最好平時能夠多訓練對於新聞敘事及口語表達能力。以下分爲記者「連線前」、「連線時」、「連線後」必須注意的重要事項進行說明。

▋連線前

⊃ 服裝儀容

記者應視連線場合準備服裝穿著,如果是到立法院或中央部會等機構,最好穿著較爲正式的服裝;如果是颱風、地震或準備進到災區連線,可以一般輕便的服裝爲主,並攜帶備用的 T 恤、短褲、涼鞋放在採訪車內,當身上穿的衣服和鞋子被大雨淋溼,就可以立刻有乾的衣服替換。記者平常可以準備一套較爲正式和另一套較爲輕便的服裝,折疊好放在辦公室抽屜內,以應付即時新聞發生、需要立刻到現場連線時的各種不同需求。同時,辦公室也要準備「連線隨身包」,裡面可以放置梳子、小鏡子、髮夾和粉底等物品。到了新聞現場後,記者可以利用連線前的準備時間,打開「隨身包」,將自己的儀容稍作整理再進行連線。因爲讓自己在鏡頭前服裝、儀容得體,並且能讓觀眾「賞心悅目」,這也是電視記者很重要的一門功課。同時要注意的是,人臉的瑕疵在鏡頭前會被放大,因此不論連線的是女記者,還是男記者,最好在上鏡頭前上點淡妝,至少先用

一般粉底或乳液狀的隨身粉底進行臉部遮瑕。

⊃ 回報位置

有些電視記者除了負責新聞現場連線之外，還要負責在連線結束時，趕回公司再發一到二則新聞。因此，部分的文字和攝影記者，一到新聞現場就忘記他／她要 SNG 連線這件事，而急著投入新聞採訪或了解案情，等到 SNG 連線時間到了，SNG 車導播反而到處找不到該連線的記者身在何處？由於現場可能人聲雜沓，SNG 車導播、副控室助理編輯和新聞部主管即使狂打電話，記者也可能聽不到電話鈴響聲音，因此錯失了連線時間。如果發生這種狀況，記者可能在事後會被懲處！因此連線記者到達新聞現場，一定要先找到自家電視公司的 SNG 車，並且向 SNG 車導播報到，然後確認自己連線的站定位置後，就不要離開那個地方。如果一定要離開連線位置，要先向導播或 SNG 連線攝影說明自己要去哪裡，並約定何時回來連線。同時手機最好調整成震動，以免在混亂的新聞現場聽不到鈴響或在連線時身上電話狂響，降低新聞連線品質。

⊃ 連線內容

在記者到達新聞現場時，通常都會有一點準備時間可以了解現場狀況或者案情經過，此時，記者要儘快釐清新聞的「人、事、時、地、物」，其重點也和新聞基本元素「5W1H」（ Who、When、Where、What、Why 和 How）雷同。為了記錄重點，並且提示自己，記者要隨身帶著「手板」去連線，最常見的是文具店賣的長方型「夾板」，上頭有個夾子，可以用來夾住紙張。而紙張上，記者所寫的連線重點，最好能夠簡單明瞭，不要寫太多的字。在連線時，如果記者還一直低頭去找手板上寫得密密麻麻的重點內容，有時候反而會讓自己一心二用而影響連線表現。因此手板上的重點提示，不但字體要大，而且只能寫最重要的標題或者比較容易忘記的數據，而最有效也最常見的方法，就是採用四宮格、六宮格記憶法（如表 1-7-5 及 1-7-6）。

表 1-7-5　SNG 連線四宮格記憶法

晚間 11 點 50 分 花蓮強震規模六 震央：花蓮縣近海	4 樓房倒塌： **統帥**　　**白金雙星** **吾居吾宿**　**雲門翠堤**
7 人死亡 260 人輕重傷 67 人失聯	統帥 3 受困員工： 一人脫困 一人獲救 一人送醫不治

表 1-7-6　SNG 連線六宮格記憶法

晚間 11 點 50 分 花蓮強震規模六 震央：花蓮縣近海	4 樓房倒塌： 統帥　　白金雙星 吾居吾宿　雲門翠堤
7 人死亡 260 人輕重傷 67 人失聯	統帥 3 受困員工： 一人脫困 一人獲救 一人送醫不治
大陸團客 5000 餘人 日本團客 200 餘人 歐美團客 10 餘人 均平安	道路損壞約有 40 處 七星潭大橋封閉 花蓮大橋戒護通行

連線時

⊃ 克服緊張

　　SNG 連線是電視記者的一種專業能力，有些記者可以很流暢的完成連線，但有些人卻在鏡頭前講話結結巴巴，有些記者更害怕到不知所云，甚至結束連線時還會說：「我們現在把主播交還給棚內的鏡頭！」基本上，天生不怕鏡頭的記者和主播可能是有的，但是大部分的記者需要經過多次實戰經驗，才能克服對於現場連線的恐懼。如果在連線準備倒數計時之時，覺得心臟不斷加速蹦蹦跳，或者因為有路人圍觀而覺得很不好意

思，可以試著深呼吸幾次，並且不斷告訴自己：「鎮定！鎮定！你沒問題的！」來增強自我信心。有些記者在連線前，會嚼口香糖或不斷的吸鼻塞型涼劑降低恐懼感，但要在現場連線時，能有冷靜而又專業的表現，除了靠一再練習和實際操作來磨練自己之外，別無他法！

不過，對於初學者來說，其實 SNG 連線是可以進行自我訓練的！方法之一是針對一個新聞主題先進行大致了解其內容之後，接著在家裡或到戶外，將手機用腳架架好，把錄影鍵打開對著自己拍攝，然後針對這個新聞主題，進行 SNG 連線模擬操作，結束後再把畫面倒回來檢討自己的表現，但這種方法必須不間斷的時常操作練習才會有效。方法之二是直接打開 FB 的直播功能，每到一個有特色的地點或景點就進行直播練習，這個方法可以讓臉友看到自己的表現，也可以鼓勵臉友對於自己連線時的優缺點提出批評與指教，當然，你自己也要有雅量接受大家的意見才行。像這樣的模擬訓練多做幾次之後，等到有一天有機會進行實際的電視新聞 SNG 連線，你／妳就會感覺到，在鏡頭前流暢的說話，其實真的不是那麼困難的事！

◯ 避免干擾

進行 SNG 連線時，現場連線記者和 SNG 攝影記者都會被要求戴上耳機，這個耳機可以聽得到副控室導播的指令和攝影棚主播正在播報新聞的聲音，以方便連線記者可以順利的接上主播的對話。但是這個耳機有個比較麻煩的困擾，就是會出現「秒差」和「雜音」的干擾，也就是你會聽到耳機裡有自己的聲音回授，像是對著山谷大喊自己名字時的那種回音出現，有時甚至還會出現副控室裡導播和編輯正在聊天的聲音。這些聲音對於新進記者來說是嚴重干擾，有時會影響連線時的表現，讓自己在鏡頭前說話慢了半拍。因此，有些記者會要求拿掉連線耳機，由現場有戴上耳機的 SNG 攝影記者，利用手勢來告訴自己何時該開始說話、何時該把現場交還給棚內的主播。通常「手掌往下切」的動作，代表「記者開始說話」；「手指頭在空中畫圈圈」，代表「時間快到了，記者要儘快結束連

線」；「手在脖子上做一個橫切動作」，代表「記者該停止說話、立刻將現場交回棚內。」

▌連線後

在結束 SNG 連線之後，有些記者還要趕回電視公司發稿一至二則新聞；有時候記者連完線就結束工作，可以回公司待命或直接下班。但對於表現比較在意的記者，會把自己進行新聞連線時的側錄帶調出來檢視，看看自己的臨場表現的優缺點何在？有些記者還會邀請資深記者一同觀看側錄帶，以便提供意見給自己。對於自己連線的表現十分在意的記者，才是真正具有責任感和進取心的記者！有關於 SNG 連線應該注意的事項，本書彙整如表 1-7-7。

表 1-7-7　SNG 連線備忘錄

項次	注意事項
01	正式場合連線，不宜穿 T 恤，應準備一套較正式服裝在辦公室備用。
02	連線「隨身包」（內有梳子、小鏡子、粉底）要記得攜帶。
03	到了現場先找到 SNG 車，採訪時勿離 SNG 車太遠。
04	連線前一分鐘，調整呼吸平順，克服緊張情緒。
05	手板記得帶。
06	最重要的事情先講，勿交待流水帳或長篇大論、內容毫無重點。
07	事先寫好四宮格或六宮格備忘錄。
08	容易忘記的數字、人名、地點，可寫在手板上備忘，但勿從頭到尾一直低頭唸稿。
09	複雜的關係位置可以自行畫圖，連線時可秀出自繪地圖輔助說明。
10	多蒐集現場資訊，但不了解的事物勿過分猜測或瞎編故事。
11	未收到棚內指令，勿自行將現場交回給主播。
12	注意現場動態發展及現場音呈現。
13	盡可能「走動式播報」，讓現場畫面更具動態感。
14	大雨時，注意攝影機及麥克風防水。

▌霸占 SNG 車

SNG 車（Satellite News Gathering）的出現，在早期造就了老三臺的許多知名的電視記者，如台視吳恩文、隋安德，就是經常出現在 SNG 新聞連線，而被平面媒體封為「SNG 王子」。在有線電視開放後，TVBS-N和東森新聞都各自擁有十餘輛的 SNG 車，並且在 1999 年的 921 大地震時派上用場，大量的 SNG 連線，讓電視機前的觀眾能夠迅速的得到各個災區的即時現況。

一般重要的即時新聞，第一波到現場的，通常會有二組電視記者，一組記者負責採訪新聞，另一組記者則負責現場 SNG 連線。SNG 車具有高度機動性，車上配備有駕駛、導播、工程人員、攝影記者等人力，他們通常會比採訪記者更快到達新聞現場，然後把衛星天線拉上來，並對好訊號，等待記者就定位後進行連線。如果發生造成重大傷亡的意外事故，各個電視臺的 SNG 車就會傾巢而出，並分別被調度到新聞現場、醫院、殯儀館、官方單位、負責人家中等地方。尤其在颱風和地震等重大災情發生之後，SNG 車的新聞連線，就會成為當日電視新聞的重點。白天時，新聞臺大多由記者的 SNG 連線撐場面，一直要到晚間新聞時段，才會有比較完整或經過整理的災情新聞 SOT 帶播出。

事實上，SNG 連線因為是現場播出，所以不容有任何閃失，如果是平常時候做 Stand（記者拿著麥克風在鏡頭前報導），自己覺得講得不順時，還可以請攝影記者再幫忙重錄一次，SNG 連線就沒有重來的機會，講錯了，就有可能貽笑大方！但也因為 SNG 連線最容易讓記者累積實戰經驗，並且也最能表現自我，因此，有些電視文字記者的工作心態，可用「霸占 SNG 車」來形容！也就是：「這部 SNG 車跟著我出去新聞連線，不管在外面多少天，我都要跟著它完成任務後，一起回到電視公司，中間不會讓別的新聞同仁有機會搶走它，除非是我真的撐不住了！」這是電視記者之間的一種競爭性和企圖心，但也是一種責任感！

　　只不過，後來電視記者的 SNG 連線，卻變成是一種「表演」！尤其是颱風來襲時，記者都必須找到一個最能顯示颱風威力的地方進行連線，當男記者被強風吹得東滾西翻、女記者被吹得驚聲尖叫之時，便能搏得電視機前的觀眾歡笑聲，而新聞收視率也可能隨之衝高！不過，這種新聞連線「表演」其實是十分危險的，因為記者身上沒有任何防護裝備，隨時有可能被飛來的破損招牌或掉落物砸中身體要害。有些在橋上或海邊連線的記者，也有可能被海浪捲走或被強風捲起、掉到橋下。我記得有次颱風連線時，強風把附近一家機車行掛在門口的輪框、輪圈吹得到處飛舞，就好像血滴子一樣，在街上到處彈射，要是被它打到，可能不死也剩半條命！所以，我只能暫時先收工，把工作人員先撤退到飯店內，等風勢小一點再出來繼續連線！近年來，勞工意識抬頭，勞動部也開始關切記者在天災中的採訪安全，因此電視記者在狂風暴雨「表演式」的連線，現在也比較少見了！[2]

---

[2] 「霸占 SNG 車」部分內容，節錄自許志明 2018 年出版之《媒體裂變──從駐地記者到博士總監》一書。

第8章
電視新聞攝影

　　電視新聞主要靠的是影像的呈現，因此電視新聞攝影可以說是新聞頻道的靈魂！電視新聞攝影自有一套專業的學問，如同是一個電視媒體的「小宇宙」，在傳播學院的課程安排裡，學生必須花上一整學年去學習，才能拍出較為專業的新聞作品來。本書的重點雖不在電視新聞攝影，但是我們還是從學習影像新聞基礎的角度，來探討一些電視新聞的拍攝與剪輯問題。

 電視新聞的拍攝

　　電子新聞攝影機（Electronic News Generator，簡稱 ENG）近年的發展相當快速。早期採訪新聞用的電子新聞攝影機體積很龐大，且需要另接 3/4 的 U-Matic 或其他攜帶型錄影機以錄製畫面，在採訪上相當不方便，攝影記者必須右肩扛著一臺攝影機，左肩還得背著一臺錄影機，二臺機器中間以一條電纜線相連。1993 年我擔任中視駐地記者時，還曾看過有老三臺駐地記者使用這種 3/4 機型的攝影機在採訪新聞。後來，電視新聞的採訪與拍攝，都是採用 SONY 的 BETACAN 攝影機為主（如圖 1-8-1）。從 1981 年到 2010 年，近 30 年的時間裡，BETACAN 攝影機（SP、SX）稱霸全球電視新聞採訪市場。一直到 2010 年左右，臺灣的衛星電視新聞頻道才逐漸改用 SONY 藍光攝影機（如圖 1-8-2 及 1-8-3）或 SONY 記憶

卡式專業攝影機（如圖 1-8-4）等數位化機型採訪新聞。如今，更高階的 4K 或 8K 專業級攝影機也都已經上市，配合有線電視的 HD 畫面輸出，高解析度攝影機的使用，也將成爲未來新聞採訪戰線上的主流。

　　但是，不管電視新聞攝影機的科技演進如何一日千里，也不管你使用的是高階攝影機或以手機拍攝新聞，電視新聞攝影的基礎原則和邏輯是永遠不會變的！網路上的「抖音」短視頻雖然吸引人，但畢竟電視新聞並不會用這樣的手法呈現，因此有心從事電視新聞工作的人，還是應該好好的把電視新聞攝影的這門學問下功夫研究，才能打穩基礎。

圖 1-8-1　SONY BEATCAM 攝影機
（型號 PDW-510）

圖 1-8-2　第一代 SONY 藍光攝影機
（型號 DNW-7）

圖 1-8-3　第二代 SONY
藍光數位攝影機（型號 PDW-700）

圖 1-8-4　SONY
記憶卡式數位攝影機
（型號 PXW-X200）

　　首先，電視新聞的拍攝原則，是由幾個基本動作組成，如圖 1-8-5 至
1-8-8。而經由這些動作和鏡頭的變化，所拍出來的各種鏡頭，也分別代
表不同意義，如表 1-8-1「影像策略」及表 1-8-2「電視攝影機的鏡頭語
言」。我們常說，電視攝影機的鏡頭如同電影，靠著各種鏡頭語言的呈
現，它可以向觀眾訴說一個清楚的新聞故事，也可以表達新聞主角的悲

圖 1-8-5　上肩平行拍攝示範

圖 1-8-6　手提平行拍攝示範

圖 1-8-7　仰角拍攝示範

圖 1-8-8　俯角拍攝示範

傷、快樂、憤怒或孤獨等情緒。因此，文字記者是以文稿和口白進行新聞敘事；而攝影記者則是運用他手上的攝影機，讓豐富的影像在新聞畫面中奔流。一個優秀的攝影記者，不需要靠文字記者寫很多文稿才能撐起一則新聞或專題，因為他所拍攝的畫面和運用的各種鏡頭變化，就是一種最具說服力的新聞說故事方式！

表 1-8-1　影像策略

鏡頭呈現	代表意義	理論來源
鏡頭推近（zoom-in）	畫面由遠鏡頭推至近鏡頭，用以增進觀眾涉入畫面的情緒。	Salomon（1979）Tiemens（1978）
鏡頭推遠（zoom-out）	畫面由近鏡頭推至遠鏡頭，用以減低觀眾涉入程度，或者刻意造成一種冷眼旁觀的情緒。	Kepplinger（1982）
目擊者鏡頭（action shots or point-of-view movement）	由攝影機代替觀眾去追逐新聞畫面，又稱「跟拍鏡頭」或「觀點鏡頭」，營造觀眾目擊新聞現場的感受。	Parker（1971）Hofstetter & Dozier（1986）Lombard et al.（1997）
模擬鏡頭（reactment shot）	透過「事後重建現場」鏡頭，建構觀眾理解新聞事件的現場藍圖，營造現場感。	Gaines（1998）
左右搖攝鏡頭（pan）	攝影機鏡頭原地水平左右移動，如由左拍到右或由右拍至左，營造新聞場景的真實感。	Grabe（1996）
上搖攝鏡頭（tilt up）	攝影機鏡頭向上慢慢搖高，營造張力或權威感視角。	Kervin（1985）
下搖鏡頭（tilt down）	攝影機鏡頭向下慢慢搖低，營造渺小或卑微感視角。	Kervin（1985）
特寫鏡頭	鏡頭對準人體或物體中的某一部分拍攝，以強化新聞戲劇感。	Zettl（1991）
搖晃鏡頭	鏡頭拍攝時，刻意搖晃攝影機機身，造成觀眾視覺劇烈晃動的效果。	

鏡頭呈現	代表意義	理論來源
光暈鏡頭	鏡頭拍攝時，調整光圈或使用特殊鏡頭，造成拍攝物體呈現一種類似光暈或水光效果。	
失焦鏡頭	鏡頭拍攝時，刻意不對準焦距，造成一種模糊懸疑感。	
偷拍鏡頭	鏡頭拍攝時，故意以障礙物遮蔽部分畫面，造成觀眾有跟著鏡頭「偷窺」感覺。	

資料來源：整理自謝章富（1996）、劉新白編（1985）。

表 1-8-2　電視攝影機的鏡頭語言

鏡頭呈現	部位	隱含意義
特寫	臉部	親密
中景	全身	個人關係
遠景	背景與演員	環境、範圍、距離
全景	全部演員	社會關係
仰拍	攝影機從下往上拍	權力、威嚴
俯拍	攝影機從上往下拍	渺小、微弱
溶入	攝影機鏡頭移近	注意、集中
淡入	影像漸顯現於螢幕	開始
淡出	影像漸消失於螢幕	結束
切	從一影像跳接另一影像	即時、興奮
拭消	影像拭消於螢幕	強行終止

資料來源：Berger（1982: 38-39）；轉引自黃新生（1992：64）。

　　對於一個電視新聞攝影的初學者來說，我們沒有辦法像資深攝影記者一樣，「玩」出這麼多富有變化的新聞攝影鏡頭，而且，如果基礎沒有打穩就想要學「孫悟空七十二變」，反而容易暴露出自己根基不穩、又愛耍帥的明顯缺點。因此對初學者來說，只要掌握一些新聞攝影基本觀念和要

訣，用來應付交期末作業、製作基本的新聞或專題是綽綽有餘了，最起碼不會拍出一些毫無概念的作品來！

首先，畫面要避免出現所謂電視新聞攝影「三大蠢鏡頭」，一旦出現這三大蠢鏡頭，代表採訪者或拍攝者「毫無新聞攝影概念」：

1. 採訪記者和受訪者一起手握麥克風。

2. 一鏡到底的拍法或攝影鏡頭漫無目的 180 度 pan 來 pan 去（左右搖鏡）。

3. 畫面失焦、色溫跑掉。

另外，還有一些新聞攝影上的重要觀念和原則，初學者要牢記在心，並且利用機會多加練習，重點分述如下。

要有分鏡概念

「遠景、中景、近景、特寫」，新聞攝影的「分鏡」，絕對是拍攝新聞畫面時最重要的基礎觀念！在新聞現場，不管人物是靜態或是正在運動中，都要秉持有分鏡概念的拍攝方法，除非你拍攝的是一段不能中斷的激烈或精彩連續畫面。許多初學者把新聞攝影當做是「結婚典禮錄影」：鏡頭對準結婚的新人，錄影鍵按下去，然後一路跟拍就可以了。這種毫無章法的拍攝新聞方法，等於是在告訴觀眾：「我完全沒有學過電視新聞攝影！」

拍 6 秒原則

早期資深電視攝影記者都會教新進記者一個口訣，那就是：「**閉氣、拍 6 秒！**」這是什麼意思呢？資深攝影記者在拍攝新聞現場的分鏡畫面時，大約是遠景、中景、近景或特寫，每個鏡頭各拍 6 秒。6 秒鐘，是每一個鏡頭出現的標準長度，資深攝影記者在拍攝新聞現場時，其實已經在他腦海中把新聞畫面做好分鏡了！每一個他所需要的鏡頭各拍 6 秒鐘，也已經等於是替新聞進行初步剪輯了。如果採訪完新聞後，距離新聞 on air 的截稿時間已經很近了，那麼攝影記者進到剪接室後，幾乎不太需要剪輯，就可以 keep roll 他所拍好的各個已完成分鏡的畫面，然後快速的把新聞剪輯完成，讓播出帶能在預定時間內上架播出。因此，資深記者的「閉氣、拍 6 秒！」口訣，是有它的道理存在的！另外，拍攝時爲什麼要閉氣呢？閉氣，主要是防止攝影機上肩拍攝時，因爲人體的呼吸抖動而影響畫面的穩定度，所以有些攝影記者習慣在按下錄影鍵拍 6 秒的同時，也閉住呼吸 6 秒。

記得對白、開麥克風

　　許多高階攝影機會需要「對白」，也就是攝影機的「自動白平衡」（Auto White Balance）裝置。「對白」這個動作是讓攝影機能夠先把白色物體記錄爲「白色」，隨後其他顏色物體也才能正確的被顯示出來。如果沒有經過對白動作，攝影機就沒有辦法記憶和自動調整拍攝現場的色相和色溫，那麼拍出來的畫面也就有可能會失眞。攝影機的「自動白平衡」裝置，通常位在攝影機鏡頭下方，寫著 Auto W/B BAL 的地方。「對白」方法是拿出一張白紙，將鏡頭 zoon in 到這張白紙（如果沒有白紙就將攝影機對著白牆壁或白衣服），然後把 Auto W/B BAL 裝置往上扳（WHT），直到螢幕出現「OK」，表示「對白」完成。另外，攝影機還有一個「對黑」的裝置，也就是「自動黑平衡」（Auto Black Balance），它是將 Auto W/B BAL 裝置往下扳（BLK），直到螢幕出現「OK」，表示「對黑」完成！「對黑」這個動作，爲的是讓攝影機維持標準輝度和正確的明暗對比。如果因爲採訪時間急迫，可以只進行攝影機「對白」動作。另外，也可以使用 Preset 鍵，「內設定」好固定的色溫，或將 3200K（鹵素燈光）、5600K（室外太陽光）記憶在 A 及 B 鍵上，以方便來不及對白時，可以使用設定好的色溫，而不致讓畫面產生顏色偏誤。

　　另外，在進行拍攝前，攝影記者要戴上耳機測試收音是否正常。通常

高階攝影機的收音顯示有二軌，第一軌是手持式指向型有線或無線麥克風收音軌道，收的是受訪者說話的聲音；第二軌是攝影機上附屬的小型麥克風，收的是現場聲音。如果在進行訪問時，手持式有線或無線麥克風的開關沒有打開，那麼就只能靠攝影機上附屬的麥克風收現場聲音，由於距離受訪者較遠，再加上有其他背景聲音干擾，聲音勢必收得比較模糊，對於電視新聞效果呈現也會比較差。

多用腳架、少用身體

有時候為了搶新聞、趕時間或採訪方便，攝影記者會選擇上肩拍攝，而不帶攝影機專用腳架出門。但是，人的身體是會動的，就算拍攝技巧再高超，也不如把攝影機放在腳架上拍攝來得穩定。更糟糕的是，許多初學者不用腳架，而且還喜歡把攝影鏡頭 Pan 來 Pan 去賣弄技巧，於是我們經常可以看到，不上腳架、靠著拍攝者轉動自己腰部所拍出來的畫面，就像坐船一樣搖搖晃晃，拍攝者的缺點暴露無疑，觀眾也會覺得這些畫面令人頭暈。所以，如果狀況允許的話，採訪新聞一定要隨身帶著腳架，攝影機要儘量上腳架，而不是儘量上記者的肩膀！如果無法隨身帶著腳架，一定得要上肩拍攝，必須儘量避免 Pan（左右搖鏡）或 Tilt（上下搖鏡）的動作出現。對「練功」階段的初學者而言，雖然只學到武功的一招半式，但還是得要把架勢擺出來，讓敵人誤以為你深藏不露，而不是儘量把自己的缺點暴露出來，讓人一眼看穿你的斤兩，所謂人必須「藏拙」的道理也就在這裡！

善用輔助物

如果沒帶腳架，又需要長時間拍攝、錄訪問，可以把攝影機放在桌上，用書本墊高，或者是把木椅或鐵椅翻轉過來，將攝影機靠在椅背上拍攝。在新聞現場，你可以找尋任何可以幫助攝影機穩定拍攝的輔助物，儘量不要讓攝影機上肩長時間拍攝。

少用自動光圈、注意背光

較高階攝影機都有「手動光圈」和「自動光圈」二種選擇，資深攝影記者大多會使用手動光圈，較少會將攝影機調到自動光圈。因為手動光圈可以隨時調整適合新聞現場的明暗度，而自動光圈的反應其實沒有那麼靈敏，畫面經常會出現偏亮或偏暗的狀況，因此資深記者會憑經驗和感覺去手動調整光圈。初學者或新進記者雖然沒有太多採訪經驗，但是最好還是練習用手動調整光圈，不要依賴自動光圈，時間久了之後，你就能靠著自己的「手感」，去調整出適合新聞現場的光圈明暗度。同時，如果進行訪問時，受訪者臉部光線太暗，也可以透過攝影機附設的「頭燈」來進行補光。

注意訪問時的「胸線」、「腰線」

一般電視新聞訪問時的拍攝方法，分為「胸線」和「腰線」二種。「胸線」指的是人的下胸部位到頭部的拍攝尺寸，而「腰線」指的是人的腰部到頭部這樣的拍攝尺寸。許多攝影記者在做訪問時，會利用文字記者問問題的空檔，將「胸線」拍攝調整為「腰線」拍攝，或者將「腰線」拍攝調整為「胸線」拍攝，以方便剪輯時不會有「跳接」的問題。

模擬鏡頭的使用

許多新聞在故事化的敘述過程中，必須有相對應的畫面去呈現主角過去的生活情景，而模擬畫面大多是「重現」新聞主角當時的情境。模擬畫面可以讓觀眾脫離想像，直接進入新聞主角曾經遭遇的類似情境。部分記者認為，模擬畫面是新聞報導或新聞專題中「很自然且必須要有」的一種表現，也只有運用模擬畫面，才能把主角的故事表現得淋漓盡致；同時運用模擬畫面，也會產生良好的收視率提升效果。但是有些記者認為，如果能有合適的替代畫面，就盡可能不要去模擬，除非真的是想不出方法了，

最後才會去嘗試運用模擬畫面。如果非使用不可，也要上字幕標示這是模擬畫面或情境畫面，因為在新聞中沒有清楚標示，就會被質疑新聞有造假的可能性，尤其過去曾經發生過嚴重「腳尾飯事件」，因此模擬畫面的使用，不得不慎！

二 電視新聞的剪輯與後製

　　完成新聞現場的採訪與拍攝之後，接下來文字記者和攝影記者會回到電視公司進行新聞剪輯與後製。目前各新聞頻道都是以「非線性剪輯」來製作新聞，而各臺使用的剪輯系統也略有不同，不過，重要的剪輯概念和原則是具有一致性的。其中，二個最重要的概念是「避免跳接」和「畫面的邏輯性」，分述如後。

避免跳接

　　剪輯受訪者訪問時，如果你從拍攝帶中剪取許多段受訪者說話的內容，然後把它們串接在一起，但這些受訪者畫面的尺寸大小都相同，就會產生所謂的「跳接」（Jump cut）。在跳接產生的地方，受訪者的臉部會突然抖動或變換表情，跳接前後的頭部位置也會稍有不同。如果畫面抖動得太厲害，有時候乍看之下，受訪者會像是在抽搐，觀眾也會覺得畫面不流暢，看起來不舒服，這樣會讓人對你的剪輯概念和專業技術起疑。因此，避開跳接最好的方法，就是使用雙機、不同角度進行拍攝，再交互剪輯。如果只有單機，那就是要在跳接處加入一個反應鏡頭或側拍鏡頭，來避掉跳接時的突兀感覺。當拍攝訪問時，單機、一鏡到底，實在沒有不同尺寸訪問鏡頭或反應畫面可以交互剪輯時，就得要在跳接之處加個「閃白」後製效果；或者更技巧性的，只留受訪者最前面和最後面出現的畫面，中間全部用 source 畫面取代受訪者畫面。這樣處理過後，雖然受訪者講話內容經過剪接，但在新聞中的訪談會顯得十分流暢，不會讓畫面有

「卡卡」的感覺。

畫面的邏輯性

　　電視新聞的剪輯講究一種「時空邏輯性」。假設你在新聞中剪輯一個新聞主角的活動：上一個鏡頭，他出現在 A 場景，下一個鏡頭，他又立刻出現在 B 場景，就會讓觀眾產生「時空錯亂」，感覺這位新聞主角好像會法術，因為他可以從 A 場景立刻變身到 B 場景。另外，還有一種剪輯狀況，會導致新聞主角的「動作不合邏輯」。假設你剪輯一個鏡頭是：新聞主角拿著高腳杯正在喝紅酒，下一個鏡頭，你立刻跳到他正在吃著蛋糕，這樣的畫面銜接又是一種不合邏輯的剪輯方式，因為正常人不會分身術，他無法同一個時間在同一個場景做不同的二件事。而且，這樣的剪輯方法，也是一種「跳接」的呈現，顯示剪輯者欠缺影像組成和畫面邏輯的基本概念。

　　有時候我們在電影中，會看到導演刻意用二個不同時空鏡頭銜接，來顯示主角的成長歷程，例如上一個鏡頭是：8 歲的男主角彎下腰撿球，而下一個鏡頭是：當他撿起球後已變成是 17 歲的青少年，這是電影對於「時光飛逝」的一種詮釋手法，但在電視新聞中，這種手法還是少用為妙！為了避免新聞剪輯違反邏輯性，如果在剪輯時，發現同一個新聞現場的二個畫面串接，會有跳接或時空錯亂疑慮，就要在兩個銜接的畫面中，插進去一個「反應畫面」，以隔開這二個會產生跳接或違反邏輯的畫面。

　　而除了新聞剪輯之外，有關於電視新聞後製的手法，還包括了「後製轉場效果」、「後製非轉場效果」及「聽覺效果」的運用，分述如表 1-8-3 至 1-8-5。

表 1-8-3　後製轉場效果

動作	目的說明	理論來源
擦拭	後一個圖框，以類似擦拭的方法，將前一個圖框蓋去，暗示轉換場景與觀看情緒。	Smith（1991）
溶接	將一個場景逐漸銜接至另一個場景，類似兩個圖像相融起來的感覺，營造轉場柔和感。	Smith（1991）
閃光效果	鏡頭與鏡頭間的剪接效果，類似照相機的閃光燈作用，增強注意。	Grabe（2001）
淡入效果	由黑暗的螢幕逐漸轉亮成為一個圖像，通常暗示一個故事或一個段落的開始。	Zettl（1991）
淡出效果	由明亮的圖像逐漸轉暗為黑暗的螢幕，通常暗示一個故事或一個段落的結束。	Zettl（1991）
翻轉效果	較複雜的擦拭效果，計有滑動、削減、輪轉和乍現等種類，同樣暗示轉換觀看情緒。	Grabe（2001）
飛翔效果	縮小影像，同時快速移動影像到新位置或離開螢幕的剪接效果。	
掃白效果	攝影機快速掃過一段白色物體，搭配短音效，視覺上造成快速移動影像到下一個場景的效果。	

資料來源：整理自謝章富（1996：120）、劉新白編（1985）。

表 1-8-4　後製非轉場效果

動作	目的說明	理論來源
字幕	以上字幕方式強調特定資訊，強力主導觀眾如何理解新聞角度。	
分割畫面	畫面被垂直分為左右兩邊，一邊各顯現一個不同的影像，營造對照或對比感。	Grabe（2001）
快動作	畫面主體以較正常速快的速度移動，通常為了加速節奏，振奮觀眾情緒。	Zettl（1991）
慢動作	畫面主體以較正常速慢的速度移動，通常為了營造感性氣氛，緩和觀眾情緒。	Zettl（1991）

動作	目的說明	理論來源
馬賽克	用以遮蔽或模糊化某些特殊畫面，暗示「不宜觀看」。	Zettl（1991）
定格	畫面主體類似「定住不動」的照片效果，吸引注意。	Grabe（2001）
其他效果	包括快照、鏡像、燈光聚焦、壓縮以及層疊等後製效果。	Smith（1991）

資料來源：整理自劉新白編（1985）。

表 1-8-5　聽覺效果

動作	目的說明	理論來源
新聞背景的現場自然音	即現場音，用以呈現新聞現場感。	Grabe（2001）
新聞主角的現場自然音	新聞主角在新聞現場的言語表達，通常在其不知情狀況下錄製。	
後製人工音效	在後製階段加入的人工合成音效，用以增強注意及新聞戲劇性。	Grabe（2001）；Grabe, Lang, & Zhao（2003）
配樂	異於自然音的音樂效果，藉以涉入觀眾情緒或吸引觀眾注意。	Grabe（2001）；Grabe, Lang,& Zhao（2003）
記者旁白（干擾性）	旁白以戲劇性的聲調再加上主觀性語助詞，講述新聞故事。	Grabe（2001）；Grabe, Lang, & Zhao（2003）；Ekstrom（2000）
記者旁白（非干擾性）	旁白以客觀、冷靜、平穩的聲調，傳遞新聞資訊。	Grabe（2001）；Grabe, Lang, & Zhao（2003）；Ekstrom（2000）

資料來源：整理自劉新白編（1985）。

　　電視新聞常見的後製效果，包括：新聞小片頭、快速剪輯、慢動作、轉場效果和加入襯樂。許多資深新聞工作者認為，在電視新聞中加入襯樂是不恰當的，因為會干擾或主導觀眾看新聞的情緒，所以襯樂較常出現在新聞專題之中。如果新聞專題內容敘述的是主角悲慘的人生經歷，通常後製上會加一點小提琴或是鋼琴的襯樂，慢慢會把觀眾帶入記者預設的情境內。如果新聞專題是敘述歡樂或勵志場景的內容，就可以襯入一些比較輕快的音樂。而在新聞剪輯當中，如果在開場設計有小片頭加上快節奏音

樂，就可以在新聞的一開始，吸引觀眾注意，或者用以提示觀眾：「接下來的新聞內容是我們特別精心製作的！」

三 攝影記者的風險

　　在電視的新聞媒體工作者當中，以攝影記者的危險性（或風險性）最高！十多公斤的攝影機經常重壓在自己肩上，時間久了之後就會形成職業傷害，造成脊椎側彎或壓迫到神經，而有些狀況比較嚴重的攝影記者，甚至還得開刀治療，否則可能會有永久癱瘓的危險。但是，身爲一名電視新聞攝影記者，他們所面臨的危機，可能不是只有脊椎側彎而已，有一種威脅，可能對他們更加的致命！

　　2007 年 12 月 6 日，還是阿扁執政時代，當天一早，東森新聞臺攝影記者王瑞璋奉派到中正紀念堂，採訪「大中至正」牌匾拆除所造成的零星衝突和抗爭。王瑞璋從早上一直拍到中午，正準備要交班給下一個來接班的記者，這時泛藍和泛綠群眾突然開始有激烈的衝突！王瑞璋一個箭步，站在一輛抗議的小貨車前，想說卡到一個好位子了，應該可以拍得到最清楚的畫面。而開著這輛貨車的司機彭盛露，開始作勢要駕車衝撞群眾，引起在場民眾不滿，大家趨前想要毆打他，員警也動手要拔下他的車鑰匙，雙方衝突愈演愈烈！此時，媒體記者開始蜂湧而上進行拍攝，彭盛露爲了逃離現場，急踩油門向前衝撞，王瑞璋首當其衝，被捲入車子底下，而且還遭到輾壓，傷勢嚴重。

　　後來，貨車司機被警察制服，在場的記者們協力把貨車側翻過來，並且把王瑞璋拖出來，他全身的衣服幾乎都被車輪撕扯破爛掉了，變成衣不蔽體。王瑞璋被緊急送入臺大醫院急診室，情況十分危險！包括血胸、腦水腫、全身肋骨斷一半、骨盆前後都斷、手和左腿骨折、膝蓋受傷、肝臟撕裂傷……可說是體無完膚。

　　後來，王瑞璋漸漸康復到可以恢復上班後，他就請調東森財經臺，負

責新聞性節目的採訪和製作。2010 年 11 月，臺灣最高法院以彭盛露惡性重大，判處 5 年 6 個月徒刑，全案定讞！

在新聞現場的採訪過程中，電視攝影記者只能看得到攝影機觀景器所顯現的視角，在觀景器之外，攝影記者完全看不到危險正對他步步進逼！如果在抗爭現場，攝影記者可能看不到朝他丟擲而來的酒瓶、石塊；如果是在颱風現場，攝影記者也可能看不到朝他飛來的破損招牌、屋瓦。而王瑞璋身在一個擠滿記者的抗爭現場，他當時只想卡到一個攝影角度最完美，能最近拍到新聞當事人的地方，卻來不及逃離那輛朝他筆直衝撞過來的小貨車！

能夠幫助攝影記者看到危險逼近的第三隻眼，其實正是攝影記者的搭檔——文字記者！通常到了一個新聞現場，文字記者和攝影記者會分開作業，文字記者去找人了解事情來龍去脈，而攝影記者則忙著拍攝他覺得需要的畫面。但在具有危險性的新聞現場，如抗爭、暴風、路坍、落石等地方，文字記者應該寸步不離攝影記者！這個時候，文字記者最重要的功能，不是拿筆記錄現場狀況，而是當攝影記者的安全守護神，協助他注意觀景器看不到的危險，並且及時提醒他注意安全！在危機四伏的採訪現場，文字記者和攝影記者是命運共同體，雙方要互相照顧，並把對方安全擺在第一位，而不是只顧著各自採訪或拍攝新聞，因為一不注意，很有可能會造成記者的傷害或遺憾！

四 空拍機操作要點

▌第一次操作空拍機就墜毀？

空拍機目前在電視新聞頻道運用十分廣泛，它能夠突破過去單點式的新聞視角，從制高點鳥瞰新聞現場，讓觀眾能夠清楚了解記者所在的周邊地理位置，同時也帶給觀眾不同的視野感受。因此，許多國內電視新聞

圖 1-8-9　專業空拍機的組裝及試飛（東森財經臺攝影處提供）

頻道，大多在原先「SNG 小組」的編制內，再成立「空拍機小組」，並且訓練「SNG 小組」成員也都成為空拍機操作高手。現今空拍機運用於新聞現場的拍攝，也和 SNG 車的操作一樣，都已成為一種「新聞專業」（如圖 1-8-9）。

　　但專業空拍機和「玩具」不一樣，一臺動輒十幾萬元新臺幣，因此即使看過完整的原廠操作手冊，也不代表就可以立刻上手操作空拍機，還是要有熟手帶領生手實際演練，才不至於使空拍機受損。由於空拍機的操縱桿操作，去程和回程的使用邏輯不同，去程是往左搖它就往左飛，往右搖它就往右飛；但回程剛好顛倒，往左搖它就往右飛，往右搖它就往左飛，因此，許多生手還沒有辦法適應這種操作邏輯，導致空拍機很容易在這種狀況下撞上障礙物或墜毀。某個國內新聞頻道花了 12 萬元新買的昂貴空拍機，在第一次試飛時，因為記者不熟悉這種操作邏輯，所以造成空拍機墜地，機體破裂毀損，送修又花了 2 萬多元。

▌空拍機操作專業分工

　　為了專業分工，在空拍機的操作上，通常都會有二個人同時進行，一個人負責機體本身的飛行操控，另一個人則負責空拍機上搭載的攝影鏡頭調整，這樣的細緻分工，可以確保空拍機飛行操縱及新聞畫面的取得，都同時獲得比較良好的品質。如果只有一個人操控，既要顧空拍機飛行方向，又要調整新聞畫面的拍攝，在手忙腳亂之下，可能就有使得空拍機墜毀的風險。不過，隨著科技的日新月異，現在的專業空拍機大多都有自動「避障」功能，以降低空拍機撞上大樓或障礙物的機率；同時，高階空拍機也會有人物鎖定和自動追蹤功能。有關於空拍機的「飛行注意事項」，詳列如表 1-8-6。

表 1-8-6　專業空拍機「飛行注意事項」

1. 空拍機使用時必須先確認法定規範的禁航區、限航區、軍事區域及其他日夜限航區，此外在人潮眾多和高速公路、車多的馬路上應避免飛行，鐵道也是列入禁飛的區域，特殊需求必須有官方授權，在安全的情況下才可進行作業。

2. 空拍時有可能會遇到障礙物如電線、房屋、樹木，應找空曠的地方起降，如遇到鳥類空域範圍應儘量避免靠近，以免受到鳥擊與破壞生態環境。

3. 有時候會遇到起飛的區域有很多金屬物質，例如：地板下面鋼筋很多，或者附近有電塔，這時候很有可能 App 上會顯示指南針受到干擾，應另外選擇適合的區域飛行。

4. 提供兩個空拍飛行器常用參考 App，有了這兩個 App 參考資訊，可以讓操作空拍機更順利：

   (1) Drone Buddy：它是一種可以提供當地氣候、風力、KP 指數（大地電磁波指數）及禁飛區的指示軟體：https://appadvice.com/app/drone-buddy-fly-uav-safe-wind/992303145

   (2) Magnetology：它可以提供當日 24 小時內每小時的大地電磁波干擾危險指數：https://itunes.apple.com/us/app/magnetology/id789651124?mt=8

5. 在飛行時，很多時候會用到倒飛手法，這方法能使畫面有 zoom out 的效果，但飛行時鏡頭向前，後方會看不到，此時應目視觀察空拍機周遭是否有障礙物，才可避免危險，左右側飛時也是一樣。

6. 視距外飛行應在空曠的地域執行，若非必要儘量在視距內操作，因為視距外飛行會有很多未知因素的可能性危險。

7. 如遇到異常訊號出現時應立即返航，排除故障，例如：電機受阻、低電量報警、指南針干擾等⋯⋯，也有可能會發生訊號不良 FPV 畫面消失的情況，這時候預先設置的返航點，返航高度就很重要，出發前的檢查務必確實才能安全飛行。

8. 風速過大時，在起降的時候會比較困難，應在寬闊的地域起降，否則側風一來必定會飄，很容易碰撞到四周的障礙物。

9. 專業空拍機使用時，必須注意各種會發生的因素，且要詳細勘查地形、區域。

10. 推薦空拍區域查詢網址：https://www.flyerlee.com/rcrmaps/

資料來源：東森財經臺攝影處提供

第 9 章
電視新聞專題製作

一、新聞專題的類型與參考公式

　　電視新聞專題的寫作，也有所謂的「起、承、轉、合」，本書作者根據多年的製作新聞專題經驗，提出如下各個類型的「參考公式」，初學者可以藉此進行參考與練習。新聞專題，其實和藝術作品有些類似。創作初期，初學者可以靠著模仿完成自己的作品；之後，如果要更上層樓，就必須青出於藍，否則只靠著模仿，那麼這個作者也只能稱為「工匠」，而非「藝術創作者」。因此，當一個記者開始有些製作專題經驗之後，他就應該開始進行一些不同的嘗試與變化，而不應該再依賴所謂的參考公式。

▌新聞事件類

起	• 現在發生什麼事？為何會這樣？
承	• 過去國內有沒有發生類似的事？
轉	• 國外都如何處理類似案例？
合	• 未來如何防範與改善？ • 你的結論與建議。

▎人物類

起	• 介紹主角出場：此人有何特殊？有何本事？為何有名？
承	• 過去碰到什麼困難？最糟狀況是什麼？
轉	• 此人如何逆轉勝？
合	• 現在心境有何轉變？做事有何改變？ • 你的結論與建議。

▎美食類

起	• 介紹主角出場：這家店為何有名？ • 食物有多好吃？為何顧客大排長龍？
承	• 這個美食是如何做出來的？有多費工？
轉	• 研發時是否失敗過？有多慘？如何解決？
合	• 美食是否賦予新生命或新面貌？ • 你的結論與建議。

█ 這一行體驗類

起	• 這一行有何特殊之處？有何成就？
承	• 這一行最困難（辛苦）之處？
轉	• 在評估安全無虞下，由記者親身體驗，結果出錯（糗）連連，證實這一行真的很難（苦）。
合	• 主角堅守崗位多年的心路歷程。 • 你的結論與建議（重新評價這一行）。

█ 類紀錄片（以「跳鍾馗」民俗活動為例）

起	• 跳鍾馗的精彩現場畫面先呈現，逐漸導引主角出場。
承	• 主角扮鍾馗最困難之處是什麼？
轉	• 倒敘回去，主角還沒有參與活動時，他平常是做什麼的？ • 他的準備工作有哪些？扮鍾馗有禁忌嗎？任務是什麼？
合	• 主角總結個人心路歷程與從事這活動的意義。 • 你的結論。

新聞專題或報導型節目比一般即時新聞更適合以說故事的手法呈現，因為它可以慢慢蘊釀說故事的氛圍，同時它也經常借用類似電影的開場手法。例如：先以片段影像和音效，製造懸疑、恐怖、哀傷情緒，然後再導入主角的故事；或者，先以快節奏方式剪輯一些關鍵性的訪談內容，然後再倒敘開展主角的完整人生故事。同時，新聞節目的專題單元，通常有大量的襯樂、轉場、後製效果，而不斷出現的模擬（或示意）畫面，更接近於電視類戲劇的鋪排手法。

 新聞專題的寫作格式

我們以東森財經新聞臺《進擊的臺灣》節目中的〈億萬富豪淪街友〉單元為例，它鎖定探訪的對象，是一個經過輔導，從遊民成為街頭導覽員的「阿俊」。阿俊在變成遊民之前，曾是西門町的西裝大王，擁有億萬身家，但卻因沉迷股市而傾家蕩產，最後一無所有，在西門町街頭流浪。以下介紹採訪記者對這則專題在架構上的鋪排手法：

　　一開場，畫面出現西門町的繁華夜景，接著記者以感性且沉穩的口白，將焦點慢慢帶入這個單元的遊民主角——阿俊身上。

　　專題以重回現場方式呈現，讓故事主角阿俊回到當年他曾經風光過的西門町紅包場，講述過往那段燈紅酒綠的生活（如圖1-9-1），隨後在股市斷頭慘賠後，他從天堂跌落人間，成為一無所有的遊民。接著，阿俊開始講述他成為遊民之後的悲慘際遇。

　　但天無絕人之路，「芒草心協會」幫阿俊找到免費暫住的公寓，社工也幫他引薦成為西門町導覽員，讓他有機會再融入人群。單元末尾出現臺北101大樓的焰火秀，表示拍攝時間正好是

圖 1-9-1　故事主角重回西門町紅包場
（東森財經臺提供）

圖 1-9-2　故事主角鏡頭前痛哭
（東森財經臺提供）

跨年之時，鏡頭切換著 101 燦爛煙花和西門町舊公寓破敗的對比，阿俊對著鏡頭講出他的跨年願望，說到最後，眼淚不禁流下（如圖 1-9-2）。這是一個「卑微的」遊民心願，一個當年的西門町大老闆，如今連回鄉探望家人的旅費都沒有！

最後，記者以簡短但發人深省的一段話，作為這則有關遊民阿俊故事的專題結論。

有關於「西門王—阿俊」這則新聞專題的正式寫法，如表 1-9-1。而文稿中阿拉伯數字的呈現，如「072413-072415」，代表的是拍攝影帶的 time code 部分，攝影記者照著文稿內標註的 time code 點，就可以找到文字記者所要用到的新聞主角訪問片段：

表 1-9-1　「西門王—阿俊」專題文稿範例

OS
電影院潮牌店林立
充滿了各種流行時尚
這裡是西門町
每天都吸引許多年輕人來朝聖

汰舊換新的速度之快

老建物大部分已不見蹤影

當年的繁華盛況

只能老一輩口中得知

***SUPER 昔日街友阿俊

072413-072415 這間就是我以前的西裝店

072738-072754 這一條就有 76 家西裝店，從鴨肉店，到武昌街尾

072756-072806 我差不多三名以內，因為我主要是牛仔裝、女西裝做得很好，男西裝大家差不多

072509-072521 做一套西裝要 4 千塊以上，現在一套要 8 千塊以上，買現成一、二千就有了

OS

67 歲的王明俊

大家都叫他阿俊

見證了西門町半世紀以來的變化

30 多年前經營的西裝店

轉手好幾回

如今變成了褲襪店

很難想像當年

最火紅的秀場藝人

都是他的客戶

***SUPER 昔日街友阿俊

072812-072821 余天的老婆、康弘的老婆都找我做，豬哥亮的西裝都是我做的

072828-072832 他一次最多做 6 套，我送他 6 件襯衫

072605-072611 他兩年就漲一次，看你生意好就漲

072550-072557 那時候房租已經漲到 7、8 萬，後來漲到 15 萬就收掉了

072439-072445 西裝沒人訂做了，店就收起來了

OS

西門町造就了他

卻也狠狠的摧毀了他

堂堂的西裝店老闆
竟然也一度淪為街友
在一碗陽春麵賣 3 塊錢的年代
阿俊也曾經在股海中叱吒風雲
進出資金高達上億元
不過股災來得太突然
一夕之間
賺來的全都化為烏有
到底虧了多少
自己也不敢算清楚

***SUPER 昔日街友阿俊
065106-065115 我股票虧了很多，民國 67 年我做了一億，光手續費就交了 90 萬多
065211-065220 我不想再知道，因為我是失敗者，我如果看到別人講股票、看報紙，我就走開
070129-070136 沒有錢租房子了，身邊有一點錢都不敢租，因為要押金
065809-065821 很消極，自暴自棄，身邊變賣的財產，也沒辦法開店
070313-070323 我吸安非他命，真正的原因是吸安非他命，家破人亡，就離婚了

OS
人生頓時從天堂掉入地獄
還因為吸食毒品
好幾度進出監獄
最終他還是選擇留在最熟悉的西門町
不過沒錢租房子
只好把騎樓當成家

***SUPER 昔日街友阿俊
073431-073438（記者：你說你以前睡這裡？）裡面裡面，窩進去
073442-073450（記者：以前你住在這環境好嗎？）不好啦，晚上車子叭叭……

***SUPER 昔日街友阿俊
083028-083033（記者：這裡睡多久？）差不多 5-6 個月
083037-083041 他晚上 11 點鐘才能睡，4 點半就要起來

OS
阿俊帶著我們
細細回顧當街友的那段日子
不堪的回憶
似乎還歷歷在目
從睡覺到洗澡
都得在街頭自己想辦法

***SUPER 昔日街友阿俊
073728-073731 水龍頭就在那個地方
073745-073749 我就利用半夜沒人的時候洗澡
073842-073847 我就拿個牌子，在外面放著，他們就不會進來
073852-073859 冬天夏天，都一樣，我都洗冷水，習慣了

***SUPER 昔日街友阿俊
071603-071609 我睡在路邊，我被人家丟瓶子
071622-071626 我一走到外面來，三個年輕人跑掉了
071700-071709 我不恨，我恨我自己，為什麼要睡在這邊，讓人家討厭

OS
面對路人的冷嘲熱諷
阿俊反而責怪自己
當時身邊親友
並沒有像外人一樣嘲笑他
而是默默鼓勵
希望他還有谷底翻身的機會

***SUPER 昔日街友阿俊
070659-070707 舞廳的經理、老闆、少爺，過去我在舞廳花很多錢
070756-070816 捧過他場的，他們會放 200 塊，用信封裝，有時候會放麵包，那時候他們還是在鼓勵我
070837-070852 我很自愛我自己，我不會乞求、要錢，要給我坐車錢
070938-0701004 我看街友每一個都有自尊心，不是只有我，要用愛心，不要用一時的同情心

071137-071151 你自己今天這樣子，你要把立場站住，如果送便當來，講可憐我就叫他拿走
071157-071209 你拿給我吃，我很高興，我會感激你，有一天可能會回報你，我不要你可憐，不要你同情

***SUPER 阿俊 VS. 超商店員
083210 老闆娘有紙箱嗎？就這樣子而已

OS
不只從事資源回收以及清潔員
還因為對西門町的歷史瞭若指掌
阿俊還被芒草心協會
培養成當地導覽員
從他口中總有聊不完的故事

***SUPER 昔日街友阿俊
071910-071915 我在哪裡倒下去，就從哪裡站起來，東方不敗
070459-070504 所以你這個心，自己的堅定、毅力很重要

OS
從哪裡跌倒
就從哪裡再站起來
堅強的面對所有事情
但在他心中還是有個小小心願尚未達成

***SUPER 昔日街友阿俊
081916-081954 我希望今年過年有個期望，我能去墾丁公園去看，回我家，（記者：為什麼想回家？）要回去拜拜，拜祖先，到阿里山那邊看阿嬤，有空也要有錢阿，沒有錢怎麼去？
082031-082056 我也非常感謝（社工）張縣忠，沒有他，我可能就死掉了，還有（社工）小古，我流血過多，可能就死掉，沒有人看到，躺在這邊，為了閃一個歐巴桑，我受傷沒關係

NS 信義區乞討街友

OS

而在街頭上

有多少人像阿俊一樣

有家歸不得呢

誰又能幫他們一解思鄉之情

蔡侑達彭德裕 / 臺北報導

第三篇

電視新聞實戰篇

採訪前的準備功夫

　　拜網路和新聞搜尋引擎之賜，電視記者可以透過 Google 和各個新聞網站，快速的找到自己所需的資料。但是偏偏就是有些電視記者不喜歡做事前準備功課，拿了一張採訪通知或者代班去採訪一個記者會，在完全沒準備的情況下就到了現場。除非你是這個新聞路線的資深記者，否則沒有做準備功夫，你可能就不知道這個人／這家公司／這個機關開記者會的用意何在？有些文字記者到了新聞現場或記者會現場，只是拿了新聞稿並且讓攝影記者隨意拍點畫面就想走人；就算勉強進行訪問，也是問些表淺性的問題，受訪者當然也樂於給你官方性質的回答。更糟糕的是，有些記者不但沒做事前準備功課，而且還在記者會現場亂問問題或者搞混受訪者的職稱及名字，這樣的表現突顯自己的不敬業及不專業。有時候記者問錯問題，會被受訪者或記者會主持人當場糾正，變成現場記者的笑柄。偏偏好事不出門、壞事傳千里，這種糗事很快會傳遍新聞同業，甚至還傳到了長官耳裡，那時可就真的貽笑大方了！

　　本書作者也曾經歷一次印象深刻的採訪經驗，至今仍深自警惕：

　　　　那時為了採訪韓戰專題，想到了當時的「無任所大使」陸以正曾經擔任聯合國軍事總部翻譯官，於是從採訪中心政治線記者那裡要到了陸大使的家裡電話進行約訪。電話接通後，陸大使知道我要採訪 1950 年到 1953 年的韓戰歷史，他突然問我一句話：「你要採訪我，那你讀過我的書沒有？」我突然愣住了，結結巴巴的說：「沒……沒有」，然後，電話那頭「叭！」一聲，陸大使很用力的掛上電話，表達他的不滿！

　　　　於是，我立刻跑到重慶南路三民書局，把陸大使的著作《微臣無力可回天》、《從臺灣看天下》等書買回來，用最快的速度

瀏覽過一次，並作了重點記錄。3 天後，我再打電話給陸大使：「報告大使，您的著作我都已經恭讀了，也非常有心得，有些問題想當面跟您請教，不知道可不可以……」陸大使非常高興的接受了我的專訪。在採訪過程中，我也驚嘆陸大使對於韓戰現場的細節，至今還記得那麼清楚！他把韓戰時的剪報都搬出來給我看，並且小心叮嚀：「這些剪報的歷史都超過 50 年了，你要輕輕的翻，如果太用力它就會化成灰……」

這一次專訪收穫滿滿，而我也記取教訓，採訪任何當事人或專家學者之前，自己一定要先做功課！唯有記者先尊重受訪者，受訪者才會尊重記者！

狀況二　「來者不善」的電視記者

許多電視新聞初學者常犯的一個毛病，就是把開記者會的人所講的話奉為聖旨，甚至照著他們提供的資料「有聞必錄」，而沒有任何的質疑或懷疑的精神。一個優秀的電視記者，他 / 她必定是個懷疑論者，任何人說的任何話，他們必然會先打上個大大的問號，並且從各種角度和資料去檢驗被報導者所說的話，以及所提供的資料是否有任何破綻？假設開記者會的人，他所說的話經過查證仍有一些疑點，有經驗的記者會在報導中帶入自己懷疑的地方，並且也提醒觀眾注意這些疑點。而比較資淺或訓練不足的記者，通常會比較相信被報導者所說的話，而無法提出他的談話內容有任何值得懷疑的地方！這就是資深記者和資淺記者的最大差異所在。當然，資深電視記者也未必全部都具有「懷疑精神」，因此我們要訓練自己，在新聞中提出自己獨特觀點和合理的懷疑，也可以說，我們就是「觀察入微、來者不善」的專業記者！

許多的商業產品記者會或發表會，必然是強調新機種的各種優點，而

隱藏了它的缺點或不足之處。以手機來說好了，新產品發表會一定有明星代言站臺，也一定有新手機提供現場試用和專人解說，有些業者甚至會提供「市調數據」，表明該公司產品銷售率是目前第一名。但是，在光鮮亮麗的發表會外衣之下，記者是否應該以銳利的觸角，去了解這支新手機的售價在市場上是否貴得太過離譜？它的 CP 值是否夠吸引人？它的所謂新功能或新亮點，是否別的品牌手機早就已經出現過？它的上一代機種是否曾經因爲品質問題而導致產品被回收，或者電池容易產生爆炸而曾經被很多消費者投訴？新機種改善這些問題了嗎？業者提供的「市調數據」，證明他們的手機品牌在臺灣銷售第一名，所謂「市調數據」來源是哪一家市調公司做的？上述這些問題應該是「來者不善」記者所應該要注意追查的事，而非只是做了一則呼應新產品發表會的熱鬧新聞！有時候，這一類新產品發表新聞會因爲對產品介紹太過仔細，或者對於特定品牌產品露出時間太多，而被 NCC 和觀眾懷疑有「業務置入」[1]的嫌疑。

電視記者有個必須放在心中的一把尺是：**「我又不是業者或政府單位的御用記者，所以我沒必要爲你們歌功頌德！」**商業集團或政府單位都希望記者能多多爲他們的產品或政策美言幾句，但記者的職責是爲電視機前的觀眾把關，並且報導眞相，所以對於產品功能或政府政策提出質疑，那也是身爲記者該做的事。過去曾經有政府單位官員，因爲記者報導了他在鏡頭前出糗，竟然惱羞成怒，在記者會中點名這位記者「不准發問」，而且還說要對他進行「封殺」！但在眾目睽睽下說要封殺記者，反而是政府官員情緒控管不佳及官僚心態的直接證明！如果記者覺得自己並沒有報導錯誤，那就沒有必要感到害怕，甚至不用擔心政府官員的揚言控告，因爲監督政府本來就是記者的責任，政府官員也無權禁止媒體記者進入公家機

---

[1] 文化大學大眾傳播系王毓莉教授（2005）指出，置入性行銷的不倫理特性包括：(1) 廠商付費；(2) 未明示廣告主或贊助單位。批評者認爲，「產品置入」是在觀眾不知情的情況下進行，因此對觀眾而言，是一種欺騙（deception）。

關採訪！當然，一般的電子媒體都希望與商業集團或政府單位保持友善關係，如果沒有必要，雙方最好不要發生激烈衝突，但如果對方刻意傷害或羞辱記者自尊，那麼媒體記者也應挺身捍衛自己的尊嚴！

因此，記者「來者不善」，並非是故意要大牌或找對方麻煩，而是要抱持著記者「天生懷疑」的精神，去看待你所參加的每一場記者會、商業集團的新產品及政府政策。如果你是秉持著這種精神，觀眾也會看到你報導切入的角度和探討的觀點的確與眾不同。因為現在觀眾對於電視新聞的報導內容，大多有自己的一套判斷和接受標準，沒有那麼容易被洗腦。但如果觀眾發現你的報導，其實只是流於為別人進行有目的的宣傳，那麼他們很快會棄你而去！

 ## 狀況三　如何避免寫出「業配稿」？

電視記者每天會收到非常多的記者會邀請函，許多新聞稿甚至都由公關公司或企業的新聞聯絡人幫記者寫好了！我們經常可以發現，部分媒體記者幾乎是照抄這些新聞稿就刊登或發布了，完全沒有自己的觀點，甚至發布這則新聞的記者，自己都沒有到場參加記者會。一般而言，公關公司或大型企業，都喜歡找線上資深記者轉任為新聞聯絡人，因為他們知道記者會的邀請函該怎麼寫才會吸引記者採訪；他們更深知，記者會的新聞稿該如何包裝，才會吸引媒體記者採用。由於這些單位公關室撰寫的新聞稿具有「專業水準」，所以部分電視記者和網路記者，就會「大量照抄」或「全文引用」。

不過，公關公司或企業的新聞聯絡人把新聞稿包裝得再漂亮、再有賣點，它是都出於「為己宣傳」目的，如果電視記者完全照著他們安排的邏輯去寫稿或鋪陳，就會落入幫他人寫「業配稿」的陷阱！記者可能不是刻意要幫開記者會的個人或企業進行宣傳，只是因為新聞稿都已經幫記者「抓出新聞重點了」，所以許多線上記者就不用傷腦筋去再找新聞切入

點，只要照著對方的安排，去報導他們指定的人或物，就能夠在很短的時間內做完新聞，向上級交差了事！但是，這樣「便宜行事」的新聞製播方式，剛好正中業者下懷，因為記者們製作新聞省時又省力，而業者也獲得了產品或特定人士的曝光率，可以說是雙方各取所需！但這種「安排好的新聞」，有多少是接近真實？記者其實是幫業者進行免費宣傳而不自知！更糟糕的是，如果電視記者發的新聞，被 NCC 認定有「商品置入」嫌疑，就有可能遭到裁罰，對發稿記者和播出的電視臺來說，都是十分冤枉而且不值得的事！

　　業者常見的幾種「引導新聞」手法及記者如何避免寫出業配稿的方法，分述如下。

▌新聞內容安排

　　人力資源公司選擇一個主題，並且安排好了許多受訪者到現場，記者只要照著業者選定的主題，採訪這些安排好的受訪者，並且參考業者提供的「專業新聞稿」，很快就可以發出一則制式的新聞來交差。

➲ 破解方法

　　1. 初學者通常會把記者會中，擔任引言的業者所說的話，當做是新聞重點。但資深記者會比較注重在業者安排的受訪者案例呈現上，並且注意這些受訪者，是否真的有從事這行業，還是他們只是臨時演員？

　　2. 資淺的記者，通常採訪完業者安排的受訪者後，就會回到電視臺開始製作新聞。但較有經驗的記者，會要求還在現職的受訪者，帶他們回到工作場所進行較為深度的拍攝與訪問。一來可以檢驗，這些受訪者是否為業者安排的臨時演員？二來新聞的場景，就不會只有在記者會現場，攝影鏡頭多記錄了當事人在工作場所的實況，會比較有真實感。

　　3. 一般民眾和相關的專家學者，對於業者提供的這些職場案例，有何看法？

　　4. 跳脫記者會現場，你覺得業者安排的這些案例，呈現的是國內的

什麼社會或職場現象？其他東亞國家如日本、韓國、香港，也出現有同樣的社會或職場現象？（例如上班族租屋蝸居或長期住在網咖小型包廂內）

▌新聞畫面安排

汽車大展記者會現場，安排了從經典車款、新車到超跑的進化過程，同時也安排了 show girl 的狂野熱舞表演與車展特色走秀。

➲ 破解方法

只要業者安排了火辣的 show girl 走秀，記者採訪汽車大展的意願就會大幅提高。但是，有些記者寫稿時，會大幅著墨於 show girl 的走秀表演，而現場展出的新車反而成為配角。許多電視臺會把這樣的新聞現場切割成二則來製作，一則是專門報導 show girl 如何對抗寒冬或鹹豬手；另一則就「專心」報導汽車大展內的各式新車。

▌「利誘」記者採訪

許多記者會邀請函，會註明送給採訪記者豐厚禮物或「伴手禮」。例如：「XX 典範　進駐校園」記者會，凡當日出席之記者，將可自選獲得一門大師的影音課程光碟（市價 1980 元）。

➲ 破解方法

拿人手短，你拿了人家的昂貴贈品，好意思不替業者做點宣傳嗎？採訪與否的思考重點，還是應該回到：這場記者會是否有真正觀眾想看的新聞元素！

基本上，新進記者或初學者，如果要避免寫出「業配稿」，一定要記得一個原則，那就是：**「開記者會的人不重要，這則新聞該從哪一個重點切入才重要！」**協助業者開記者會的公關公司，通常會安排現場有許多炫目的表演，或者對於發表的商品有很多精彩的描述。但是，你的新聞重點，可能不是落在迷人的表演秀，也不是只關注業者大力介紹的新商品上。你在現場要不斷問自己的是，**還有什麼是別人看不到的新聞點？**

你靈敏的新聞觸角，可能注意到了在臺上表演的 show girl 眼角有一抹淚痕，身上還有厚厚脂粉蓋不掉的一點淤青，而她可能正是家暴受害者。如果妳注意到了她的模樣，那麼這一位 show girl 可能就是整場記者會，你眼中的唯一「亮點」，你要把握機會，對這位 show girl 進行獨家專訪，去挖出她的故事！或者，你也可能注意到了，在記者會現場的企業大老闆身旁，出現了一個比較像是西方臉孔的年輕小夥子，你覺得他很陌生，但他卻和大老闆互動親密。在私下詢問後，你發現他竟然是老闆異國通婚所生的長子，剛學成歸國，準備接掌百億家業，而今天是他第一次跟父親出來見習！

記者會上的商品介紹，除非是很特殊或很重要的產品，例如蘋果或是三星新手機上市記者會，否則一般來說，報導這類記者會的新聞都會很像「業配稿」，新聞編輯和製作人對它一點興趣都沒有。在這類記者會中，真正可以吸引人的，經常都不是公關公司或新聞聯絡人預先安排給你的「新聞」，而是靠著你的新聞靈敏度所發掘出來具有新聞元素的故事，那才是真正**有溫度的新聞**！

 狀況 四　採訪完全陌生的領域怎麼辦？

電視新聞記者在各個採訪路線上，大多是可以互相支援或代班的，比如「社會組」—「生活組」；「社會組」—「地方組」；「國際組」—「政治組」；「生活組」—「影劇組」等。尤其「社會組」記者，代理其他路線記者採訪的機率高出許多，因為社會線涵蓋範圍十分廣泛，與其他採訪路線重疊機會較高。比如，「某大型科技公司老闆召開記者宣布公司股票即將上市」，這是財經線新聞；但如果是：「某大型科技公司老闆召開記者會宣布感情出軌，與知名女藝人在外有私生子，而這家公司的股票即將上市。」那麼這則新聞就變成與社會線、影劇線和財經線都有相關。也因為社會線新聞常會涵蓋到其他路線的特性，所以當其他路線有大新聞

發生或者記者休假人數較多時，社會線記者就會常被電視臺主管指派去代理或支援採訪，因此社會線記者常被戲稱為**「利百代」**，也就是代理跑什麼路線都可以的意思！但即使只是代理或支援採訪其他路線新聞，也要秉持「隔線如隔山」的戒慎恐懼原則，並做好採訪前的準備功夫。

不過，有三種新聞採訪路線比較難以被代班採訪，包括「財經線」、「科學新聞」和「國際新聞」，因為這三種路線有其專業門檻。「財經線」的採訪範圍又分二種，一種屬於「軟財經」，如房市、車市、生活消費、3C 產品等；另一種屬於「硬財經」，如中央銀行、金管會、期交所、財政部等。代理採訪「軟財經新聞」的記者，出差錯機率通常比較低，但如果代理採訪的是「硬財經新聞」，例如：代班採訪央行記者會，對於「匯率升貶」、「外匯存底」、「基準利率」、「存款準備率」、「系統性風險」、「隔夜拆款」等財經專有名詞可能十分陌生，一場記者會下來，非財經專業記者應該是「鴨子聽雷」，有聽沒有懂！既不知如何發問，也不知從何下筆寫稿。而「科學新聞」，如中研院、中科院、工研院的研究發明及研究報告，因涉及到一些專業素養及科學專有名詞，對其他路線記者來說，會感覺比較深奧難懂，也增加了新聞出錯的機會。最後是「國際新聞」，因為需要進行外電編譯工作，除非外文能力非常好，不然對於代理記者來說，可能是非常吃力或無法勝任的事。

上述這三種比較特別的採訪路線，如果實在無法避免，必須得去代班採訪的話，一定得做好事前準備工作。若能事先拿到採訪單位的新聞稿，就可以上網蒐尋專有名詞，或者查查過去有沒有記者寫過類似的新聞，可以拿來作為參考。同時在寫稿過程中，如果有自己不了解或不確定的內容，一定要向專家、受訪者或線上資深記者請教和確認，以免誤解對方意思，寫出明顯錯誤的新聞來。一旦代班採訪的新聞出錯嚴重，有可能會讓電視公司成為網路笑柄，而自己也有可能被上級懲處！所以，對於自己不熟悉的採訪路線，電視記者更要謹慎小心才行！

狀況五 獨家新聞重要嗎？

要拿到「獨家新聞」通常必須付出代價！「獨家」，本來是新聞媒體的光環或是榮耀，也是新聞工作者追求的一種工作上的成就。但是後來有很長一段時間，電視頻道的「獨家新聞」泛濫成災，許多芝麻綠豆大的小事，都可以成為電視新聞的「獨家」！最後「獨家新聞」的定義變成了：「別人不想採訪的新聞，但我卻採訪了，所以我就是獨家了！」因此，「獨家」對電視新聞頻道而言，反而變成沒有什麼意義的二個字。此外，現在電視新聞的訊息來源很多是來自於社群媒體及「三器」（網路瀏覽器、行車記錄器、街頭監視器），由於網路流通的訊息非常快速，你看到了，別人也一定看得到，因此電視頻道要拿到「獨家新聞」的機會，也比以前減少很多！

倘若一個電視記者能夠源源不絕的提供好看、吸引觀眾、有收視率的獨家新聞，那麼他的表現就容易被長官看見，如果基層主管出缺，這些積極求取表現的記者就比較容易優先獲得拔擢。但是實際上，在勞基法的保障之下，現在比較少有電視記者會不計代價、費盡心力去爭取獨家新聞。許多電視記者不再視跑獨家新聞為一種同業之間「有趣而刺激」的競爭遊戲，他們加入共同採訪路線的網路通訊軟體群組，不求獨家，只求不獨漏新聞！當然，並不是說「獨家新聞」的爭取，對電視記者不再重要，而是媒體大環境的改變，電視新聞頻道主管對於新聞「量」的需求，遠大於對「品質」或「獨家」的提供。電視新聞產製的大原則是：「先求有、再求好」，而獨家新聞、深度報導和調查報導，因為耗費電視臺比較多的時間和成本，所以除非為了參與新聞獎項的「比賽之用」，否則以現今電視媒體現況而言，新聞主管較少鼓勵記者爭取重大的獨家新聞和製作調查報導，這也是現今電視新聞媒體所呈現的危機之一！

如果你想要當一個出類拔萃的電視記者，那就不應該自許為「電視

公務員」，你必須努力去爭取獨家新聞報導！當然，要拿到獨家新聞，是必須付代價的，包括花費自己**時間**、**精力**，甚至是**金錢**。獨家新聞多來自於人脈，人脈是需要花時間去培養的！當其他記者週休二日之時，或許你還得花時間在培養新聞人脈或是和採訪單位重要人物私下建立交情，這些時間的花費，通常不太可能被視為「加班」。至於「金錢」的花費，當然並不是直接花錢去養眼線，而是在建立新聞人脈的同時，你可能必須送對方一點小禮物或者請對方吃飯等等，這些建立彼此交情的「禮尚往來」和「人情世故」，自然不可能向電視公司報公帳！話又說回來，如果你捨不得付出時間、精神和金錢代價，那麼你自然會是一個標準的新聞公務員，你可以準時上、下班，但很難讓自己的新聞表現更加出類拔萃！所以如果你問：「獨家新聞的採訪重不重要？」我仍然會說：「非常重要！」因為那是讓你在新聞業界受人敬重的一個表現方法！也許不一定會讓你受到新聞部長官重視，但你的努力，相信大家都會有目共睹！

狀況六 新聞得獎重要嗎？

臺灣有關電視新聞報導或新聞性節目獎項不在少數，如電視金鐘獎、卓越新聞獎、曾虛白先生新聞獎、光明面報導獎等，每年參加者眾且競爭激烈。然而得獎者是否就能在電視新聞場域中，讓自己受到上級重視，或者為自己打開晉升之階？為此，本書作者曾經在撰寫博士論文時，訪問過幾位得過獎的電視新聞工作者，他們對這個問題的回答落差頗大，為了保護當事人，本書以代號呈現以下幾位受訪者的身分：

曾得過二次電視金鐘新聞節目獎的代號 A 記者說：「得獎絕對是對自己有利的！你對這家公司的貢獻度，除了收視率之外，唯一能夠表現實力的，就是把獎項拿出來，就可以讓眾人信服。所以得獎對記者在這家電視臺絕對是有正面的幫助！」

同樣得過電視金鐘新聞節目獎的代號 B 攝影記者，卻覺得金鐘獎其

實並不是頒給他的：「金鐘評審偏重結構，沒有特別爲了攝影（記者）設的獎項。拿獎，文字（記者）會被認爲『有一套』，但攝影（記者）只是陪襯，會被認爲只是運氣好！」

　　曾以新聞節目獲得「社會光明面報導獎」的代號 C 記者指出，某位電視臺攝影記者爲公司奪得到大獎後，年終獎金並沒有領比較多，甚至後來還被記過。因此他覺得電視記者作品得獎，對自己的助益其實不大：「臺灣有關的電視獎項很多，你說得獎者都會一再加薪升官嗎？我覺得不太可能！」代號 D 資深記者則認爲，如果是得金鐘獎或卓越新聞獎，對於「換跑道」（指跳槽）或當年度考績會有很大助益。但如果得的是「小獎」，基本上不會有什麼幫助。

　　資深記者 E，在電視媒體資歷已經超過 30 年了，他的新聞專題曾經得過曾虛白先生新聞獎，他認爲得獎只是給自己一個繼續在這個行業奮鬥下去的動力而已：「當時得獎的感覺就是，對我工作上的一種肯定，你說獎金嘛，獎金也沒多少錢，那不是重點，就是你在記者生涯上的話，你曾經會有什麼徽章在你身上……但我覺得新聞每天都是新的開始，不進則退，你得了獎之後，你沒進步，其實到最後也是一樣……得獎的用意是說，你曾經有這樣的一個徽章，然後讓你對這個工作有期許、有認同，增加你往前走的動力，就這樣，如此而已！」

　　不過，電視記者 F 認爲，作品得獎愈多，反而造成他更大的壓力，最後竟然連電視臺都待不下去：「我當初離開也是因爲得獎這件事情……我要離開最後那半年，拿了四個（獎），結果拿到最後，人家同事會問啊，因爲那個公布欄上面會寫誰得獎，然後記什麼大功之類的，然後大家就說你加薪加很多喔……可是當所有人說你加薪加很多的時候，其實想說，其實我沒加薪反而還被減薪的時候，就會覺得有夠嘔！」

　　所以，從上述幾位曾經得獎的資深電視記者訪談來看，我們可以發現，臺灣電視新聞場域因爲社會環境的變化，在結構和規則上已經和過去大不相同，而且「得獎」後也未必能爲每個記者都帶來更多的資源或改善

自己在電視臺內的地位。但是，多數電視記者仍然視新聞作品能在競賽中奪得大獎為畢生榮耀，即使不能為自己贏得升官或加薪，但「得獎」還是電視記者肯定自己的一個奮鬥目標！[2]

狀況 七　如何應付採訪現場突發狀況？

採訪現場的突發狀況非常多，一般分為與「記者本身」有關和與「採訪對象」有關二種。記者本身的狀況大多和器材有關，包括攝影機、麥克風故障、記憶卡滿了、電池沒電等，另外，有時候還會出現採訪搭檔遲到等等狀況。基本上如果攝影機還可以拍攝，問題比較小，但是如果連攝影機都停止運作了，那可能就得要使用記者的手機來進行拍攝，或者得要去向其他電視臺商借新聞畫面了！還有一種狀況是：室內和室外溫差太大，造成攝影機暫時性的動彈不得。比如說從寒冷的室外突然進到室內，攝影機可能會「結霜」，機體就會閃爍紅色警示燈並出現「當機」狀況。而如果從比較低溫的冷氣房，突然走到高溫的室外，攝影機會起霧，即使勉強可以拍攝，畫面也會罩著一層霧氣。此時，最好用外套或報紙把機體先包住，讓攝影機不要感受到太大的溫差變化；同時，最好不要擦拭起霧的攝影鏡頭，以免造成鏡頭的損傷。

如果突發狀況是來自採訪對象，那就比較棘手。其可能情況如下：

⊃ 記者會或約定好的專訪，對方突然取消

聽到記者會或約訪取消，電視記者是轉身就走嗎？有敏感度的記者，會追蹤臨時取消的原因是什麼？是主角身體不舒服？出了車禍？被人恐嚇？如果是總統府或行政院臨時取消記者會，就要打聽看看，是府院未達成共識？還是政府政策又髮夾彎？有時候記者追蹤「記者會取消原

---

[2] 〈狀況六〉部分內容引自：許志明（2018），《批判和實踐典範的會診初探——以臺灣電視遊民新聞為例》。

因」，反而能夠成為一則觀眾有興趣或有內幕性的新聞！

⟳ 訪問結束後，受訪者突然反悔，要求不得播出

這是最令電視記者傻眼的一種突發狀況，尤其是「獨家專訪」。正當採訪記者返回到電視公司準備製作新聞時，受訪者突然告知，剛才錄的內容全部作廢、不得播出，這種狀況常會讓採訪記者措手不及，不知如何是好！但是這類「獨家專訪」，如果當事人不同意播出，電視臺就是不能播出，否則就有可能被受訪者控告，因此不得不謹慎。碰到這種狀況，最好能爭取到和受訪者**當面**進行溝通，也許受訪者只是有些疑慮，經過當面溝通後，受訪者或許能夠回心轉意；但是如果雙方是以電話溝通，成功的機率就比較低。同時，得知受訪者突然反悔的訊息後，也要立刻通知電視臺長官，請他們作「最壞打算」，如果太晚通知，讓長官來不及抽換新聞或預告，這時候，記者鐵定會挨長官一頓痛罵！

⟳ 記者會上的失控演出

一般記者會的流程都是演練過或安排過的，而主角在記者會中，該說什麼或不該說什麼，也都會由主辦單位或公關公司事先和主角溝通過。但是，仍然會有許多失控的演出在記者會中發生，而這些不照稿演出的突發狀況，有時反而讓平凡無趣的記者會，變成了整則新聞中的「亮點」。例如：有政府單位的官員，在記者會中大罵某個電視臺的記者問話不客氣，而記者也對這名官員反唇相譏，雙方你一言、我一句的頂嘴與互槓，這段現場畫面反而成為這則新聞最搶眼、最有趣的部分。至於當天官員的記者會主題是談什麼？反而不是媒體關切的重點了！

另外，有女明星曾在記者會中拿出小刀割腕自殘，讓現場記者驚聲尖叫！也曾有民間企業老闆的記者會開到一半，一群黑衣人衝進會場大鬧！還有債權人在某家大企業的記者會中舉白布條、撒冥紙抗議，大老闆下令警衛將他們一個個抬出會場等等……。當採訪記者拍到這些突發狀況時，要立刻向電視臺的直屬長官回報，新聞部相關的主管知道你所採訪的記者會有突發狀況時，他們就會把你這則新聞排進晚間新聞時段，同時也會在

新聞鏡面中，預告記者會現場有重大突發狀況，以突顯這則新聞的重要性。因此，有些資深記者反而比較期待他所採訪的記者會現場會出現這些「突發狀況」！

狀況八 隱匿身分採訪必要嗎？

一般來說，「匿名採訪」或「臥底採訪」並非正常的新聞採訪方式，因為這屬於欺騙行為。但是如果沒有隱匿身分，有時就無法達到媒體「揭發犯罪」的功能，因此，若與公共利益有關，而且實在無法從其他管道獲得證據的情況下，「匿名採訪」或「臥底採訪」會被認為是必要的採訪手段！《公共電視節目製播準則》[3] 之〈第八章隱私權與受訪者權益〉，提到合理使用隱匿身分採訪的考量面向包括：

- 是否事前已掌握確實證據，顯示當事人確有此行為或意圖？
- 是否公開採訪不可行？
- 依議題合宜性考量，是否確有蒐證的必要？
- 若調查地點在國外，是否該國法令確實太嚴，以致有不得不做的必要？
- 是否為符合公共利益的正當研究方法？

電視記者隱匿身分進行調查採訪，通常和二大類新聞有關，第一大類是有關**投訴新聞**的採訪。例如：有民眾向電視臺投訴，某家餐廳地板油膩、衛生條件不佳，常發現有蟑螂及老鼠出沒；某麵包店老闆飼養寵物狗，狗的毛髮四處散落，還在地板放了蒼蠅黏紙，環境看了令人倒胃口。諸如此類的投訴案，如果電視記者事先打電話給被投訴的店家說：「有人投訴你們環境髒亂，我們要去採訪！」那麼老闆一定會事先把店裡都打掃

---

3 《公共電視節目製播準則》：https://www.ncc.gov.tw/chinese/files/11090/2713_21617_110902_1.pdf

得乾乾淨淨，記者一到現場，也就拍不到任何投訴者所說的狀況。於是，電視記者接到類似的投訴案時，通常都會假裝是顧客進到被投訴店內察看，若發現有環境髒亂事實，再以手機或隱藏式攝影機進行錄影搜證。等到確認搜證拍攝完成後，再進行一般的採訪程序，並把蒐證畫面提供給店家，讓被投訴的店家有機會進行解釋。由於網路爆料興盛，因此現在類似的投訴案，大多是由投訴人先錄影蒐證 PO 上網，電視記者再根據爆料影片進行後續追蹤及採訪，這時候就比較不需要隱藏記者身分。

第二類可能需要隱匿身分進行採訪的新聞類別是**「調查報導」**。電視記者進行調查報導的採訪時，可能無法短時間內就能有豐碩的成果，它必須要進行一段時期的資料蒐集、訪談、查證過程，才可能有可供報導的結論與發現。而在調查過程中，記者可能必須隱匿自己的身分，甚至切換到另一種身分，在陌生且危險的環境生活一段時間，才能夠體會被報導者的工作軌跡和生活感受。例如：

1. 記者自稱是遠洋漁業研究者，和漁工們在大型遠洋漁船上作業和生活一段時間，以便調查船上的外籍漁工是否有被毆打或虐待的情形。

2. 為了深入了解酒店舞女生活，女性記者隱藏身分，精心打扮自己去參加酒店小姐甄選，並且接受安排坐檯陪酒，整個過程以隱藏式攝影機記錄下來。

3. 為了調查非法婚姻仲介，記者隱藏身分，打電話約出非法業者，要求進行跨國婚姻仲介，並以隱藏式攝影機記錄整個過程。

4. 記者隱藏身分，自稱是傳統市場肉商，與販售病死豬業者接洽，並詢問病死豬屠體價格與如何進貨，以便揭發病死豬流出市面的地下買賣市場。

5. 記者為了調查非法教養院虐待兒童事實，隱藏身分，自稱是身心障礙兒童家長，想要安排小孩入住，並希望能入院參觀環境，整個過程以隱藏式攝影機記錄下來。

不過隱藏身分採訪也有其爭議性和危險性。首先，記者扮演「犯罪偵

查者」角色，有可能是在未表露身分及未經允許的狀況下，進入私人住宅
或商家祕密錄影，如果不是在公開場合，又不能證明對方從事的是非法行
為或與公共利益有關，記者有可能在事後被控告涉及《刑法》侵入住居罪
與妨害祕密罪。例如：記者隱匿身分，假冒速食店員進入明星私人住宅拍
攝其所主辦之派對，將其疑似吸毒或其他「放蕩行為」之照片或影片公開
於媒體，但因其與公眾利益無關，且記者未必能證明被報導者確實進行吸
毒行為，因此極有可能被控告誹謗和非法入侵。

同時，報導中將疑似犯罪的非公眾人物之姓名及臉部曝光，因其尚
未經刑事審判定罪，記者依蒐集之證據「未審先判」進行報導，若過程中
遭人利用或誤導，做出有瑕疵的調查報導，後續經刑事單位調查與司法單
位審判，認為無法證明被報導者有罪，記者及電視臺也有可能因此被反控
誹謗。而且在整個「釣魚式採訪」過程中，記者本身也有可能誤觸相關法
令。

因此，記者不論進行「匿名採訪」或「臥底採訪」，都得要非常小
心謹慎才行！首先，必須先向直屬長官報告，獲得長官同意才能進行；接
著，要衡量這個報導是否與公眾利益有關。若確認與公共利益有關，在匿
名採訪之後，還要從法律的角度，來衡量自己的報導是否站得住腳？指控
被報導者的證據力是否足夠？自己有沒有可能被利用或誤導？在不斷檢視
和沙盤推演各種可能發生的狀況後，確認法律的考量上都沒有任何問題
了，才能將報導播出。記者千萬不能見獵心喜，一採訪完就急著製作新聞
播出！若在播出之後才發現報導內容有蒐證瑕疵或被人刻意誤導，通常已
經大禍臨頭，後悔也來不及了！

狀況
九　採訪時身陷險境怎麼辦？

▌群眾抗爭

　　2000 年總統大選，國民黨在敗選後，失望和憤怒的支持者包圍李登輝總統官邸和中央黨部。後來，激動的群眾湧上凱道進行抗議，木棍、石頭、雞蛋、裝水寶特瓶、瓦斯汽笛聲滿天飛舞，許多在場的採訪電視臺記者也成為被攻擊目標。一開始是政治立場偏綠的媒體遭到攻擊，這些電視臺的記者，趕忙把攝影機上貼的電視臺 LOGO（識別標誌）卸下來。後來，只要是媒體記者都會被攻擊，有記者頭部被棍子或石塊砸中，當場昏倒且頭破血流，在激烈的警民衝突中，也有數十人掛彩。2018 年 4 月 25 日，反年金改革團體在立法院的抗議活動中，疑似有退役特種部隊軍人，在立法院毆打記者和警察，有 4 名採訪記者受傷、13 名記者提出傷害告訴！

　　比起全副武裝的警察，手無寸鐵的記者在這種抗爭場合其實更是深陷險境，很容易成為失控群眾攻擊的目標！尤其站在二個衝突陣營中間搶拍鏡頭的記者最為危險，棍棒不長眼，當雙方「殺紅眼」後，緊繃的情緒和理智一旦潰堤，記者就會被當成洩憤的肉靶子！不管是警方或抗議群眾，都有可能在混亂的情況之下攻擊記者，也許是誤認，也許是找人洩憤。不過大體上來說，警方這一邊還是比較理性的，如果發現情況不對，採訪記者最好還是退到鎮暴警察或警方人牆之後的地帶比較安全。如果預期當天有可能被指派採訪群眾抗爭事件，女性記者最好穿著長褲或牛仔褲，避免穿裙子，以預防衝突、推擠和混亂之中，有人會趁機性騷擾。另外，在抗爭現場，攝影記者視線通常會專注於攝影機的拍攝，視角十分有限，文字記者一定要時刻站在攝影記者旁邊，觀察是否有抗議群眾丟擲過來的保特瓶、棍棒、石塊等物品，並隨時通知攝影記者閃避。如果採訪搭檔受傷流

血，情況嚴重的話，要立刻中斷拍攝，將搭檔送到就近醫院急救，並通知新聞部的直屬主管。在採訪抗爭活動之前，文字記者最好在隨身的採訪包內準備一個「簡易急救包」，如果是受到擦傷、刮傷之類，暫時還不需要上醫院時，可以爲受傷的採訪搭檔先行消毒與包紮，再繼續進行採訪。

▋拒訪暴怒

有時記者在公開場合採訪或拍攝時，會有人突然衝出來，對著記者破口大罵，表明未經許可，爲何要拍攝他。更激動的人，會用力推攝影機或拿出棍棒作勢攻擊記者。除非採訪的目的是刻意激怒對方（如過去《社會追緝令》節目的〈突擊路霸〉與〈突擊公務員〉系列），否則碰到激動阻擋的民眾，最好暫停拍攝，先委婉與對方溝通，表明並不是刻意拍攝他，儘量不要和對方起言語衝突。不過對於情緒激動的當事人，有時候也不一定要立刻撤離現場，只要他／她沒有攻擊記者意圖，盡力和對方進行溝通，也許會有轉機。

本書作者曾經到臺南採訪一間廢棄戲院，因爲傳出有電影劇組借用這間關閉已久的戲院拍戲之後，出現靈異現象。當我和攝影記者到達這間戲院之後，拍電影的劇組已經撤離，於是我向隔壁店家詢問，是否有聽說電影劇組拍攝當天出現靈異現象。沒想到，被詢問的店家老闆暴怒，叫我們「滾出去！」並說我們這樣胡亂報導，會讓附近店家的生意更差，大家都嚇得不敢來這裡消費。當時，我請攝影記者暫停拍攝，並用臺語委婉向老闆說：「頭家先不要生氣！我們也是看到報紙有報導了，才來查證一下是否有這回事，如果眞的沒有，只是誤傳的話，我們的責任就是澄清謠言，還地方一個安寧，並不是刻意來報導靈異傳聞的！」聽我這樣解釋，老闆的氣立刻消了一半，攝影記者適時遞給老闆一支煙（這通常會被對方解釋爲友善動作），老闆拿了點著的煙之後，開始慢慢說出實話：當天劇組到隔壁廢棄戲院，確實出現不尋常現象，有演員像中邪一般的大吼大叫，起因可能是演員不注重衛生和沒有事先祭拜，而惹惱了「好兄弟」。於是我

再進一步和老闆溝通，是否可以用錄音方式，向他記錄這次事發過程，播出前會將他的聲音變音處理，用意在提醒任何人到這裡，要心存敬意，不可任意冒犯。同時我也答應老闆，報導中不提戲院所在位置和戲院名字。於是，經過耐心溝通後，我們順利化解一次採訪危機，也完成了一次採訪任務。

身分曝光

如前所述，隱匿記者身分的調查報導容易身陷險境，因為記者通常會帶著隱藏式攝影機（俗稱：針孔攝影機），在疑似違法場所中，進行未經告知對方的拍攝與採證。當記者因為緊張而使身分曝光或使用隱藏式攝影機拍攝而被對方發現時，會立刻面臨無法預知的危機！這些違法場所通常是由黑道兄弟把持，記者身分曝光後，首先隱藏式攝影機所錄到的畫面會先被抽出來銷毀，接著對方可能出言恐嚇或動用私刑修理記者。在國外，尤其是墨西哥，也有不少記者因為調查採訪毒梟的販毒行為而慘遭殺害！臺灣的媒體界，雖未曾發生這種不幸事件，但是曾有記者因採訪政治人物涉及命案而遭到恐嚇，不但住宅被闖入破壞、汽車車窗全部打破，甚至報社還被一群黑衣人闖入，以棍棒砸毀！

因此，記者進行具有危險性的調查採訪之前，一定要先告知直屬長官，讓長官判斷此行是否有必要？因為長官如果同意了你的隱匿身分調查採訪，也就表示長官和你服務的電視臺，必須為你此行負上全部的責任。隨著科技發達，新聞部長官可以透過隱藏式攝影機發送的無線訊號，在雲端監看記者採訪行動，以確定記者的人身安全，一旦發現記者有危險時，長官可以協助報警處理。同時，當記者身分被發現時，隨身手機可能會被對方收繳，因此最好要攜帶另一支迷你型的備用手機，並放在對方不容易發現的地方，以便趁機發送求救訊號。但是，有些記者隱藏身分進行採訪時，是在網路訊號到達不了的地方，如船上和山區，這時候，記者就只有靠著自己的機智和應變功夫，自求多福了！本書下一篇章，將介紹幾位資

深記者，在進行調查採訪時碰到的危險狀況，以及他們如何臨機應變脫險的實際案例。

不過，隨著網路爆料風氣的盛行和媒體大環境的改變，記者已經愈來愈少身陷險境進行調查採訪！因為這一類調查報導，不但較為曠日廢時，而且可能花了很多時間蒐證，卻未必會有成果，不太符合商業電視臺新聞採訪的成本效益；同時，如果記者向長官報告進行調查採訪後發生危險，他的長官和電視臺也得要負起完全責任。因此，在種種的因素之下，這一類隱藏記者身分，並以隱藏式攝影機進到疑似犯罪場所蒐證的調查報導，也就愈來愈少見了。目前，反倒是網路新興媒體進行類似的深入報導或調查報導的作品數量較多！

狀況十 如何避免報導惹上官司？

收到地檢署和法院傳票，總是讓記者感到驚嚇和沮喪！平心而論，新聞或新聞節目會遭到控告，大多是因為沒有盡到查證或平衡報導之責，為了一時搶快或搶獨家，在還沒有完全查證完成的情況下播出，就容易遭到被報導者控告！當媒體被控告之時，大多是媒體負責人、新聞部最高主管、新聞或新聞節目製作人、文字記者和攝影記者一起被提出告訴；更有甚者，有時連主播、編審、編輯或執行製作，都會一起被列入被告。而除了刑事責任之外，提告者還可對媒體提出民事賠償。在法律程序上，通常媒體負責人及製作該則新聞的記者，會先收到對方的「存證信函」或「律師函」，這二種都是具有法律效用的「行為警告」，目的在於要求媒體立刻派人與當事人或委託人進行補救（償）協調，如果媒體拒絕出面處理，當事人下一步可能就會進入正式的提告程序。有些被報導的當事人，因為對於報導內容盛怒，也會在不經寄出「存證信函」或「律師函」的情況下，直接對媒體提出告訴！

不過，臺灣法律對於媒體報導的內容還是算比較寬容的，只要媒體能

證明報導內容「部分為眞」，加上給當事人一點回應空間和平衡版面，那麼這則（篇）報導要被判誹謗罪成立，機率就不大。因為提出告訴的人，必須證明媒體對他的報導具有「惡意、故意、非出於善意且完全未盡查證之責」，其實並沒有那麼容易。所以媒體挨告後，完全敗訴的機會也是會有，但是比起獲得「不起訴」或「無罪」的機率，其實還是少很多的。認眞比較起來，媒體對於民事上的「侵權」行為，比起「誹謗」，更容易敗訴，因為「侵權案」經常是「罪證確鑿、一翻兩瞪眼」，所以比較容易被定罪；而「誹謗案」，可能到了法庭還有得辯論，輸贏未定。

但是，「如何避免被告上法院」，還是媒體記者比較符合實際的努力方向！茲提出以下幾個避免成為被告應注意的要點。

▌資料或畫面的取得

網路上的爆料影片或照片非常多，記者若只打上「畫面來源：網路」，就將畫面或照片直接引用在新聞報導上，並不能讓自己免責！一定要詢問影片或照片所有人是否可以授權給自己服務的媒體，當對方同意後才可以引用。要注意的是，**影片或照片所有人未必擁有著作權**，因為拍攝者可能不是他，所以他無權將影片或照片授權給媒體。例如：某段影片是 A 先生所拍攝，A 先生將這段影片傳給 B 先生觀看，但 B 先生未經 A 先生同意，就把這段影片交給電視臺進行爆料，雖然電視臺在新聞中打上「畫面由 B 先生提供」，但這仍非常可能涉及侵權行為。過去有某電視臺專題節目，在採訪公家機關時，因為覺得其牆上掛的照片非常具有歷史意義，就把這張照片翻拍下來，並剪輯進專題之中播出，雖在畫面中打上「XX 公家機關提供」，但因著作權非屬公家機關，因此電視臺遭到原拍攝照片者控告侵權！不過，有另一種狀況，是個人無法主張享有著作權的，那就是**監視器**和**行車記錄器**畫面，因為並不是由人所運鏡錄製，所以不能主張享有「智慧財產權」，媒體引用監視器和行車記錄器畫面，並不會有侵權疑慮。但如果這段監視器和行車記錄器畫面，經過後製加工

「KUSO」過，那麼它可能又會重新成為視聽著作，電視臺引用時，最好要經當事人同意。

▌查證

查證是媒體記者的基本功夫，但是因為現在網路訊息非常多，電視記者在截稿壓力下，有時會冒險直接引用網路上未經查證的資料，一旦用到了「假新聞」，不但會使電視臺鬧笑話，而且還會有被告上法院的危險。另外，還有一種狀況，也需要再度查證或給當事人說明的機會，那就是「舊案回顧」的專題報導。這一類的報導，記者大多是把過去臺灣發生的重大刑案或經濟犯罪，經過重新包裝後加以報導，不過，有些舊案雖然當年頗為轟動，但時日一久，記者可能忽略了新聞當事人在事發多年後已被判決無罪，記者引用了舊資料，卻沒盡到保護當事人或給當事人再次說明的機會，也會為自己惹來麻煩！

 電視臺工會能協助你什麼？

目前臺灣有製播新聞的電視頻道，大多都已成立各自的工會，包括公共電視、中視、華視、東森、民視、三立、壹電視及原文會等。一般來說，電視媒體的工會組織，成員大多是新聞、節目和製播單位的基層工作者。基層新聞主管，如召集人、組長、副主任，還是會被允許加入工會，但是主任級以上的電視媒體主管，就會被視為是「資方」，而被排除在工會組織之外。

有關媒體工會組織，國外很早就已經開始運作。1951 年，法國巴黎《世界報》創辦人波夫‧梅瑞（Hubert Beuve-Me'ry）因為和報老闆發生衝突而被封殺，編輯部人員透過新成立的記者協會（Society of Journalism）表示，波夫‧梅瑞如果被停職他們就會進行罷工。報老闆後來妥協，波夫‧梅瑞復職後，立刻與員工簽定新協定。1968 年時《世界

報》員工已控制 40% 股份，由於報社結構上任何重大改變都須獲得 75%
多數股權擁有者同意，員工透過記者協會，等於擁有了《世界報》重大決
策的否准權（滕淑芬譯，1992：360）。

　　臺灣最早的電視媒體工會組織是「公共電視企業工會」，成立於
1999 年 1 月 14 日。「公視工會」，的理想是：

　　1. 建構優良的媒體環境讓全體會員各展所學，各盡所能。

　　2. 建立有效的勞雇溝通管道，保障公司及員工利益。

　　「公視工會」目標是：

　　1. 增進勞動意識，促進和諧互動的勞雇關係。

　　2. 團結公共電視全體員工，確保所有人都得到公平及公正的待遇。

　　「公視工會」，的任務為：

　　1. 接受員工投訴，調解勞雇糾紛。

　　2. 增進員工之間的情誼，培養協調合作的精神。[4] 而媒體工會中，目
前唯一有推派勞工董事的是「原住民族文化事業基金會企業工會」。

　　2014 年 8 月，因不滿新入主的年代集團片面刪減休假福利，壹電視
工會投票取得合法罷工權，在要求資方協商未果後，揚言罷工行動隨時展
開（中央社，2014.8.21）。一週後，原壹電視員工有 64 名被移編至年代
電視臺，工會人數從 204 人降至 140 人，員工雖在九一記者節至 NCC 抗
議，但仍無法改變年代集團決策，罷工行動無疾而終。

　　由於相關法令和民情的不同，臺灣還未見由媒體員工發動的真正罷工
行動，若員工與領導階層意見相左，通常只能進行「體制內抗爭」。但是
透過各個媒體工會組織的力量，媒體勞動者還是能夠有發聲的管道，並且

4　資料來源：https://www.facebook.com/pg/%E5%85%AC%E5%85%B1%E9%9
　　B%BB%E8%A6%96%E4%BC%81%E6%A5%AD%E5%B7%A5%E6%9C%83-
　　Public-Television-Service-Foundation-Enterprise-Union-Taiwan-18941552-
　　1101420/about/?ref=page_internal

爭取自己應有的員工權益。

2015 年 4 月，東森電視工會成立，祕書長廖啓光在同年 5 月 2 日代表工會，發表〈記者不是責任制，我們爲什麼要成立東森電視工會〉一文。2015 年 11 月 23 日，東森工會發表聲明，希望資方能針對員工工作超時、加班費等多項有違勞基法之問題與工會進行協商。2018 年 1 月，NCC 審查東森電視交易案時，東森工會也在公聽會中發聲，要求買方「茂德國際」接手東森電視 3 年內，不得裁員或不當解僱，也不得無故調動薪資等；而「茂德」則承諾，將會把員工最低薪資提高到每月 3 萬元以上。

2018 年 6 月，勞動部討論媒體業等 10 個行業是否鬆綁七休一，多個媒體工會也到勞動部前進行抗議，各媒體工會認爲若開放媒體業出國執勤免除七休一，將導致各行各業仿效，因此堅決反對（中央社，2018.6.14）。可見，在工時、薪資、加班費、補休假等勞工權益的爭取和保障上，媒體產業（企業）工會都扮演著十分重要的角色，而工會也成爲基層媒體工作者的重要保護傘！[5]

如何預防採訪對象的騷擾？

電視記者在外採訪，和受訪者互動較爲頻繁，但有時候如果對方「太過熱情」，反而會造成記者的困擾！記者想要推卻對方的邀約，卻擔心對方誤以爲自己十分高傲，但是不推辭，又怕對方「別有所圖」，因此如何拿捏，也是需要考慮再三！記者有可能碰到採訪對象「騷擾」的現象和場合分述如下。

---

5 資料來源：

https://www.civilmedia.tw/archives/30733

https://www.facebook.com/ebcunion/posts/1196362407045056

https://cnews.com.tw/003180104a06/

https://money.udn.com/money/story/5612/2948679

▌電話、簡訊、通訊軟體騷擾

　　以討論採訪內容爲名，打電話給記者，講到深夜仍不肯罷休，有時對方會談到非採訪範圍的私人感情部分，讓記者感覺尷尬，但又不好意思掛斷電話！這樣長時間通話，也讓記者深夜不得休息。另外，對方以簡訊或通訊軟體聯絡記者，但內容卻出現非相關採訪內容的曖昧話語，也使得記者不知該如何回覆。

▌邀約住宿或共遊

　　電視記者出差到外地採訪，如果要過夜的話，大多是住宿採訪當地的飯店或民宿。但有時採訪對象會盛情邀約晚上住在他們家裡，記者因爲怕打擾到對方，大多會委婉拒絕。不過有少數採訪對象會因爲記者的回絕而惱羞成怒，認爲記者嫌棄住在他家。另外，有些受訪者會在採訪及新聞節目播出過後，以感謝採訪及合作愉快爲由，邀約記者再回到當地遊旅或接受他們的招待，但究竟是眞心感謝或者別有所圖，記者有時也難以分辨。

▌酒宴或卡拉 OK

　　有時候在一整天的採訪和拍攝之後，受訪者會主動提出希望記者接受他們的邀宴款待。這是常有的事，本不足爲奇，但是如果宴席中有喝酒助興，或者進到有卡拉 OK 的餐廳包廂，在彼此酒酣耳熱之際，尤其女性記者，就要特別注意對方，有可能會發生言語或肢體騷擾行爲。

　　有名電視臺女性外勤記者曾提到，有次採訪一名男性受訪者，對方一直製造二人獨處機會，在言語之間也不斷提到對女記者的好感，並且還對她做出性騷擾的行爲，還好同行的攝影記者見情況有異，一直寸步不離的跟著女記者，才讓對方沒有可趁之機（見下篇「電視記者的故事」）！

　　上述三種記者被騷擾的樣態，是比較常碰到的狀況，如果在外採訪碰到疑似騷擾行爲時，有下列幾點要特別注意：

1. 電話中只與對方討論採訪相關內容，當對方開始說到私人感情生活，並有意無意透露想要找個伴等話題時，記者應回覆對方：相關細節見面再談，明天一早還要上班！如果不好意思中斷對方談話，會讓對方誤以為對此話題深感興趣。

2. 在採訪過程中，如果對方要求「單獨談談」或「見獨見面」，就要提高警覺，儘量避免與對方單獨相處，並必須要求採訪搭檔要全程陪同。

3. 出差儘量住飯店或有規模的民宿，除非必要（例如要拍攝對方夜間活動），否則不要住在受訪者家裡。

4. 當受訪者提出邀宴而無法拒絕時，席間儘量少喝酒；同時，至少要有一個人要保持清醒。採訪車駕駛也必須用「待會還要開車為由」拒絕喝酒，以維護記者安全。

5. 如果對方已有騷擾行為，要立刻中斷宴會或採訪行程，準備返回公司，並向長官報告是否放棄採訪或報警處理。

狀況十三　新聞與人情如何取捨？

在新聞採訪的布線過程中，有時候記者會和採訪單位的相關人員建立不錯的互動關係，雙方的相處會有如朋友一般，下班之後，也會互相邀請對方參加自己的社交活動。記者和採訪單位相關人員的交情，需要花比較長的時間去經營，才能建立彼此的信任關係。不過，雙方的這種長久信任關係，卻很有可能因為一則報導而毀於一旦！

記者的天職是揭弊和伸張正義。但是，當你所負責跑線的採訪單位發生弊案或出了大紕漏，而必須為此負責的單位主管，正好與你交情深厚，這時候，你該如何報導這則新聞呢？如果你在新聞中對於案情追查和責任歸屬輕描淡寫，那麼你將會愧對自己作為一個記者的職責；但是，如果你對於案情窮追猛打，甚至要求單位主管要下臺負責，你和這位主管的交情

恐怕也將一刀二斷，今後彼此也再無信任關係可言！那麼，你在報導中的立場，是要盡到一個記者該有的責任，對這個單位火力全開，還是要保住你和單位主管的交情，偷偷放水？相信這種內心交戰時刻，是很多資深記者共同的經驗！通常，對於這種事情的處理，會有如下幾種狀況。

▌空包彈

許多記者認為，雖然這個採訪單位出了狀況，但是如果在報導中，對這個單位趕盡殺絕，將來他就很難在這個單位再跑到獨家新聞，也可能就此成為不受歡迎人物。所以，他可能會向單位主管說：身為記者，這件事非報導不可，但是報導中的攻擊火力可能會從八、九分減為五、六分，希望單位主管諒解！也就是說，這槍非開不可，但射出去的子彈，卻是顆不會致命的空包彈！那麼在事情過後，或許記者和採訪單位主管仍然可以維持彼此間的友善關係。

▌借刀殺人

記者希望繼續維持和採訪單位主管的關係，但是自己的長官又希望能對這個事件好好發揮，絕對不能輕輕放過出事的單位。跑主線的記者左右為難，有時候他會情商其他路線的記者，將「下重手」的報導部分交給別的記者去處理，而自己只負責比較一般性的案情報導。如果出事的採訪單位主管抱怨為何電視臺對他的報導這麼不友善？記者可以把責任推給「下重手」的寫稿同仁，表明這則新聞不是他處理的，與他無關！那麼被報導的採訪單位主管雖然心裡不高興，但他或許不會怪罪跑線的記者，雙方日後仍可能維持彼此間的友好關係。

▌六親不認

有些記者會認為，他和採訪單位主管之間的交情是私人關係，但是記者報導該單位的新聞是公事，所以「公、私要分明」。因此，當採訪單

位出了大事，記者只考慮到自己該如何站在監督和究責的角度進行報導，而不會考慮自己和單位主管的私人交情。當然，在發出這樣具有殺傷力的報導之後，記者有可能就此和採訪單位主管斷絕私人交情。但是，即使今後被列為「不受歡迎人物」，記者在這個採訪單位也不會只有一個消息來源，所以他不惜犧牲和主管長久建立的私人情誼，也要忠於自己的報導天職！不過總體來說，除非採訪單位犯的是不可饒恕的錯誤，否則選擇六親不認做法的記者，仍然算是少數！

狀況十四　電視臺招考和應徵履歷如何寫？

過去老三臺（台視、中視、華視）招考記者，上千人報名、擠爆電視臺的盛況，現在早已不復見。但是每逢暑假，也就是新鮮人的求職季，電視臺的主管還是會收到大量由人力銀行轉寄過來的履歷。這些履歷大多非常的制式，從畢業學校、學系或社團活動的簡單記錄中，其實很難讓電視臺主管注意到你；即使注意到你了，也仍舊無法從履歷中去想像：如果僱用了你，那麼你的表現會稱職嗎？因此，社會新鮮人應徵電視臺工作的履歷，在寫法上有些「眉角」（訣竅），如果你注意到了以下重點，或許你被錄取的機會就會比其他競爭者更高一些。

▌不用人力銀行自動配對系統

這種找工作的方法，猶如亂槍打鳥！電腦雖然會自動幫你到處投遞履歷，但你可能也不知道你的履歷會投遞到哪一家電視公司的哪個人手上？有一次，我從收到的求職履歷中，居然發現有一封是自己電視臺員工投的履歷，上面標註著：「自動配對求職信」。還有一次，我看到一個學經歷都還不錯的應徵者，我就撥了通電話請他來面試，結果他一頭霧水說：「我沒有寄履歷給你們電視臺啊！」這時我才發現，應徵信註記著：「自動配對」！此後，對於「自動配對」履歷，我都一概敬而遠之！

▌客製化寫履歷

　　每一封履歷都要針對應徵的電視公司及其新聞特色下功夫。你必須要知道，你應徵的職缺隸屬於電視臺哪個單位？如果應徵的是記者工作，你要注意這個職缺是跑什麼路線的新聞，這樣你才能針對這個路線去發揮。例如：你要應徵社會組記者，那你可能就要監看這個電視臺的社會新聞，並且在履歷中提出你對於該臺社會新聞的看法，並且分析自己為何能夠勝任這個工作？

▌履歷要能連結到自己的作品專區

　　如果你在學校有製作影音新聞或專題，在你的履歷中，要使用連結檔，讓電視臺主管能夠看到你的作品。如果你的作品品質不錯，或者曾在競賽中有得獎紀錄，那麼你獲得錄用的機率也會大增。

　　有時候，電視臺在同一個時期收到的履歷較多，會針對職缺舉辦一次小型的筆試及口試，來決定要錄用哪一（幾）位應徵者。而參加電視臺筆試時，有些共同的「必考題」，絕對是不能忽略的重點：

　　1. 內閣已完成改組，請寫出此次異動的部會首長名字（或請寫出所有內閣首長名字）。

　　2. 今天最讓你感到印象深刻的是哪三則新聞，為什麼？

　　3. 重大新聞時事題（如廢死爭議、臺灣缺電危機、廢核爭議等）。

　　4. 實務題：對新聞處理的個人判斷及態度（如採訪新聞時遇人危難，你會選擇先救人，還是先拍下畫面？）

　　5. 抗壓能力：你同意必要時須隨傳隨到、加班、犧牲休假或接受調職嗎？

　　到電視臺參加筆試、口試時，一定要帶著自己的基本資料和影音作品，盛裝以赴。男生穿西裝、打領帶；女生穿著合宜套裝，同時最好化上淡妝，因為有些電視臺會要求試鏡。如果你／妳穿著太隨興參加筆試或口

試,電視臺主管有可能會認為你／妳不尊重這個工作,光是印象分數恐怕就會被扣分不少。還有最重要的是,你必須針對你應徵的職缺有基本認識,並且模擬面試官可能會問你什麼問題,以及你該如何回答?如果你有認識的人在電視臺當記者,可以先求教於他,有關你應徵的職缺可能是要跑哪個路線新聞或者做哪一類節目,以及你該如何做好這個工作?這樣你在面試主管前回答的問題內容就會更加具體,而你也就會比競爭者更有錄取機會。

狀況十五 受訪者送錢或送禮物時怎麼辦?

電視記者參加記者會時,主辦單位大多會準備一個小禮物,連同記者會資料送給來採訪的記者們。小禮物的價值並不會很高,像農產品發表會,是米食、蔬果等小禮盒;如果是和財經、科技類有關,主辦單位挑選的「伴手禮」就會是以 3C 周邊配件產品為主,像是滑鼠、隨身碟、藍芽耳機、隨身喇叭等。如果是新成立的娛樂設施,例如溫泉飯店、遊樂場、電影院等,給記者的就是抵用券或試用券。而跑交通線的記者,有時航空公司新開闢了國外航線據點,會邀請記者搭乘首航班機到這個據點進行採訪;大型企業在國外增設分公司或營業據點,也會邀請記者出國採訪,並為記者負擔交通和食宿費用,這些都算是線上採訪記者的一種「福利」!

不過,國內有些電視臺對於記者收受業者贈送之物品有很嚴格的限制,例如:〈公廣集團新聞專業倫理規範〉第四條「專業操守」中就規定:6

> 拒絕市價一千元以上之禮物餽贈,若屬有價票券或金錢,
> 應退還或拒絕,凡涉及私人利益之贈予活動,如免費旅遊、住
> 宿招待等,應報請新聞部主管事先核准。

----

6 〈公廣集團新聞專業倫理規範〉:http://pgm.nexttv.com.tw/ethics/norm/id/111

而〈壹電視新聞臺新聞自律公約〉第 11 條「專業操守」中，對於記者收受禮物的相關規定更為嚴格：[7]

1. 編採同仁不得接受外界超過價值一千元以上之贈品及禮券，更不得因接受外界贈予金錢或物品而加以報導新聞。對於現金餽贈，應予以拒絕及退還。

2. 謝絕一切與新聞無關的招待旅遊，該類活動一律不得參加。

3. 編採同仁參加新聞相關的參觀訪問，食宿若明顯超過一般民眾支出標準時，例如住宿五星級旅館等，須先向新聞部直屬主管報准。

4. 基於新聞聯繫，編採同仁可參加政府機關或民間企業之尾牙活動，但不得參加任何採訪對象的摸彩。

就現今的社會環境而言，在北部地區參加記者會或進行採訪，受訪者送**現金**給記者的狀況十分少見，但在中、南部地區，確實還有商家或中小企業，認為送現金給記者才能顯示出他們對於來訪記者的尊重，這可能是地方民情的不同！我所管轄的新聞節目採訪團隊，記者不只一次在中、南部業者所送的土產禮盒中發現藏有「紅包」，裡頭有數千元到上萬元的現金。記者們都知道電視臺的規定：受訪者送了一些小禮物、紀念品或農產品、土產，價值其實並不高昂，如果記者不拿，有時候會被受訪者認為看不起他們；但是如果記者明知對方送的是現金，卻仍予以收受的話，就會受到公司內部懲處！因此，記者如果碰到受訪者或相關業者送現金的狀況，必須先把紅包及裡頭實際金額拍照下來，然後立刻告知電視臺所屬主管，並通知送現金紅包的受訪者或業者：「好意我們心領，但是依公司規

---

[7] 〈壹電視新聞臺新聞自律公約〉：https://info.pts.org.tw/open/data/prg/2007 news_ethics.pdf

定必須退回現金！」最後，儘速將紅包及現金原封不動的寄回給當事人。

說起來，業者或受訪者之所以送現金給記者，可能有二種狀況，一是「真心感謝記者來採訪」；二是「別有所圖」，希望記者能在報導中多為自家公司或產品美言幾句，也就是類似置入性行銷的做法。但是，如果記者收下業者或受訪者現金，而他所做的報導對方仍不滿意，那些送錢的業者就有可能到處去說：某臺記者收了錢卻不辦事！這樣收錢的記者同樣會有曝光的可能性。所以必須謹記，勿踩到這條各電視臺長官都無法忍受的紅線！

狀況十六　電視臺記者要靠跳槽才能加薪？

在電視新聞媒體，記者的流動率一向非常的高！造成電視記者高流動率，其實牽涉到二個現實的問題。一是資淺記者的起薪低，即使他們的新聞採訪能力不錯，但因為一般新聞臺整體調薪的機會十分少，因此記者必須不斷靠跳槽來為自己加薪。通常記者跳槽一次，大概可以為自己的月薪增加 3 千元到 5 千元；有時談的條件如果好一點或者是接任主管職，可以為自己加薪 5 千元以上至 1 萬元。如果剛好碰到有新的電視臺成立，正在擴大招兵買馬，那麼比現職再加個 1 萬元到 2 萬元跳槽，也是有可能的事！但是，如果一個新聞工作者，都是在一個地方待不到一年就跳槽，那麼後續面談他的主管一看到他的履歷表，就會開始懷疑他的忠誠度：「這個人如果錄用，可能也是做不久就會跳槽，徒增我的困擾！」因此，有人跳槽是「愈跳愈好」，也有人是「愈跳愈糟」。什麼時候才是跳槽的好時機？是否非跳槽不可？這恐怕也是現今新聞工作者該好好修習的學分！

有一些新聞工作者會刻意放出即將要跳槽，或已跟其他電視臺談好價碼的消息，其實目的只是在測試現職公司，會不會跟進加碼挽留他／她，並非真的決心要走。但是，這種遊戲也不是人人都玩得起的！因為得要先進行評估，自己在主管心目中的地位和自己對於這家公司的貢獻度有多

少？也就是要先衡量一下，自己手中握有的機會籌碼到底有多少？如果剛好主管早就把你列為難纏人物或是頭痛人物，那麼就要小心，有可能會弄假成真，最後可能不辭職都不行了！

還有一種狀況也要特別注意！那就是每一個電視新聞臺的人事單位都有徵信制度，他們可能會去打聽你在前一家公司是否曾被懲處或犯下大錯。有些離職者因為心中覺得委屈，所以可能會在離職前報復主管、大搞破壞、偷走公司機密或留下爛攤子，甚至連離職手續都不辦就拂袖走人。但這樣「率性」的結果，有可能會被老東家註記為「永不錄用」，這樣不但會影響到自己日後回鍋的機會，而且在電視臺之間人事徵信時，恐怕也會讓用人單位打退堂鼓！電視新聞媒體雖然彼此之間是競爭關係，但各個電視臺的中階或高階主管，彼此之間可能是舊識或好友關係，他們也會互相打聽，來應徵的新聞工作者在前一個工作單位之中表現如何？因為大家都害怕應徵進來的，是一個超級麻煩製造者，到時候可能要換自己倒大楣。因此，俗話說：「留得青山在，不怕沒材燒。」是很有道理的！好聚好散，也是職場學分中的一門修習藝術！（許志明，2018）

狀況 十七 長官的指示要全部照做嗎？

新聞部的長官，大多是由基層記者、基層主管一步步晉升上來的，所以他們有豐富的實戰經驗，也比較知道面臨什麼狀況時，應該怎麼處理會比較好。但這並不表示「長官說什麼都是對的」，或者「照著長官講的去做絕對沒錯」，因為有許多的因素干擾，使得「長官說的話不一定全部都對」！例如：「長官經驗不足，卻沒有再向他的上一層長官請示」、「長官急於表現，所以沒有考慮清楚」、「長官有私心，所以明知不可而為之」等等。如果長官的指示是錯的，那麼基層新聞工作者照著這個錯誤指令去做，而鑄下大錯，有時候也必須要共同承擔責任！目前有些電視臺的「內規」，都要求如果採訪記者因畫面侵權等個人疏失而導致電視臺被對

方求償，記者必須共同負擔賠償費用的三分之一至二分之一。因此第一線的電視採訪記者除了擔心新聞處理不當，可能會惹上官司之外，現在更要擔心可能會因侵權，而必須自己出錢賠償對方。

在我撰寫博士論文期間，曾經就 29 位資深電視記者做過深度訪談，許多資深記者都提到，在新聞處理上，記者必須先學會保護自己，而不是把長官的命令當做聖旨。他們保護自己的方法，整理如下。

多面向策略

當採訪記者察覺長官指示的新聞處理方式可能有違反 NCC 規定或觸法危機之時，要想辦法達成新聞觀點上的平衡，或者避免以單一商品呈現，以免處理的新聞遭到 NCC 裁罰或惹上官司。例如：長官要你採訪 A 企業的新商品新聞，那你就要自己再去採訪 B 企業的類似商品，並將 A、B 商品進行性能和價格上的比較。如果你只採訪和製作 A 企業上市的新商品新聞，而沒有其他企業的類似商品進行比較，那麼這則新聞有可能會被 NCC 認定為是「廣告化」或「置入性行銷」而遭到裁罰。記者處理的新聞被 NCC 裁罰，第一個被處分的大多是寫稿的記者，而審稿的長官因為很多，例如召集人、組長、採訪主任、編輯主管、製作人等，未必每一個會連帶被處分。所以記者在寫稿時，如果對於長官的指示有所疑慮，必須勇敢的向直屬長官提出你的疑慮，或者向資深記者請教有無觸法可能。如果你自己判斷這樣的新聞處理十分不妥，而你的直屬長官卻不採納，第一個做法就是如上述的，把單一面向新聞變成「多面向新聞」。第二個做法，就是向直屬長官的長官進行反應，這樣的做法雖然有可能惹得直屬長官不高興，但卻是為了保護自己不得已的做法。

模糊化策略

記者處理民眾投訴或指控他人的相關新聞時，有可能因為訊息來自單方面陳述或查證不足而遭到被指控者的控告，因此當新聞為搶播出時效或

沒有十足把握時，記者會以模糊化策略，讓自己有機會能夠閃避「惡意誹謗」的法律刑責。所謂模糊化的寫法，就是長官要你肯定的寫，但你並不確定因果關係是否一定是這樣，所以你就改用不確定語氣，或下不確定標題。例如：「警方蒐集到的證據，證明陳 XX 就是殺人兇手。」應改為：「警方蒐集到的證據，目前指向陳 XX 有可能涉案，但還須由檢方繼續進行調查。」

▌不掛名策略

通常記者在處理較為敏感或有可能遭人報復的新聞時，會以「綜合報導」來代替報導記者實際的掛名。不過，「綜合報導」其實是鴕鳥心態，因為如果新聞確實涉及誹謗，對方還是可以藉由控告公司負責人、新聞部主管或時段製作人，來迫使撰稿人現形。現今電視新聞記者的「不掛名」策略，大多是用來表達新聞處理非出於己願或被迫改稿的憤怒。

 ## 十八 「新聞孤鳥」可以存活嗎？

電視新聞場域中，有些新聞工作者對外或對內都有極佳的人脈關係，也就是社會資本雄厚，這些人通常是電視臺的「當紅派」；但是有些人卻是如同樹枝孤鳥，獨來獨往，不善與人交往。大家都知道，電視新聞是團隊合作的產品，它沒有辦法像新媒體或「自媒體」一樣，自己一個人就可以包辦拍攝、剪輯、後製和直播、上傳的所有工作，即使你有辦法自己拍攝、剪輯、後製新聞，你也沒有辦法自己開副控 ON 新聞！既然電視新聞是團隊合作的成品，那麼不與同儕建立較佳合作關係的人，在電視場域中會是死路一條嗎？答案恐怕是：未必！

電視新聞場域中大致有四類新聞工作者，第一類是：努力經營與長官的信任關係，並累積對內和對外的社會資本，這類人通常被形容為「八爪章魚」。第二類是：只重視經營與長官之間的人際關係和個人表現，不在

乎同儕對他／她的看法和評價，這類人常被指為「勢利眼，只看上、不看下」。第三類，與長官維持公事上的普通往來關係，但是更加重視同儕之間的私人情誼和八卦流言的散布，這類人會形成團體中一個又一個的「小圈圈」。第四類是個性較為拘謹、木訥，不太容易與人打成一片，所以在團體中總是獨來獨往，就像是孤鳥一隻。這四類人在電視新聞場域之中，各有其生存之道，但是影響其在環境內的「存活率」，還有一個很重要的因素，那就是：「新聞專業能力」。

　　許多資深新聞工作者認為，在新聞場域中求生存，必須要性格圓融，處處與人交好，儘量避免鋒芒太露，以免「人紅遭忌」；更重要的是，要和長官之間建立較深的彼此信任關係。如果和長官之間的交情好，平時有不錯的工作表現之時，比較容易獲得升遷或獎賞，即使犯了錯，被懲處機率也會比較低。而長官不喜歡的人則剛好顛倒，有優秀表現時未必獲得獎賞，一旦犯了錯絕對少不了懲處，所以「與長官交好」，才是在電視臺內生存的護身符。

　　但也有不少資深新聞工作者認為，新聞場域就是求自我表現的地方，即使他是隻孤鳥，只要新聞專業能力夠強，所做的新聞有不錯的品質和收視率表現，那就不須參與團體內許多八卦小圈圈也能存活。因為電視新聞場域是個現實的鬥爭環境，社會資本雄厚的新聞工作者，或許進入這個場域比其他人更容易，但是要長久存活，必定要靠自身的新聞專業能力才行。如果新聞工作者沒有收視率「戰績」作為後盾，僅靠長官的裙帶關係作為掩護，必然無法服眾，也會對新聞主管的個人領導統御能力造成威脅。況且，電視新聞工作者有較強的新聞專業能力，代表他有厚實的專業基礎，而這種專長和基礎，是每一個電視臺的新聞部門所共同需要的。所以，如果新聞工作者在這個電視臺因為跟長官或同儕關係不佳而被排擠，那麼他到了其他電視臺，依然可以憑著專業實力而繼續存活。

　　不過，也有資深新聞工作者認為，「關係好」、「能力佳」是相輔相成的，如果二者都表現很好的話，自然會比只偏重其中某一項目經營的

人，來得有更高的發展機會。也就是跟長官關係好，但實力不佳，那被淘汰的機率也很高；但是，如果你有實力，又跟長官有比一般員工好一點的信任關係，在這個環境下存活機率就會大增！**電視新聞場域內，贏家通常是「與長官信任關係較佳並兼具有較強新聞專業能力」的那一群人！**[8]

---

8 狀況十七、十八詳見：許志明（2018），《批判和實踐典範的會診初探──以臺灣電視遊民新聞為例》。

第四篇

電視新聞記者的故事

照片提供：東森財經臺《進擊的臺灣》節目

一 前言

本書作者聚集了許多資深電視記者，一起回顧他們採訪人生中難忘或有趣的經驗，由於並不是一對一訪談性質，而是團體分享經驗形式，於是我就把當時談話的氛圍也一併記錄下來，讓讀者們能一起融入當時分享會進行時的氣氛和感受。

二 文字記者的冒險人生

代號：A 文字記者，女性。新聞工作資歷：20 年

十多年前，我到東森面試，應徵的是《社會追緝令》和《戰警急先鋒》的文字記者，這是個很奇特的節目單位，男、女記者看起來都和一般電視臺採訪中心的記者氣質不太一樣。我被錄取後，長官要我去採訪一集〈酒店小姐實錄〉，我以前完全沒有這種高難度的採訪經驗，一時不知怎麼辦。比較資深的同事說：最好的辦法，當然是妳去應徵酒店小姐嘍！於是，我就真的跟我的攝影記者，帶著針孔攝影機去酒店應徵坐檯小姐。

我們找了一家看起來門面還不錯的酒店，我一推門進去，媽媽桑迎面而來，她冷冷的說：妳有什麼事嗎？我說我來應徵小姐。她一看到我旁邊還站了一個男生，就有點起疑，因為一般女生去應徵特種行業時，不會帶著男友或男性家人隨行。那時候阿 X（指攝影記者名字）剛來，看起來有點呆呆的，我就趕快說：這是我弟弟，他有點智障，所以我必須帶著他到處找工作，我也是不得已才到酒店來上班……（全場哄堂大笑，因為這位攝影記者也在分享會現場），然後媽媽桑就真的被我唬了，她就相信我的攝影記者是我弟弟。媽媽桑還問我會不會喝酒，可不可以搞定客人等一些問題，我說喝酒對我來說是小事啦！這時候，剛好酒店有一些男客人在喝酒，媽媽桑說：那你就現場實習一下好了，去那一桌陪客人喝酒！我那

時嚇壞了，想說只是跑個新聞，可能搞到要酒後失身了！我心想，說什麼都不能讓攝影記者離開我身邊，於是再度要賴說：大姐，妳聽我說，我弟弟不只是智障，他還有精神病（現場再度哄堂大笑），如果我陪客人喝酒時，不讓他在我旁邊，他看不到我就會大吵大鬧，會把你的客人全都嚇跑……媽媽桑再度被我唬過，勉為其難的讓我帶著攝影記者進去陪酒，就這樣，很順利的完成這次任務，畫面都有錄到，好險我也沒有失身！

還有一次，我們去殯儀館採訪一則老榮民遺體失蹤的追蹤報導，殯儀館的管理員很不高興，他帶我們到停屍間，把冰櫃一個個拉開來問說：「那有老榮民失蹤，是這個嗎？還是這個？都在啊！」我就一直說：「不是這個、也不是這個，你給我們看的，都不是我們要找的人！」然後那個管理員就突然抓狂，拿著勾冰櫃的鐵勾惡狠狠追著要打我們！我就大叫：阿 X 快跑啊！我和攝影記者在停屍間內被管理員追著到處跑，這裡我們都沒來過，也不知道出口在哪裡，我們就像鬼打牆一樣在裡面繞圈子，旁邊還有很多尚未放進冰櫃的蓋白布遺體，我嚇死了！一直默念說：「榮民伯伯，我們是來幫你的，快協助我們脫險！」說也奇怪，沒多久我就和攝影記者找到停屍間出口，順利跑出去了！那真是一次超級驚險又恐怖的經驗！

時空環境的不同，現在跑新聞很少會再有這麼「刺激」的經驗了！因為人權意識的提高，早年針孔攝影機或突擊式採訪錄到的畫面，都不用上馬賽克就可以直接播出，現在都不行了！但也因為經歷了這些讓人驚心動魄的採訪，所以這也成了我永生難忘的經驗！比較起來，現在的採訪都比較中規中矩，對記者來說是比較安全，但也比較不會有那種刻骨銘心的經驗和記憶！

 被性騷擾的可怕經驗

代號：B 文字記者，女性。新聞工作資歷：10 年

　　有一段時期，我在某個電視臺負責跑大陸新聞，而且是跟業務有關的新聞，經常要到大陸各城市出差。在大陸跑新聞，一定會碰到的狀況就是「被灌酒」！但我平常是滴酒不喝的人，碰到這些酒宴場合，我又不能不喝，於是我只好壯著膽子猛灌酒，然後再跑到廁所吐！他們喝的都是酒精濃度 50-60% 的白酒，在場如果有 20 人，一人要乾 3 杯，我就要喝 60 杯白酒。有時候被灌酒的情況太慘烈，連陪同的臺辦人員看到都不忍心，還會勸對方說，不要再灌記者酒了！另外，還有一件我很不能忍受的事，是有些受訪者或跟採訪內容相關的男性，會趁機吃我豆腐，不管鏡頭有沒有在拍，他們就一直握我的手、摸我的手，然後還要握到十指緊扣的地步，實在很誇張！

　　有一次，我們公司一位女業務帶我和男攝影記者，去採訪一家電影公司。當天中午，我們就到達電影公司，並且和老闆、導演和主要演員都一起吃飯聊過初步採訪內容。晚上，我剛洗完澡，女業務就來叫我，說大陸導演要在辦公室和我聊一下隔天的採訪和拍攝安排。我到了辦公室之後，發現在場除了 20 幾個電影公司人員之外，並沒有看到我們的攝影記者，我就覺得不太尋常。果然，不到 10 分鐘時間，這 20 幾個電影公司人員全部都不見了，只剩下我和一位看起來應該有 70 歲以上的男導演在場。我打開我的筆電，這位男導演就跑到我的身後，然後從後面環抱著我，他的臉還緊貼著我的臉頰，說要教我怎麼上網查資料。我心裡一陣噁心，想說要怎麼擺脫這個居心不良的老頭，剛好看到桌上的煙灰缸滿了，我就趁機說：「我先去把煙屁股倒掉！」然後趁機奪門而出，去敲我攝影記者房間的門。攝影記者跟著我回到辦公室，沒想到那個色導演還想把攝影記者推

出門外，他說：「我來教文字記者怎麼寫稿，這裡沒你的事，你趕快回去睡覺！」攝影記者對導演說：「明天要怎麼拍，你告訴我就好，爲什麼要把文字記者也留下來？」於是，攝影記者堅持不肯離開，在辦公室裡一直陪著我，我們三個人就這樣耗到凌晨四點。

四點多，電影公司老闆回來了，他看到我們三個人還耗在辦公室裡也嚇了一跳，然後他就從他的包包裡拿出一個雞血石玉鐲，強行套在我手腕，然後說他很不好意思，這個採訪工作讓我一整晚都沒睡覺，很過意不去，這個玉鐲要給我當見面禮之類的話。隔天一早，我就向我們公司女業務提出抗議，說有個男導演一直騷擾我，沒想到女業務還替他講話，說導演年紀大了，怕妳聽不清楚，才會靠得那麼近！這時候，我差不多明白了：我是被帶到這裡來「賣給」電影公司的人！

當天採訪結束後，電影公司老闆當著眾人面前問我：「妹子啊！妳多大啦？」我回答他說：「快 30 歲了，我也結婚好幾年了！」沒想到電影公司老闆大驚失色說：「什麼！妳結婚了？早知道我就不送妳雞血石玉鐲了！眞是的！」我馬上把玉鐲拿出來說：「我本來就沒有要收你這麼貴重的禮物，現在還給你！」然後，氣氛就陷入極度尷尬中，大家臉色都很難看。這時候，女業務又出來打圓場，她對我說：「老闆的意思是，妳結婚了，已經是大人了，他要送妳更好的禮物！」荒謬劇演到這裡，我心裡才眞正意識到：原來狼不只一隻，採訪和拍攝根本是個幌子，要把我推入火坑才是眞的！

回到臺灣後，我向我的主管報告我在大陸被性騷擾的經過，主管聽了也無動於衷，我就知道這家公司大概不能待了，沒多久我就離開這家公司了！

四 攝影記者的鏡頭人生

姓名：彭德裕
職稱：編導、攝影記者
新聞工作資歷：30 年

　　我在進到中視當駐地記者之前，是在片廠擔任廣告影片的攝影師，印象比較深刻的，有拍過小虎隊和剛出道的金素梅廣告。在片廠工作，幾乎一年要吃上 500 個便當，每天關在攝影棚內，好幾天才弄出幾十秒的畫面出來。後來進到中視當駐地記者，我記得有一次值大夜，採訪臺北市「論情西餐廳」大火[1] 現場，我是第一個到達現場的電子媒體，那時地上躺滿了傷者，有些人已經沒有生命跡象，有些人正由醫護人員現場急救，但更多人是在地上哀嚎或者一動也不動，醫護一下子也救不了那麼多人。在這樣如同人間煉獄的重大事故現場，我只能盡我的職責，把現場畫面忠實的記錄下來！我選擇用一鏡到底的方式，從醫護正在急救的第一人開始拍，然後一個接著一個，一直拍到躺在地上的第 20 幾個人，因為在內心極度震撼的當下，也不知如何分鏡，所以我只能原影重現，讓觀眾自己感受當時現場狀況。當天中視午間新聞的頭條，出現的就是我那一鏡拍到底的現場畫面，我又被自己所拍的畫面再震撼一次！

---

[1]　臺北市「論情西餐廳」大火，發生於 1993 年 1 月 19 日，當時餐廳內約有 70
　　餘人，有 30 餘人透過小窗口跳下，但因窗戶開口面積有限，有 33 人逃生不及
　　而死亡，21 人輕重傷。罹難者包括創作〈無情的雨無情的你〉、〈紫雨〉等歌
　　曲的音樂家董榮駿。

　　在進到東森之後，我先後擔任《臺灣尚美》及《中國大體驗》節目的攝影記者，這二個節目後來都得過金鐘獎。在《中國大體驗》和廖慶學合作的 6 到 7 年間，我們走遍了中國大江南北。其中有一次印象深刻的是前往東北黑龍江的漠河，當地的氣溫是零下 30 度，對臺灣人來說真的是無法想像，拍攝工作上更是辛苦！

　　在前往漠河的途中，租來的採訪車居然壞在山區道路中，前不著村、後不著店。那時冰天雪地，車輪子加了鐵鏈，也還是陷在厚重的積雪之中動彈不得。在等待救援的期間，隨行的文字記者內急，我們怕她跌進深雪之中找不到人，於是請駕駛用車燈照亮路邊的草叢，我們扶著她走過去，等她站定位置要小解時，才大叫司機把燈關掉。當下天寒地凍，車子又壞掉，那時真的很有恐懼感，怕我們這一行人凍死在這裡，幸好車行換了一輛車給我們，並且順利趕到現場，才把我們安全送到漠河。回想那段工作經驗，如果沒有親臨現場，一定無法體會！

　　調離了《中國大體驗》節目後，我又和剛出道的藝人溫昇豪合作了臺內節目《全球玩家》，然後再和廖慶學合作鑑寶節目，現在則是在《進擊的臺灣》節目擔任資深編導和攝影。我從一個專科學歷的攝影記者，一路不斷的在職進修，也讓我唸到了研究所畢業！如今我也快要邁向 60 歲了，但我還堅守攝影記者工作崗位，只要我還拿得動攝影機，我就不會放棄我熱愛的工作。幾個月前，《中時會客室》以我 30 年新聞攝影工作經驗為題，報導了一整版。我相信，人只要努力於一個工作、專注在一個工作，總有一天，你一定會被看見！還有，就是人的生命中，總是會有拉自己一把的貴人的出現，當貴人要扶持你時，你要懂得把握機會！

（《中時會客室》報導彭德裕的鏡頭人生）

五　終生難忘的調查報導採訪

代號：A 攝影記者，男性。新聞工作資歷：20 年

　　我早期在電視臺是採訪有關靈異類專題報導，經常要去傳說鬧鬼的地方或殯儀館拍攝，然後剪帶子剪到很晚才回家。有一次我剪帶子剪到半夜 2 點才騎車回家，途中經過一家 7-11，看到有一個長相怪異的女人躺在走廊睡覺，我不知不覺盯著她看，結果不到 3 秒鐘，我撞上了電線桿，撞得一頭一臉都是血！我趕快到 7-11，請店員讓我沖洗和包紮一下才回家。還有一次，也是剪帶子剪到半夜才回家，我租房子在 5 樓，經過 3 樓時，忽然看到已經打烊的一家公司的玻璃門內，有一個長髮及膝的人站在那

裡！我看到他了，他也凶狠的回看我一眼！我回家後，連續 3 天都夢到他浮出牆面來抓我，後來是到行天宮拜拜及收驚才解決了這件事。

之後，我開始跑「調查報導類」的新聞專題，從夜市賣假藥、屠宰場、酒店、私娼寮、地下油庫、非法砂石場、假乞丐等議題都曾採訪過。調查報導類的新聞不好跑，因為要花很長時間跟監，不一定能有所收獲，而且有時候還會有生命危險，必須懂得臨機應變。例如：我那時曾拿著針孔攝影機和文字記者到酒店去拍攝他們的非法色情交易，那時的針孔攝影機不像現在做得那麼隱祕，它很大一個，就像手提包一樣，裡面布滿細線，很容易扯到而造成畫面接收不良。我進到酒店後，隨時都抱著這個手提包，酒店小姐說：「我幫你把包包放到桌上吧！」我死都不肯，跟她說：「這裡頭都是現金，包包不能離身！」酒店小姐就沒有再為難我。拍到一半，還得到廁所檢查畫面有沒有錄到，如果沒有，還得重新再拍一次。有一次帶著針孔攝影機包要進酒店時，守門的少爺說要檢查包包，我嚇了一跳！幸好我早在線材上面鋪了厚厚一層檳榔、香菸和一些厚紙，才沒有穿幫！（現場記者問：「我們都很好奇，你採訪酒店那麼多次有失身過嗎？」A 攝影記者答：「我是賣命不賣身！」現場哄堂大笑）

「調查報導」非常花時間，像我曾經花了 3 天時間，每天在夜市找賣假藥的攤販，結果運氣很不好，完全沒找到。我們也曾經用 3 組記者的人力，每天跟拍疑似假殘障的輪椅街賣者，結果發現，他們是被一個假愛心集團所控制。每天，這個集團會用一輛廂型車，把假殘障者全都載出來，然後一個個丟到夜市去進行街賣，深夜再把他們一個個載回來。我們的任務，就是要拍到「下肢殘障」的街賣者從輪椅上站起來，走上集團廂型車的那一剎那！經過一整週的跟拍，我終於拍到了足以揭穿他們的關鍵性畫面！後來，再繼續追蹤，我們更發現了這個「下肢殘障」的小小街賣者，其實是一個被家暴的小孩，縣市社會局早就通報在案。但他逃離了家庭，卻逃脫不了假愛心集團的控制。我們的報導也揭發了這個集團控制逃家小孩的內幕！這樣一連串的深入報導後，我覺得蠻有意義的，也覺得很有成

就感！

　　不過，跑調查報導這段時間也很辛苦和危險，像我們曾經躲在草叢裡拍病死豬屠宰集團，被凶狠的小黑蚊咬得傷痕累累！由於我們無法搭採訪車明目張膽的採訪，所以大多是單獨行動，自己開車或騎摩托車進行跟監。在跟監拍攝時，也要眼明手快，看到情況不對就要立刻閃人！像那些超載又違規的砂石車駕駛，都會在車內放一些攻擊性武器，所以如果被他們發現了你在跟監，就要立刻離開現場；如果已經不幸身陷包圍難以脫身，要立刻通知長官、同事，請他們立刻報警趕來救你，千萬不要跟他們正面衝突！還好的是，雖然那幾年調查報導的採訪工作十分辛苦，但總是能夠有驚無險的度過！現在，我早已不再進行揭發類的調查報導了，不過這 20 年來記憶最深刻的畫面，都還是停留在那一段採訪調查報導期間所發生的事，對我而言，它是非常有意義的，而且也足以讓我終生難忘！

六　二次瀕死的攝影記者

　　2007 年 12 月 6 日，貨車司機彭盛露，因拆除中正紀念堂「大中至正」牌匾爭議，駕車意圖衝撞群眾，引起在場民眾不滿要趨前要毆打他，員警也動手要拔下他的車鑰匙。此時媒體蜂湧而上拍攝，彭盛露為了逃離現場，急踩油門向前衝撞，東森新聞攝影記者王瑞璋首當其衝，被捲入車子底下還遭到輾壓，傷勢嚴重。包括血胸、腦水腫、肋骨骨折、肝臟撕裂傷等症狀，當晚轉入加護病房，另外還有其他 4 名記者及 1 名員警受傷。2010 年 11 月，臺灣最高法院以彭盛露惡性重大，判處 5 年 6 個月徒刑，全案定讞。以下內容徵得王瑞璋本人同意，並以第一人稱敘述他的親身經歷。

　　那年還是阿扁執政，出事那天，中正紀念堂因為「大中至正」牌匾拆除問題有零星衝突，我是早班，拍到中午，正準備要交班。這時泛藍和泛綠群眾開始有激烈的衝突，我站在一輛抗議的小貨車前，想說卡到一個好位子了，應該可以拍得到最清楚的畫面。沒想到，這輛小貨車居然往我身上衝撞！第一次撞，力道不大，我想我應該可以跑得了，但不幸的是，我

的衣服被車子的傳動軸捲住，讓我動彈不得！貨車司機知道撞到我了，還拼命踩油門往前衝，我整個人就被捲進車子底下壓住。那一剎那，我的身體在地上不斷的被車輪磨擦，全身上下被千斤重的車體壓著，我感覺我全身的骨頭都快斷了！雖然那時的意識還很清楚，但我覺得自己快不行了，我應該是死定了，第一個「人生跑馬燈」在我眼前浮現！老婆、兒子身影開始出現在我眼前，我覺得可能沒有辦法再照顧他們了，我感到十分愧疚……。

後來，貨車司機被警察制服，在場的記者們協力把貨車側翻過來，並且把我拖出來，我告訴自己的第一句話是：我還活著！我還可以看見太陽！然後，我被送到醫院，檢查之後發現，全身肋骨斷一半、骨盆前後都斷、手和左腿骨折、膝蓋受傷、腦水腫……，我整個人是傷得一塌糊塗，醫師趕快把我送進加護病房急救。這期間，好多政治人物來看我，跟著他們後面的，還有很多新聞同業，我這時才發現，原來我有這麼多政治人物的朋友！？

在我出事、送進加護病房後二天，醫師正準備對我的身體動大刀之際，又發生了一件怪事，我兒子居然在學校吐血，大量吐血！他隨即意識模糊，被緊急送入醫院急診室……。後面發生的這些事，是我事後才知道的！我太太原本要到醫院陪我動手術，臨時接到岳母電話說學校通知兒子吐血送醫。老爸命危在加護病房要開刀，兒子也奄奄一息在急救，我們家是怎麼了？兒子大吐血後陷入昏迷，醫師來緊急會診，也查不出是什麼病因，由於情況危急，醫院已經叫我太太簽下「放棄急救聲明書」，我兒子的命就快沒了！一夜之間，我的妻子可能同時失去丈夫和兒子，那種壓力和打擊對她來說有多麼難熬！

那時，醫院特准我太太進到加護病房，通宵照顧我兒子，她累得在病床前睡著了。隔天清晨，奇蹟發生了！我兒子搖醒了在病床旁睡著的老婆，並且開口說：「媽媽，我肚子好餓，我要吃東西！」我妻子、醫師和護士全都嚇了一大跳，怎麼前一天才大吐血、已經快要沒有生命跡象的小

孩，隔了一晚，竟然就像沒事一樣，這也實在是太過玄奇了，讓人無法想像，但它真的就發生了！我後來一直相信，我兒子可能替我擋掉了一些災難，否則我可能性命不保！

但那時，我的劫數還沒有結束！當我的病情稍微好轉，從加護病房轉出到一般病房後，醫師說我「應該可以」開始做一些簡單的復健動作。那時候，我全身的斷骨都還沒有癒合，做復健其實是非常危險的！但我仍照著醫師建議，開始進行一些簡單的伸展動作，結果有一根肋骨因此又斷掉，斷骨還插進我的肺裡，把肺臟給刺穿，引發體內大量出血！我自己驚覺不對時，是在清晨大約 5 點，然後我眼前開始出現「黑畫面」，就是我眼睛所看到的東西，全變成了粒子很粗的黑色影像……。我的血快流光了，人生第二次「跑馬燈」又開始浮現！後來護士發現我的臉色蒼白，而且是像白紙一樣毫無血色，趕快急找醫師過來，把我推進加護病房進行輸血和急救！醫生一直叫我不要睡著，要保持清醒，否則容易失溫，一睡不醒！手術一邊引流出一堆內出血，然後又輸進一堆新鮮的血液，終於把我從鬼門關旁救了回來！醫師說，這種情況如果發生在外面，沒有立即急救，可能 2-3 分鐘內不輸血就會死亡，幸好我人就在病房內，得以及時輸血救治。

最近看到消防人員、國道警察的犧牲和立法院前記者遭受毆打、攻擊，我感同身受，也對這些事十分感概！對於這些在第一線賣命的警察和記者，他們的生命該如何受到保護，才能免於無辜犧牲，我相信這是政府單位和新聞媒體所要共同正視的事！

七 我控告了我的電視臺

代號：C 文字記者，男性。新聞工作資歷：15 年

　　我和先前服務的這家電視臺，簽的新聞工作合約是一年領 13 個月薪水，等於是年終獎金保障 1 個月，但是第一年的年終獎金，也就是一個月薪水並沒有進到員工帳戶！我們詢問公司，老闆說，資金調度有點困難，以後會補給我們，於是我就相信了。但第二年過去了，一個月年終獎金依舊沒有給我們，我又被公司欺騙了，這真的是踩到了我的容忍底線。於是，我聯合臺內許多員工到勞工局及法院控告了我的公司！一審及二審，都是判我們勝訴，但是，老闆依舊不肯支付積欠我們的薪水。我覺得，「守承諾」是做人的基本道理，我無法忍受老闆二手一攤，就是不付錢的態度，於是我做了一個更為重大的決定，那就是和一些同事，到法院申請對公司資產進行假扣押！

　　那一天，我們和法院執行官帶了搬家公司人員，浩浩蕩蕩的殺進公司，同事們看到這陣仗都嚇了一大跳。執行官拿出封條，開始查封電視臺內的資產，包括電腦設備、桌椅、副控室設備等。公司主管看到大事不妙，立刻打電話向老闆求救，老闆要求法院執行官接聽他的電話。那位執行官外表看起來像媽媽一樣溫和，但是她斷然拒絕我們老闆的要求，因為這可能會讓她有「被關說」的疑慮，所以她十分謹慎。執行官說，除非用擴音器把彼此電話聲音放出來，她才願意跟我老闆談。沒想到電話聲音一放出來後，老闆就開始對我們幾個申請假扣押的員工大罵三字經！他罵的都是十分難以入耳的話，一直罵到執行官也聽不下去了，她火冒三丈的說：「這是什麼公司、什麼老闆啊！這樣欺負員工！搬！給我全部搬走！」於是，本來只要查封積欠員工 200 萬薪水的等值物品，後來又多搬走了很多公司器材和設備，連攝影機也都貼上封條帶走！許多老攝影記者

無奈的看著器材一一被搬離，只能搖搖頭！我的直屬長官夾在我們員工和老闆之間，他也很無辜，但事到如今又能如何呢？

不過，讓人意想不到的是，就在查封公司資產後的第二天，電視臺老闆就到法院執行處，把積欠員工的薪水一次全部還清了！半個月後，薪水也順利匯到員工的帳戶內。對付「慣老闆」，這招殺手鐧還是非常好用！而今，我已轉換到其他電視臺工作，我認真採訪、做新聞專題，希望能做出一些好成績！但是，我並不後悔控告了我的前老闆和電視臺，因為那是做人的基本原則，也是在我心中的一條「紅線」，如果時光倒流，我還是會毫不猶豫的做這件事！

PART 2
新媒體新聞製作實務

➲ 主述：沈建宏
➲ 整理：許志明

第1章
「新媒體」與「舊媒體」的快速演進史

　　這是一個什麼時代？一個「舊媒體被新媒體淘汰、新媒體變舊媒體」的時代！到底什麼叫做新媒體？大家都在講新媒體，好像電視、廣播現在已經變舊媒體了？其實「新」跟「舊」的最大差別，跟載具沒有關係！舊媒體在內容上能夠創新，它就會蛻變爲「新媒體」；新媒體如果死抱著「勝利方程式」而不再有創新，它就會變成「舊媒體」。媒體產業的創新和創意，其實是相當重要的，所以，「新」應該是一個動詞，而不是名詞！

🔲 一 眼球移動的全球地圖

　　近年來，網路媒體和社群媒體的觀眾觸及率成長很快，電視和戶外廣告的觸及率卻微幅下降（如圖 2-1-1），這是媒體產業開始產生重大改變的事實！但重點在於面對這樣的改變，媒體應該如何透過更多元的渠道，將更適合該渠道的內容傳送給觀眾？透過表 2-1-1，我們真正要關注的有三個重點，首先：**媒體平臺中投入廣告金額起了明顯的變化！**這件事情將影響不同平臺投入內容製作的人力與預算。一般網路媒體平臺，廣告投放金額一直在下降，而社群媒體（social media），如 Facebook、

199

YouTube、Line 則直線上升。第二個重點是，**手機和桌機在廣告投放金額也有明顯差距**。桌機可說是遠遠落後於手機，尤其手機的社群媒體「展示型廣告」所投放的廣告金額，可謂一枝獨秀，顯見廣告主也都認為廣告投放在手機平臺的社群媒體成效最好；而桌機廣告的行銷模式和效果，則開始受到廣告主的質疑。第三個重點是：**內容口碑行銷的崛起**，也就是 "Content Marketing" 變成一種趨勢。例如柯 P（臺北市長柯文哲）參加的「一日幕僚」節目，它其實只是一個網路內容的產生，但卻捧紅了邰智源和「學姐」，連帶也讓柯 P 的人氣不墜。所以從目前手機的「內容口碑行銷」廣告投入金額的快速提升，我們可以看到整個網路媒體市場也正在快速的產生變化當中。

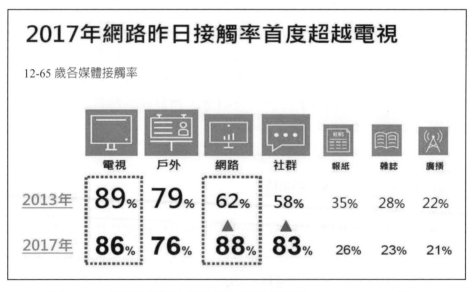

圖 2-1-1　尼爾森媒體大調查及生活型態調查（2013、2017 年）

表 2-1-1　2017 年臺灣數位廣告統計與播放裝置的比例

兩大媒體平臺	General Media 一般媒體平臺				Social Platform 社交媒體平臺				兩大平臺類型總和	
	Mobile 手機／平板		Desktop 電腦		Mobile 手機／平板		Desktop 電腦			
五大廣告類型	總金額	百分比	總金額	百分比	總金額	百分比	總金額	百分比	總金額	百分比
展示型廣告 Display Ads.	36.43	11.01%	13.87	4.19%	71.62	21.64%	13.89	4.20%	135.81	41.04%
影音廣告 Video Ads	33.61	10.15%	19.05	5.76%	12.59	3.80%	2.17	0.65%	67.42	20.36%
關鍵字廣告 Search Ads	43.16	13.04%	36.04	10.89%	0.00	0.00%	0.00	0.00%	79.20	23.93%
口碑／內容操作廣告 Buzz/Content Marketing	19.61	5.93%	6.93	2.09%	18.62	5.63%	1.96	0.59%	47.12	14.24%
其他廣告類型 Others Ads	1.22	0.37%	0.20	0.06%	0.00	0.00%	0.00	0.00%	1.42	0.43%
平臺 X 類型總和	134.04	40.50%	76.09	22.99%	102.83	31.07%	18.02	5.44%	330.97	100.00%
整體廣告量	330.97（億元）									

資料來源：DNA 2017 年臺灣數位廣告量統計報告

二 誰是下一個數位霸主

　　以 2014 年第 4 季和 2017 年第 4 季相對比，我們可以發現，智慧型手機使用者「黏」在手機的時間愈來愈多了。從圖 2-1-2 我們可以看出，不管是用手機「玩遊戲」、「聽音樂」、「看影音」、「使用社群媒體」等活動，都有明顯增加的趨勢，只有使用手機拍照或錄影的行為略為減少。

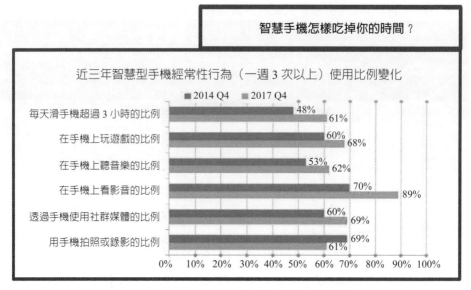

圖 2-1-2　2017 年 4G 行動生活使用行為調查

資料來源：資策會

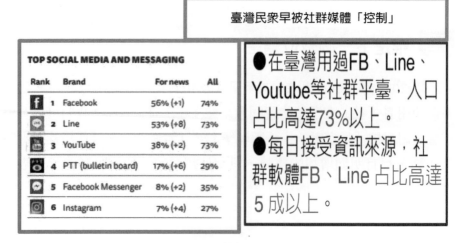

圖 2-1-3　臺灣網路社群媒體使用比例

資料來源：英國牛津大學「路透新聞學研究所」（Reuters Institute）《2018 數位新聞報告》

從圖 2-1-3 我們可以發現，臺灣目前最大的社群媒體，包括 Facebook、YouTube 和 Line 這三大塊，使用人口都高達 73% 以上；使用者每日接收資訊來源部分，FB 和 Line 的占比也達到 5 成以上。整體來說，臺灣民眾目前使用比例最高的社群媒體是 Facebook。不過上述三個社群媒體的使用特性還是有所不同：如果你要上傳的是長版影音內容，希望「觀看時間長勝過觀看人數多」，比較適合放在 YouTube；如果你的影音作品大多都是短版，希望「觀看人數多勝過觀看時間長」，則適合放在 Facebook。而 LINE@ 或官方帳號，比較適合一對多的資訊發布。如果你每天都希望能向粉絲說說話，而且你評估粉絲每天都會很想聽你講些什麼，那你就可以申請「Line@」（認證帳號，通常作為商業和政治用途）。但如果你沒有把握，就不要使用「Line@」，否則到最後就會變成像是發長輩圖，只是單方面的意見發表，缺乏熱情粉絲回應！

社群媒體有幾個演進趨勢：第一個部分是**短視頻聚合式社群平臺**，包括 Instagram、Snapchat 等，這個區塊大概是從 2011 至 2014 年開始逐步發光發熱。再來就進到 2015 至 2017 年間的**直播平臺**！從美國的 Banjo 到臺灣直播 APP「17」，大量即時性的 UGC（User Generated Content）如雨後春筍冒出頭。像「斗內」出自英文 Donate（贊助、捐獻）或「乾爹」（曾經贊助過的觀看者）等專有名詞也應運而生，並且產生了不少直播主與觀眾的扭曲關係，即便直播平臺不斷屏蔽，但防不勝防！此時直播平臺也進入一個汰弱扶強的盤整期。到了 2018 年，這個階段進入了**特效極短影音平臺**的時代，「抖音」影片開始流行，我們看到很多人為了拍影片都開始「學貓叫」！在大約 15 秒的影片長度當中，使用者可透過平臺套裝的音效、特效、字體，製作獨樹一格的影片內容，也吸引了很多年輕人的參與！

在這三個階段中，第一階段「短視頻」是 Facebook 將影音從電視一個小時的觀看習慣縮短化為 1-2 分鐘，追求「移動間觀看」；「直播」是走最快速、直接的溝通方式，講求的是「真實」；而「特效極短視頻」

圖 2-1-4　社群媒體 App 的演進史

　　講求的是「個人特色」。但是，上述這三種型態的演進，其實都在一個 Social media 的概念裡！（如圖 2-1-4）

三　社群媒體網路民主與自我實現

　　網路社群媒體的操作，要成功的第一個關鍵是「**永無止盡學習**」。你必須要有源源不絕、不斷學習的動力，才不至於在這個快速演進的網路時代被淘汰！在晚近的網路平臺戰爭當中，大約 3-6 個月就必須面對小改變、半年到 1 年就要面對大改變，如果不改變，會非常快速地被淘汰。第二個關鍵，就是「**永遠要以使用者角度來看世界**」，這和過去報紙時代或電視時代有非常大的不同。過去報紙的頭版頭條是誰決定？總編輯決定！總編輯的個人意向和選題，決定著媒體的編排順序；而電視新聞也差不多，就是由新聞時段製作人和負責新聞編排的主編決定！就紙媒和電視媒體來看，極少數人決定一則新聞的生與死，總編輯要把它放在頭條，它就是頭條新聞！但是到了網路時代，新聞排序的決定權已不在少數人身上了！現在 Social media 或是 Google 新聞當中的排序，它是如何排出來的呢？很多的時候，它是靠使用者互動、點閱率、網路上的熱門關鍵字，以

及使用者輪廓的演算後所排序出來的，換句話說，這就是一種「媒體民主」的時代來臨！

　　而剛剛講到社群媒體很重要的部分，是要去分析使用者情境的改變。究竟社群媒體使用者的「使用情境」到底是什麼？Social media 和過去部落格、個人網站最大的差別是什麼？本來網站是個人使用的習慣，但是進到 Social media 時代，它就是在**累積一群人對一件事情使用的習慣**！如果我在個人硬碟裡存了一張照片，不會有任何人看到、不會產生互動、不會有任何演算法運算變化；但在 Social media 裡面是會的，當一張照片上傳時，程式會對於該張照片是在森林還是海邊、當中有多少人數、你打卡的地點、tag 的人數等因素進行判別，然後下一步會針對多少人按讚、留言、分享、點擊再進行運算，以判別你身旁的朋友對你這張照片的好惡來決定分享給多少人。社群平臺會因為這些累積的互動數字，進而影響使用者的體驗與行為！

　　讓我們回想一下，我們上次上傳照片或貼文到社群媒體的時候，你會因為上傳成功、獲得別人按讚的那一剎那開心、滿足嗎？當你得到「按讚」、「留言」、「分享」的時候，那就是一個「自我實現」的時刻。社群平臺的本質就在解決**自我實現**這件事！我想讓別人知道，我這一週去歐洲玩、我的女兒有多可愛，我想要讓人家知道一件關於我的事情……當別人獲知有關你的任何訊息，而且願意跟你就這件事跟你互動，那你就會從當中得到快樂，所以 Social media 自我實現的效果與展現出來的威力，其實就在這裡。

四 臉書的演算法設計

　　Facebook 演算法就像決策樹，由超過 5 萬個因素來共同決定，雖然我們不知道這 5 萬個因素的具體內容到底是什麼，但總是有一些邏輯可以依循！Facebook 演算法有 5 個關鍵的因素，第一個因素就是**按讚**。按讚

是一個最早期的指標，但是到了晚期，這個指標它愈來愈不重要了，它已經變成：「嗯！我看過了」的一個代名詞，已經不代表他對這件事情高興、難過、喜歡與不喜歡的概念！第二個因素是**分享**。因為按讚的概念是，如果你臉書有 100 個朋友，它會讓你身旁的朋友，大概 3-10 人看到這則貼文；但是分享的話，會讓你身旁的朋友，大概 10-30 人看到，所以分享變成一個比較重要的元素。不過近期以來，**留言**的演算法比重被拉高了！因為留言在 Facebook 的邏輯當中，它是比較屬於深度互動，所以有人願意對你的貼文留言時，表示你這個粉絲團是有值得他去互動的內容。大家可以試著想一想，按讚是一個按鍵，分享也是一個按鍵，但是如果要留言，就得要打一串的字、腦中必須構思要講的內容！所花時間可能數倍於按讚和分享，所以從中可知，留言在社群平臺有其重要性和高度權重。

第四個因素是**點擊**。使用者在社群媒體裡，可能是點擊這則貼文的「觀看更多」或「繼續閱讀」，也有可能是點擊貼文的連結，順著這個連結去看影片或看文章，所有這些產生的動作都叫做「點擊」。點擊在 Facebook 的演算法當中，也占有一個很高的權重，因為大部分的人在手機上看社群媒體內容，只是「刷」（瀏覽）過去而已，除非你一開始就有很吸引他的內容，他才會產生動力去點擊「觀看更多」。第五個因素是**停留時間**，也就是我觀看貼文時，我在這個頁面當中停留多久的時間；或當我看影片時，我看了多久。停留時間除了占演算法中的重要權重之外，它還代表一個意義，就是 Facebook 的演算法會再用這些點擊動作和停留時間，回推你個人性格特質的輪廓是什麼？比如說，它可能抓到我的資料和人格特質：我是男生，我從事媒體業、我愛運動、我怕老婆……，它把你個人特質的輪廓描繪出來後，就會開始主動推薦你可能喜歡的商品給你；同時，這些資料集合成眾之後，就是另一個非常值錢的「大數據」資料庫。

不過，我必須要向社群媒體的經營者提出一個建議：不要去抓演算法的細節！我們時常看到許多媒體小編困在「Facebook 演算法又調整了什

麼內容和權重」，爲之喜悲苦樂，沉陷在鑽研演算法或不斷去迎合演算法更改，這也許不是最聰明的做法！所有社群媒體的經營，最後都要回歸到關鍵性重點，那就是內容。**「內容爲王」**一點都沒錯！只要你做出好的內容，並且找到你的使用者喜歡的東西，不管 Facebook 怎麼更改演算法，你都會是最後的獲勝者！

第 2 章
新聞網站和社群霸主的
共生關係

一　社群、網站、App 的相互關係定位

　　所有的媒體老闆或投資者，在一開始希望能夠建立一個網路媒體的時候，很多人想的就是：「那我來弄一個 App 吧！」但這件事情到底是對還是不對？其實應該說：沒有絕對的正確或錯誤！App 的建置，在全世界趨勢來看，是發展上比較受限的一個網路科技，核心因素是「**成本**」。App 一開始需要前置的建置成本，接下來它需要流量跟維運成本，之後還需要改版的成本，另外加上內容成本，所以它所需要的時間和金錢的成本比較高。相對的，對於觀眾來說也發生同樣的問題：使用者如果要下載一個 App，必須從其他宣傳管道獲得充分的資訊且願意在自己的手機或桌面上占一個空間放置 App，有了意願之後，必須要輸入網址或從商店中找到這個 App。然後，他還必須要花流量去下載 App 安裝在他的手機裡面，占了其中一個 icon 的頁面。下載 App 對使用者來說，雖然看起來就算是免費，但是他也必須要付出一定勞動和時間成本。相較而言，在熱門的社群平臺上，直接訂閱內容提供者的內容，是比較簡單的。所以，App 的建置，不管是媒體或使用者，雙方都是需要付出大小不同的成本的，這就是爲何社群媒體會對於網站媒體造成巨大替代效應的關鍵！

早期臺灣的內容發布者，大部分是利用 App 或者是在網站做訊息發布，但是，這種狀況從 2016 年以後有一些改變，因為社群平臺開始崛起了！每個使用者手機裡面不一定會有新聞媒體的 App，但一定會有 YouTube、Facebook、LINE 等等的社群媒體。以一支手機而言，手機的桌面大約只能夠各塞進 20 個上下的 App，一般的使用統計發現，只要你的 App 不是被放在手機的「第一頁」當中，被使用者點選使用的機率是非常低的，不管你是收進資料夾、書籤或是其他地方，只要使用者覺得麻煩，就會導致你手機的 App 被使用的機率十分的低。所以從 2016 年開始，社群媒體就進入一個「**媒體百貨公司**」的概念。為什麼呢？社群網站建構了一個平臺，讓大家的生活、購物、資訊傳遞，都在這裡面發生。過去，每一家電視媒體都額外開了一個「店舖」，比如東森新聞、三立新聞、TVBS 新聞等，都各自開一個新聞網站和 App。開了店之後，每天進去的客流量不差、但成長有限，直到社群媒體興起，更是對新聞網站造成巨大威脅。如果我們把社群網站比喻為一家大型「媒體百貨公司」，以臺灣來說，每一天當中可能都有 2,000 萬人在百貨公司裡頭逛，如果你在這家百貨公司占有一個攤位，那麼你能夠接觸到的客人自然就比較多。

所以從 2015 年起，我們開始定位社群平臺不是一個威脅、不是電視的取代品，而是一種「觸及觀眾的方法」！像 Facebook，如果媒體在上面發布了 1 則影片被觀眾分享，它不但會出現在分享者的動態牆，也會出現在分享者朋友的動態牆上，於是它就可以比較容易去接觸到觀眾。當觀眾透過 FB 看到了一則新聞，如果他想要看到更多新聞的時候，他就會點擊「觀看更多」，這時候使用者就會被連結到我們自己的 App 或是我們的 web 當中。Facebook 就像是一家大型百貨，在 FB 上面持續經營和發布新聞內容，就像在這家百貨公司設了專櫃，可以幫助我們觸及更多客人，並把這些客人拉到我們自己的旗艦店（新聞網站）消費，以打造出比較高的營業效果。

　　近一、二年來，社群廣告的投遞效果也逐漸提高。其中有一個很大的關鍵，就是社群媒體它的大數據會不斷的累積，所以社群媒體的演算法，會愈來愈懂得推什麼樣子的新聞給你，是你比較想看的！相對來講，一般的網路新聞媒體，它在技術投入或發展，是遠遠不如於 Facebook 的。例如：一間媒體公司，它投入的工程師可能是 30 個人，但是 Google 跟 Facebook，它的工程師就是從 3,000 個人起跳，社群平臺在大數據的演算技術通常遙遙領先一般媒體。這也就表示，在使用者體驗上面，網站跟 App 長期會落後於社群平臺，所以媒體在發布新聞或訊息的概念，就開始以「社群為前，網站和 App 為後」作為順序。當然，並不是只要重視社群就好，但是如果你不從社群媒體中把流量給拉回來，你的新聞 App 也會死掉，所以它一定是前鋒跟後衛的關係，彼此要互相搭配，它才能夠達到一個比較好的發布的狀況。

　　但在你準備殺進 Facebook 和 YouTube 等社群媒體的戰場之前，務必記得：**「你是在別人的戰場當中玩遊戲！」**所以團隊應變速度要更快，才能夠因應網路環境的快速改變，而且必須和社群平臺建立良好的關係。那麼，做新聞網站或 App 的人，和社群媒體之間是一種「親密愛人」關係？如果從某個角度看，社群媒體幫我們提升流量和知名度，所以用社群媒體來做行銷，社群平臺是摯愛！但社群媒體「變心」也很快，一旦更改演算法，也許一夜之間就失寵。所以，我們要去了解它的策略，並貼近它的策略！例如：當 Facebook 在發展短影音的時候，我們就要調整團隊，增加短影音製作的能力和數量，以提高你在社群媒體上的獲利能力與擴散能力，贏得更多觀眾群；同樣的，當它在發展直播時，我們就要投入人力來進行直播的製作。這樣做的好處是什麼？一個「學習型團隊」在整個網路媒體生態中，會被訓練成為一支能夠不斷「因應改變和衝擊」的特種部隊，這時候你所擁有的，就不會只是長期具有單一功能的基礎部隊。如何在社群媒體「變心」時能隨機應變接招，並化危機為轉機，成為一件非常重要的事！

二、網路媒體可能不依靠社群導流？

中國大陸有一個網路媒體，叫做「今日頭條」。[1] 以「今日頭條」的營運概念來說，他們就是把所有媒體的內容做一個匯集，自己並沒有生產原生內容，這是一個不以社群媒體作為導流的一個成功例子。但前提是，它僱用大量工程師，每天去擷取其他媒體龐大資料，讓所有的用戶可以在他們的平臺上，一次把自己需要的資訊看完，由於打造了一個便利性平臺，也獲得很好的發展。但是，「今日頭條」模式必須面對二個問題，其一是因為它在中國大陸有它的特殊性，所以它會面對政治上比較嚴格的管控；其二是它會面對較多侵權跟盜版的訴訟。所以，晚近他們也開始在思考一些轉型策略，包括和一些內容的平臺、內容的發布者進行商討，看是不是能夠用購買或分潤的方式來取得影音和內容的使用版權。

另外一個相對比較不靠社群媒體導進流量的是「蘋果日報」網站。蘋果日報就是一個以自然流量為主的一個媒體，由於它搶進網路的時間較早，有一段時間，蘋果日報在網站和 App 的流量，是高過於一些社群媒體的。但是在一個國家的媒體市場當中，通常大概只有極少數的媒體能有這樣的機會，後進者希望能夠搶占網路的紅利，其實都已經很困難。也就是說，在一個市場當中，只要你是後進者，已經不可能不靠社群媒體來存活了！當社群平臺都已經營運成功之後，後面竄起的網路媒體，如果不靠社群還能夠獨立撐著流量的人，我相信會是猶如鳳毛麟角，愈來愈少見。

---

1 今日頭條是一款基於數據挖掘的推薦引擎產品，它由中國網際網路創業者張一鳴於 2012 年 3 月創建，於 2012 年 8 月發布第一個版本，截至 2015 年 12 月，今日頭條自稱累計擁有活躍用戶 3.5 億，每日活躍用戶超過 3,500 萬。其中，「頭條號」平臺的帳號數量已超過 4.1 萬個，各類媒體、政府、機構總計超過 11,000 家，其中簽約合作的傳統媒體超過千家。（引自基維百科）https://zh.wikipedia.org/zh-tw/%E4%BB%8A%E6%97%A5%E5%A4%B4%E6%9D%A

三 敷衍式 vs. 優質式社群經營法

　　什麼叫做敷衍式的社群經營法呢？我們常常看到許多公司經營社群的方法，是外包給公關公司，或者是找了一個小的行銷團隊，在網路上投入非常小額的經費進行建置。有些經營者可能想說，我有一、二個小編能跟網友搞笑、聊天，偶爾發發長輩圖，或者「安安你好！」社群經營這件事就解決了。但其實這樣做，通常徒勞無功。社群要能經營得好，第一個要素是：**「發布量要大」**！或許你會有疑問：對一個新聞社群的粉絲團來說，一天要發多少則新聞量才最好？Facebook 團隊曾在 2016 年跟我們分享：一天當中可能發個 8 至 10 則，都是一個可以被接受的範圍。如今，東森新聞粉絲團做到一天大概可以發布 50 到 70 則；一般正常的時間，是差不多每 20 分鐘會有一個排程；最短的時間，是大概每 10 分鐘左右就一個排程。至於粉絲專頁最好的發文時間點，大概是在早上 8 點開始到晚上 12 點，甚至到 12 點半之間。如果你有足夠的新聞數量上傳，不管是影音、照片、圖檔、GIF 的動畫，或是互動的一些提問，都儘量發布，量愈大一定愈好！

　　但是發布量大的一個重要的前提是：品質要好！換句話說，不要單純為了衝高它的數量而濫發，因為 Facebook 的演算法邏輯是：假設我上一篇所推出的內容，100 個人之中只有 1 個人點閱、分享或留言，那它就會依照百分之 1 的流量來推算它的下一則。下一則的發文，如果是變成 200 個人之中才有 1 個人點進去看，於是它就會依照這個遞減的比例，來推估你的下一則新聞觸及率。我舉個例子，假設我們現在每 10 分鐘發一則新聞，我收到記者寫的 A、B、C 三則新聞，假設 A 則和 C 則是吸引人的好新聞，B 則可能是不夠吸引人的小新聞，很多人的做法是：「我 A、B、C 三則都發布」，因為這樣子我可以贏得三次的流量。但是，最好的方法是：「B 那一則新聞寧可不要發布」，因為 B 新聞如果發布了，會拖累到 C 則新聞的效果，導致最後 A、B、C 三則新聞，只有 A 則效果好，B

跟 C 的流量和成效都一起被拉下來了！所以第二個要素是：**量大的前提
是品質一定要好！**品質如果不好，那根本就不值得做這件事情。

第三個要素是：**成本低**。社群經營該如何做到「成本低」呢？這當中
有一個很大的關鍵是「一條龍式」的作業模式。許多網路媒體的人力配置
是：採訪有一組人、剪輯有一組人、排程跟互動的小編又有一組人，這樣
就分成 3 組人。但是，分成 3 組人會有幾個問題，第一個是：大部分社群
經營的規模都沒有很大，一個團隊當中大概是有 10 個人左右。如果你只
有 10 個人，你還要把它分成 3 組人，那每一組中，都只能有 3 個人。這
3 個人當中，只要有任何一個人離職的時候，你的產能就會立刻下降三分
之一，對於產量的影響是非常大的！所以一條龍的作業模式，一則新聞從
你去採訪、剪輯、撰寫文稿、發布貼文，最後充當小編和粉絲進行互動，
從頭到尾都是一個人負責，這就是一條龍的概念！因此，這 10 個人中，
有一個人離職的時候，他只會產生 10% 的產製量的影響，而不是分組概
念式的三分之一影響，這個時候運作的風險性就會降得比較低。但同樣會
產生的問題是記者或編輯會因為擅長不一，有可能造成流程中的品質浮
動，所以流程控管就是一個管理的重點。但無論如何，用這樣的方法可以
大量複製同樣的技術，且組織被簡化而扁平的時候，就可以節省社群媒體
的營運成本。

四 內容農場與假新聞

「內容農場」的概念是：以機器人、改寫內容、大量複製或其他非
法手段生產不負責任的網路內容，並以創造網路流量為最高目標。「內容
農場」大多從網路抄襲、移植不經求證的文章，透過聳動或錯誤引導的標
題吸引觀眾觀看，藉此得到網路廣告收益。通常一般正常的網路媒體或社
群媒體要發布新聞的時候，會避免上述這些狀況發生。例如：記者在網路
上看到的新聞內容，必須要經過查證和求證的過程，才能夠進行引述或

引用，同時也要註明引用自哪個媒體的報導。如果發布的新聞內容有錯誤時，記者或小編應該對這則新聞做出更正確的報導，並進一步把這件事情釐清，讓社會大眾知道事情真相。社群媒體記者或小編，他們就是網路新聞和網路留言的守護者，必須把不實謠言釐清，並且讓事實真相能夠傳播出去，這是社群媒體和內容農場最大的不同之處。

此外，內容農場常常是假新聞的溫床！最近各國政府和 Facebook 也在「嚴打假新聞」，有幾個農場都已經被 Facebook 取消他們的 Instant article（即時文章）的功能，失去廣告收益。有些農場甚至被直接停權或關閉了！為什麼 Facebook 做出這麼嚴厲的動作呢？因為從 2018 年初爆發的「劍橋分析」（Cambridge Analytica）取用臉書用戶個資，企圖操控選民事件 [2] 後，造成了 Facebook 形象重創，所以此後 FB 對於假新聞的

---

[2] 臉書在 2010 年開放了 Graph API 1.0，允許第三方業者、外部 App 開發人員來取得臉書用戶在臉書平臺上的活動資訊，只要經用戶授權後，第三方就能存取用戶個資、數位足跡和個人喜好等。2016 年美國總統大選期間，將近 5,000 萬名臉書用戶個資遭英國資料分析機構「劍橋分析」（Cambridge Analytica）擅自取用，藉此透過特定宣傳文宣和廣告，企圖操控選民動向，協助川普（Donald Trump）打贏選戰。2018 年 3 月 19 日，英國電視臺第四頻道（Channel 4）播出了該臺一名記者對「劍橋分析」公司首席執行官亞力山大·尼克斯（Alexander Nix）進行臥底採訪時祕密拍攝的視頻畫面。尼克斯在視頻中舉例說明了該公司怎樣通過耍花招來影響選舉，比如對候選人進行抹黑，或施以圈套、誘惑等手段，引起輿論譁然。此事讓臉書不僅面臨嚴重公關危機，也使其股價連續多日崩跌。事後祖克柏出面道歉：「我們犯了錯誤！」英國資訊專員辦公室（Information Commissioner's Office，ICO）宣布，重罰臉書 50 萬英鎊（約臺幣 2 千萬），成為英國有史以來，對於資訊安全相關保護法律最重的一次罰款。

資料來源：中時電子報，2018.03.23　http://www.chinatimes.com/realtimenews/20180323001553-260408

BBC 中文網，2018.03.21　https://www.bbc.com/zhongwen/trad/world-43482767

自由時報，2018.07.11　http://ec.ltn.com.tw/article/breakingnews/2484706

iThome：王若樸，2018.07.1　https://www.ithome.com.tw/news/124110

取締開始拉高了力度。假新聞也造成了無辜人命的傷亡，印度一名 32 歲 Google 的工程師阿薩姆（Mohammad Azam）與友人拿糖果送給小孩子，結果竟被誤會成兒童綁架犯，最後慘遭 200 名鄉民亂棒活活打死，警方事後逮捕了 32 名暴徒，當中包括一名散發該假消息的 WhatsApp 群組組頭。[3] 我們看到網路很多假新聞，它製造了社會的動盪，所以 Facebook 現在只要看到有任何農場發布類似的假新聞，它就會直接出手進行關閉，完全不會在事先通知。爲了打擊假新聞，Facebook 也與非營利組織 First Draft 合作打造「新聞眞實性辨別教學工具」，開放給包含臺灣在內的 14 個國家使用。[4] 同時，FB 也和西方許多國家的政府或民間機關，開始成立新聞查核的機制。也就是說，當你在網路上看到一則新聞，你覺得無法分辨它是眞是假的時候，你可以上傳內容到查核中心，他們會有專業的團隊來協助你判別新聞的眞假，但是在臺灣部分，臉書的假新聞查核機制還要再加把勁。[5]

五 如何打造高互動力的內容？

我們說，社群媒體經營要「打造高互動的內容」時，通常存在幾個關鍵問題：第一，不管你製作的是影片或者是照片的內容，你首先要確認它是值得被分享的、被互動的、被點擊的！但我們要做的方向並不是「click Bait」（點擊誘餌）之類的內容。click Bait 指的是說，發布者常常會給你一句聳動的標題，其實就像「內容農場」的做法，它吸引你點擊進去之

3　資料來源：自由時報，2018.07.17
　　http://news.ltn.com.tw/news/world/breakingnews/2490352

4　資料來源：風傳媒，2018.04.7
　　http://www.storm.mg/article/245912

5　資料來源：大紀元時報，2018.4.21
　　http://www.epochtimes.com/b5/18/4/21/n10323176.htm

後，你才發現這根本不是真實的內容！打造「高互動的內容」和打造「內容農場」有一個最大的關鍵差異就是：**發布的內容要是真實的，且你的標題必須要跟你的內文相符合！**如果今天你寫了一個很吸睛的新聞標題，但是點進來之後，觀眾失望了，久而久之，粉絲們就會失去對這個媒體的信任！這種做法有可能會贏得一篇或二篇的高點擊率或高互動，但其實對社群媒體經營來說，這是殺雞取卵式的做法。所以「打造高互動內容」的第一個關鍵：**一定要讓你的內容是值得被分享、按讚、留言和點擊。**第二個關鍵是：**小編一定要親自與粉絲進行互動！**因為互動有助於你所發布內容的擴散，不論是小編本身的留言或網友進行對話，都會產生高互動的效果！

　　第三個關鍵是：**小編的互動也要帶著知識！**過去電視記者做完新聞帶之後，其實他已經完成了他的工作，就可以下班了。但是在社群媒體的工作，記者或小編把內容放到網路上之後，接下來他們必須繼續在留言區中與粉絲互動，甚至分享自己在新聞稿中沒有寫出來的訊息，讓所有的網友更深入了解他們所不知道的細節，這是社群媒體工作中非常重要的一環。例如：我們發布了一則有關流浪狗被捕狗隊虐待的新聞，後續可能很多人是進來留言罵政府的，但是記者此時並不是要出來附和這類言論，而是要出來解釋：其實政府已經有做了哪些事情，但是我們也發現有哪些是政府做得還不夠的，應該要更加關注……等等，很多人看到記者（或小編）這樣的留言，就會進行評論、回饋正反不同的意見，例如：捕狗隊的捕捉野狗方式很不人性化、流浪狗的問題重點在於節育……等等，於是很多的討論就會在留言當中產生，這就是一種很好的社群互動！

　　過去傳統媒體記者的定位是：我儘量接近真實的去報導新聞內容；但是在網路上，社群記者在報導完新聞之後，接下來他更像是一個**讀書會的主持人！**他要有能力去帶領觀眾一起進來討論這個話題。所以，記者或小編的專業養成是非常重要的！在一個新的媒體時代中，記者不但看事情要有高度，他還要培養自己主持議題討論的能力，這種能力也會是影響社群

媒體互動效果經營的一個關鍵！

第四個關鍵是：**你所發布的這些高互動的內容最好是正面的**。因為正面的新聞內容比較值得被分享！觀眾在網路上，對於負面的內容比較會留給自己感受，但是正面性的內容，大家更願意去分享與互動。高互動內容的不斷產製，才足以把社群養成是一個「活的粉絲團」！

六 社群與廣告投放

通常一個企業想要經營社群的時候，會遇到一個問題：我已經花錢請小編了，為什麼還要在臉書下廣告？小編就很會做內容了，會做內容就不需要再下廣告了，幹嘛還要給臉書賺一手？這是我常常看到一個錯誤的觀念。

要解決這個問題之前，我們得先來談談 Facebook 流量的成長概念。臉書的工作人員曾經對我說過一個觀念：為什麼它不可能把每一則貼文推給它的每一個觀眾？因為你去設想：我一個人按了 10 家媒體的「讚」，這 10 家媒體如果每一天都發表 10 篇內容，而臉書的設計是讓我可以看到每一家媒體的 10 篇內容，那我就得一次看完 100 篇的內容。一天如果有 100 篇內容來轟炸，請問使用者怎麼看得完？所以它需要演算法的用意在此。通常一個粉絲團在初期開始成長的時候，一定需要廣告預算的投遞，因為它會加速你粉絲的成長，但是你在投遞廣告預算的時候要很有觀念。什麼叫「有觀念」？有一種最糟糕的方法，就是找公關公司去買殭屍帳號來擴充粉絲團。我們常常會看到網路有一種廣告：「幫你增加 5,000 個粉絲只要 5,000 元！」其實少數不肖的業者是使用殭屍帳號來灌粉絲數，讓你瞬間就會擁有 5,000 個粉絲。短期內廣告主會很開心，但是這 5,000 個粉絲都是死的，他們不會在你的粉絲團裡面產生任何互動。如果你一次買 5 萬個粉絲，那會更慘！因為你買得愈大，你的粉絲愈難驅動，因為那些大多是找人頭做出來的假帳號，你如何能指揮得了這個僵屍部隊？這其實

是最糟糕的狀況。

　　我會比較建議，當你的粉絲團正常運作，而且你有定期在發布內容的時候，你就可以開始去買 Facebook 的「粉絲按讚」廣告！買這種廣告概念是什麼？Facebook 的設定並不是說：「你給我多少錢，我就給你多少粉絲。」它不是這種概念，它是把你發布的內容，包括影片、照片或貼文，推播到某一個使用者面前，讓這個 user 自己決定要不要點進你的內容或為你「按讚」。換句話說，假設我今天用了 30 元去買了一則貼文1,000 次的曝光，Facebook 只能夠保證把我的內容出現在 1,000 個人的面前，但是這 1,000 個人要不要點進這則貼文，是由使用者自己決定的。如果這 1,000 個人當中，只有一個人願意點進去你的貼文並按讚，那你就是花 30 元換到一個人按讚；如果有 30 個人按讚，那你的成本就是「花一塊錢行銷一個粉絲」，所以愈多人按讚，你的成本效益愈大。但是在下這種「粉絲按讚」的廣告時，有一個很重要的概念，那就是你做的內容品質一定要好！而且你自己本身若已有品牌，那你的粉絲團一定要長久的去經營，否則即使你花大錢買到很多瞬間進來的「讚」，那也只是如煙火般曇花一現而已！

　　臉書的這個「花錢買讚」機制，公平嗎？你說公平，其實並不公平，因為你只要肯花錢，就可以增加你的內容曝光率，可說贏在起跑點上；但如果你說這種機制不公平，嚴格說起來，它也很公平。因為就算你買到在1,000 個人面前曝光，但你內容就是做得很爛、你不是一個有名的品牌，或者你就是一個內容農場，大家就是不愛看，最後可能連一個人都不想替你按讚，那 Facebook 就會把這 30 塊錢還給你，「這個錢我不賺了！」因為沒有人要點你的內容，所以 Facebook 覺得賺這個錢沒什麼意義。

　　臉書還有另一種廣告，就是花錢買「內容被更多人看到！」我們產製的內容，假設它是一則影片，那我就希望發布後讓更多人看到，所以我可以花錢「買特定數量的人看到」，例如：我可以買多讓 10 萬人看到！但不論是買「按讚數」或買「內容被更多人看到」，下廣告的前提都是內

容要先做好，如果內容品質不佳，那你下再多廣告預算都沒有用。一般而言，如果你的內容做得不錯，你買「更多人看到」，應該會產生更多分享、按讚、留言行為，後續你的內容如何去 viral、繼續去擴散，這個部分 Facebook 就不會再跟你收錢。因此，一個社群媒體在草創時期，主要是花錢買「內容被更多人看到」，再搭配一點錢買「按讚數」，它就會產生彼此的加乘效果。因為如果有更多人看到你的內容，連帶的他們也喜歡這個內容的時候，就會產生更多的「按讚」。所以社群媒體在產生好的內容之後，也要搭配適量投遞廣告，才能在社群媒體草創初期，將粉絲團衝刺到一定的人數！這種概念，也能夠解決許多社群經營者的疑問：「我已經聘請了厲害的小編了，為什麼還要花錢在臉書上買廣告？」

第 3 章
點字成金的眼球大戰

 以手機觀看定義使用者感受

　　大部分從電視媒體試圖發展社群媒體的初期，都是在摸索跟學習的階段，最常見的做法就是直接把電視的鏡面放到網路上面，但這樣的做法猶如削足適履。網路世界中，尤其手機與電視的大小是完全不同的，對於視覺、內容、呈現方式也就完全不同。所以在手機裡，新聞的思考邏輯、鏡面和內容呈現都必須改變，才能讓手機的使用者感覺到，你是用不同思維在提供給他們真正所需要的內容。因此，社群媒體的成功關鍵在於，將電視原本的記者採訪素材或未上字完成帶，用不同鏡面大小、內容和結構呈現，來建構一個新的手機內容國度，而不再只是把電視的內容複製到手機裡面。

　　一開始，手機新聞的鏡面設計跟電視差不多（如圖 2-3-1 及 2-3-2），後來我們就把它轉變成一個「乾淨的鏡面」，一個「無邊界泳池」（無邊框概念，如圖 2-3-3）的標題，也捨棄了把標題放在鏡面最下面的做法。因為我們發現手機的螢幕很小，不適合再把鏡面做細細的切割，所以我們所有標題都不再襯底色，簡單地刷黑它的字體下緣之後，讓它變成一個黃色浮出來的標題。在這個轉變的過程中，我們發現手機的用戶觀看和使用的體驗也完全不同。由於電視和觀眾的距離大概 3 到 4 公尺，但是手機使用者和手機之間的距離只有 50 公分，於是我們發現：當距離不同的時

圖 2-3-1　原始電視鏡面：包含了播出時間（左下）、天空標（左上）、跑馬（正
　　　　　下方）（資料來源：東森新聞）

圖 2-3-2　L Bar 覆蓋的鏡面：遮蔽播出時間、即時跑馬等具時效性的資訊
　　　　　（資料來源：東森新聞）

圖 2-3-3　「無邊界泳池」鏡面：乾淨無邊界，適合在手機呈現的新聞鏡面
　　　　　（資料來源：東森新聞）

候，手機使用者對於比較驚悚的新聞和畫面，他的感受是更加害怕，而他的反應也和電視觀眾完全不同。因此，從這一次的鏡面改變當中我們學習到：**在社群的世界當中，你必須要重新思考你的鏡面！**而改變鏡面之後，進而啟動了對於新聞內容和採訪模式等各方面的轉變，也因為這樣，引導了我們進行後續一連串變革，包括：標題的改變、文稿的改變、影音跟採訪方式的改變等等，這些都是源自於鏡面的改變。

　　另外，新聞標題在一定時間內出現的次數也有所不同。以電視訪談性節目而言，可能一段 15 分鐘節目，會下 8 到 10 個標題彼此切換，一個小時的節目大概會出現 40 個標題左右，少一點的話可能有 20 個標題左右。但是，來到網路之中，你只能有一個標題，所以在下標題過程當中，你必須要找到「能夠被觀眾觀看」的理由，所以在下標跟內容的呈現上，就產生了以下幾個我們即將要敘述的祕訣或重點，第一個重點就是：「**永遠要以手機觀看來定義使用者的感受**」。電視在新聞報導時，它的螢幕都

是橫向概念的，但是我們在使用手機的時候，它卻是直向式的概念，而且大部分的人不會做翻轉的動作，所以我們的新聞呈現就要適合在手機上直向式的觀看。同時，手機的觀看概念除了和電視不同之外，也和電腦螢幕不同！電腦鏡面的設計，是用 24 吋、28 吋那種大的螢幕視覺效果去進行的，這種視覺效果和它們最後呈現在手機上面的大小其實是完全不同的。

過去在蘋果日報或是 UDN（聯合新聞網）開始經營網路新聞的時代當中，是以桌機來定義網路的流量，但是走到 2015 年時，手機網頁流量愈趨重要，已經遠遠大過於桌機。桌機頁面的重要性，只存在於它有較多的廣告模式可以運用，但是大部分的人已經習慣用手機來觀看新聞和訊息，所以它所造成的第一個重要改變就是：所有社群媒體產製的新聞內容、圖片的大小、標題和字幕的多寡，全部都要回到手機鏡面來思考，這是一個重要的關鍵。

二 給觀眾點擊「顯示更多」的理由

我們以臉書（Facebook）為例，每一款手機的尺寸不同，Facebook 展現在每款手機一頁貼文內容的多與少也會有所不同。比較小型的手機，通常會顯示 3 到 4 行內容；比較大型的手機、6 吋左右的，它大概會顯示 6 到 7 行，重點是，它們都會有一個點擊「顯示更多」的選項。Facebook 的特色，就是它會透過一些因素來決定它的演算法，包括：「按讚」、「留言」、「點擊」與「分享」。當一個訊息或影片發布之後，使用者點擊你貼文的次數愈多，它們就會產生一個點擊貼文的權重，並且會在 Facebook 整體的演算法當中產生一定程度的加乘。所以手機新聞發布後，還要產生誘導使用者「按讚」、「留言」、「點擊」與「分享」的動能，這樣才能算是成功的貼文。如果使用者對於你的內容只是瀏覽過去，並沒有「按讚」、「留言」、「點擊」與「分享」的動作，那麼這就不能算是一則成功的貼文。因此你的貼文內容，一定要吸引使用者點擊「顯示

更多」，這樣的貼文才能真正產生經濟效益和它該有影響力！

三 字數和換行的技巧

我們常常看到手機新聞的錯誤就是：「內容寫得落落長，永遠不換行！」這也是一個非常的大的問題，因為人在手機上觀看文章的過程當中，字是比一般電腦上所看到的字體更小，在一個較小的字體環境，很容易對文字產生疲乏的感覺！以一般 iPhone X 的使用字數來計算的話，一行 Facebook 貼文大概是 24 個字，很多人的習慣，就是一件事從頭到尾把它寫到完，文章也不換行。在社群網站中有一個很大的關鍵就是：電視媒體的邏輯當中，報導者跟觀眾的關係，比較像是資訊的給予者與接受者，它會有一個相對比較像是「上對下」的感覺。但是在手機的介面當中，它是一個平行的給予者，比較像是朋友之間的關係，所以它的用語和內容提供，都儘量要以朋友的角度來彼此分享。既是朋友關係，語法當中就不要用一般文稿所用的寫法，你要能夠帶入朋友的「親近感」和「可接受感」，所以，手機上的貼文一定要換行！以我們現在的觀察來說，大概每行平均 7 到 10 個字，就是網路手機使用習慣的臨界點。7 到 10 個字之後，就能夠進行換行，這種容易閱讀的方式會比較容易被網友所接受。

四 找到文字的喘息空間

在網路上面，文字本身比較不能表達情緒。一個網友點進你的影片或者是你的貼文之前，他其實不太了解你這篇內容當中要表達的意義是什麼？你要表達是快樂、難過，還是憤怒的情緒？這時候如果你善用表情符號，就會讓使用者很快找到一個了解你情緒表現的捷徑。同時，內容中要善用空格，甚至少用標點符號，這和新世代使用手機的習慣有關係。如果你有注意看，現在年輕人寫 LINE 的內容，其實很少人在用標點符號，大

圖 2-3-4　網路貼文正確和錯誤的範例，避免一長串文章，善用空格、表情符號

家都是隨便寫一句，然後「叮咚」就按出去了！所以社群媒體的發文也是一樣，標點符號儘量不使用，除非你要特別強調它的時候才用。在發文時，善用表情符號、空格、空行，除了能夠儘速讓使用者進入你設定的情境中，也能夠幫助他們找到閱讀文章時的喘息空間（如圖 2-3-4）。

五　貼文字數愈短愈好

這個部分比較簡單，貼文的字數，有人形容有如「迷你裙，愈短愈好」。還有，就是不要寫字數太多的標題，這一部分的邏輯，是電視新聞和網路新聞互通的，必須將贅字去除！而社群文章與一般書籍或網站的筆法又不相同，必須在簡潔的語法當中兼顧新聞的切入點、幽默感的呈現和互動效果的提升，這部分大大考驗著小編的功力。

六 綁出好看的「蝴蝶結」

　　「要為你的內容、貼文或標題找到一個好看的蝴蝶結！」怎麼說呢？例如：我們買了一個熊寶寶或玩偶當禮物要送給朋友，如果這個熊寶寶是沒有經過包裝的，收禮的人可能會覺得有點隨便。但是如果我們把它放到一個禮物盒，包裝好之後，外面再打一個漂亮的蝴蝶結，那麼它就會讓收禮者有不同的感受！電視新聞和網路新聞的標題，就是吸引觀眾來看你新聞的「蝴蝶結」，只要這個蝴蝶結打得漂亮，那麼觀眾打開這個禮物盒的意願就會大幅提高，這個邏輯，電視新聞和網路新聞是彼此相接近的！以下列舉幾個「綁出好看蝴蝶結」的新聞案例：

⊃ 大腳怪真實存在？70 公分頭顱冰封半世紀 竟有雙食道

大腳怪真實存在？70 公分頭顱冰封半世紀 竟有雙食道
摸摸：好酷喔，大家相信這是真的嗎？
影片授權：Peter Caine Dog Training
大腳怪 # 傳說 # 科學 # 雪怪 # 動物

⊃ 拿著美國隊長盾牌的雷神 全新 Volvo S60 撞擊影片大公開

拿著美國隊長盾牌的雷神 全新 Volvo S60 撞擊影片大公開
玩車編：新車一發表就附上撞擊測試影片，讓人感受到滿滿的誠意。
影片來源：Volvo Cars
東森財經東森愛玩車 #Volvo #S60

⊃ 撿屍、爆肺、萬針刺！潛水戰將 與神同行

【不為人知的各行各業】
撿屍、爆肺、萬針刺！潛水戰將 與神同行
拍厝編：月薪 24 萬！這樣的工作你願意做嗎？
社群新聞陳駿碩採訪報導
潛水 # 潛水員 # 潛水病 # 職業 # 辛苦

➲ 太狂！188 公分極品男神混入老人團 卻被大長腿出賣

> 太狂！188 公分極品男神混入老人團 卻被大長腿出賣
> ＃隨編：現在報名跟團來得及嗎！！
> ＃男神＃長腿＃老人團＃旅行＃出賣

　　除了上述幾個案例之外，像是過去我們在電視新聞節目會強調「0.01公分的秦始皇之劍」，在網路新聞呈現上也是同樣的道理。爲什麼要強調這個 0.01 公分？有時候數字本身並沒有那麼有意義，但是它在標題和內文之中出現，可以增加我們形容事物的精準度，或是可以讓觀看者對這個話題產生興趣。我們也會經常在標題之中加入一些比擬，例如說：「柯南般的敏銳！屏東小隊長智破毒品案」，這種比擬手法可以讓觀看者產生親切感和熟悉感，而且這些元素最好要來自於新聞時事！例如：最近清宮劇《延禧攻略》和《如懿傳》火紅，如何利用清宮劇這個「梗」，把它帶入到我們的標題和內容之中，這也是一個重點。

七 「＃」和「＠」的妙用

　　小尺寸手機螢幕一般可以顯示 3 到 4 行，大尺寸手機螢幕可以顯示 6 到 7 行。很多人在製作貼文的時候，會在第 3 行左右的時候，就開始放了很多「＃」和「＠」的這些符號，把整個貼文搞得非常的複雜！我們的經驗是，應該把「＃」跟「＠」的符號，放到你內文的「顯示更多」裡面，不要把它放到貼文最前面或放置在黃金版位上，這會讓使用者覺得很礙眼。

　　那麼，在貼文內容中加上「＠」，代表什麼意思呢？在 Facebook 上面，當出現「＠」符號時，代表你可以連結別的粉絲團、社團或者是個人。比如說可以「＠」周杰倫、「＠」柯文哲，那這個「＠」的目的，就是當使用者點擊你的內文時，他可以透過按你這個「＠」而產生超連結，

直接連到外面的、別人的粉絲團，或者是別的人的粉絲專頁，所以他是透過「超連結」的功能，把更多的連結給導出去！另外，hashtag，也就是「＃」，它的目的就是為了讓使用者更容易搜尋，所以我們常常看到有人用「＃」後面寫一大串長長的字，其實這在 hashtag 的邏輯當中是沒有任何意義的，因為其他手機或網路使用者並不會這樣進行搜尋！比如說你打上「＃花博」，當使用者搜尋「花博」他就會搜尋到你這篇文章，但是很多人在「＃」之後，接的是：「我今天心情實在很不好」、「要廢了一個下午」之類的話語，這時「＃」代表的並非關鍵字，貼文者只是用 hashtag 產生不同的顏色跟字樣來強調他的感受，所以會有一個在鏡面或是貼文上面的顏色不同，但是卻不會產生任何搜尋的效果！

所以我們一定要認識社群媒體當中各種「符號」所代表的功能，「＠」符號是讓流量產生超連結導出去；hashtag「＃」符號是透過搜尋，可以讓流量導進你這則貼文，你要清楚你自己所用的工具到底是什麼？理論上來說，無論是「＃」或者是「＠」，如果你正確使用的話，其實或多或少都會有助於增加你貼文的流量。我曾經和 Facebook 工作人員聊過關於臉書平臺與中文的融合度問題，在中文的領域中，這部分的使用是比較弱的，我們只能夠說：「中文真是博大精深！」歐美的一些媒體工作者發現使用英文的「＃」或「＠」的效果是很好的，因為它的字量比較少，文法的變化稍微少一點，因此可以透過這樣的方法來帶進或帶出流量。但因為中文字義的變化實在太多，Facebook 本身對於中文字的研究比較沒有那麼透澈，而且常用的字眼也比英文多很多，所以導入的效果很有限。建議在小編的關鍵字撰寫上面，能夠找到一些非常熱門的字來用，不需要下太多「關鍵字」，因為「關鍵字」下太多，它就變得不關鍵了。一般來說下 3 到 5 個就已經足夠。同時，還要提醒的是：不要用競爭對手的名稱來「＠」，因為那其實是在幫對手打廣告，對你自己本身一點幫助也沒有。

八 關鍵字 / 熱門字入標

以 Google 來說，它有提供臺灣的即時熱門、搜尋關鍵字的排行榜，比如說當世足賽的時候，你就會看到法國、德國、巴西等國家會是比較熱門的關鍵字，也會有一些熱門的明星名字會出現，你如果想辦法把這些字放進貼文，就會加強你的貼文被搜尋到的次數。在過去我們常常使用的 CrowdTangle，2015 年它剛推出時是一個科技公司，後來被 Facebook 買下。CrowdTangle 是一個非常有趣的工具，他可以讓你透過程式來追蹤在每一個粉絲團貼文的熱門程度比較。假設 A 貼文它有一個按讚、一個留言、一個分享，這樣算分數 1 分；同一個粉絲團 B 貼文有三個按讚、三個留言、三個分享，它的權重可能就是三倍，那麼 B 貼文就會比 A 貼文熱門。CrowdTangle 軟體，可以幫助你去分析你自己的粉絲團、你對手的粉絲團，或者是你在觀察的對象當中，他們現在有哪些內容是熱門的？於是你就能夠很快速地追上你的對手！或者你也可以透過這個軟體，去鎖定網路的一些意見領袖，他們現在的貼文有哪一些是熱門的？你就可以去追蹤和掌握這些政治人物、意見領袖，甚至是你的對手，他們在社群上面的一些即時動態。

過去在電視媒體當中，很多電視記者是身經百戰，每個人都有自己獨特的人脈網絡和新聞來源，他們經常得透過各種方法建立人脈，以便取得獨家資料和消息來源。但在網路的世界當中，社群或網路的記者，他們面對科技的導入，必須要去運用一些工具來科學化他的新聞搜尋過程，因為網路的世界實在太大，你要在這麼大的網海當中去查詢、監看，其實非常辛苦。所以必須透過工具運用，來幫助自己取得更多有效資訊，諸如 CrowdTangle、Google，還有一些免費軟體，像是「Google Trends 熱門搜尋」或「新文易數標籤雲」（如本書附錄二），這些工具都可以幫我們觀察即時熱門資訊。如果你能把這些熱門資訊全部都放進你的貼文跟標題當中，就能夠大大增加你貼文被觀看的能見度。但究竟追蹤哪些對象，或使

用哪些軟體工具能夠最有效地幫助你挖掘新聞，每個人做法也許不同，如何挑選最適合自己的工具就是每個社群記者的葵花寶典了。

九 把使用者當朋友

　　一開始我們在做社群新聞的時候，一直想的一件事，就是我們要如何達到自己跟別人的差異化？在發想的過程當中，我們就加入一個創意叫「小編評語」。當時負責東森新聞網路平臺的，大概有將近 20 個編輯，我們讓每一個編輯都取了一個自己的「新名字」，它可以是化名、洋名、趣名、花名……等等。於是，每個編輯開始發揮創意，有人叫「海角天編」、「走路靠編」、「在你旁編」、「車布編」，有各式各樣有趣的名字。在這個過程當中，我們也讓每一個小編都可以使用口語化方式，對自己處理的新聞進行一定程度的「點評」！點評是我們一個很重要的教學，所以我們的訓練，比較希望是以「小編」的觀點來看這則新聞，因為每一個小編認為的新聞重點可能都不太一樣。但是，新聞原是不該摻入自己的立場或價值觀，在點評過程中，我們又希望小編不要太涉入新聞本身的價值判斷，因為如果你太強調別人做的事情是對或錯，可能會引發網路論戰，小編有可能會「公親變事主」！所以，你要如何訓練小編或記者對自己所處理的新聞進行點評，以及點評時力道輕重的拿捏，這其實是需要花時間去訓練的！另外，在點評的過程中還有一個很重要的事情，就是要**把你的使用者當成朋友**，要像是你在跟他分享某一則新聞的內容，而不是你很嚴肅的告訴他，今天發生了什麼新聞。也就是說，如果從朋友的角度出發，你會怎麼樣跟朋友用第一句話開頭聊聊今天的某一則新聞？這種技巧，也是需要經過一定程度的訓練。

十 設定觀眾的情境感受

　　所有社群媒體的經營者都要有一個概念就是：你要去設定你的粉絲團成員來到你這裡觀看內容時的一種適合情境！比如，我們一開始在設定東森新聞粉絲團的感覺，就是把它想像成：**有點像在運動酒吧裡，我們一起聊一個熱門新聞的感覺**。因為傳統電視新聞，它設定的情境是比較像在一個家庭裡面，一家人在看同樣一則新聞的感受。但是到了手機新聞之後，它和電視新聞的設定概念就會非常的不同！因為你很少會跟家人一起看同一支手機再彼此分享內容，手機是比較私人的、個人化的產品。大部分的手機使用者，習慣自己在走路、搭捷運或公車時，一個人看著手機裡的內容。同時，在看這些內容時，你會想要跟某一個朋友分享你自己的感受，所以它的情境會是相對比較輕鬆的狀態，在聊的新聞也比較不會是太硬的內容。因此在這當中，我們讓小編跟網路編輯去設定的使用者觀看情境，是在運動餐廳或酒吧裡，你如何跟朋友去聊新聞的一種感覺。通常比較適合在手機和網路呈現的新聞，會是比較淺顯的、溫暖的、有趣的或者是新奇的新聞。當然，如果有重大新聞發生，也會立刻成為大家討論的焦點。所以，有趣的軟性新聞和重大的新聞事件，這二種新聞的取向，是社群新聞經營比較好的設定方向。

十一 以問句或 call to action 作結尾

　　我曾參加過一場國際網路論壇，那時一位北京大學傳播系教授提到：現在的時代已不一樣，過去在紙媒是總編輯決定當天的頭條是什麼？那時候的新聞人是比工程師大的，但是現在，新聞人輸給工程師了！為什麼呢？因為工程師寫下的程式會耙出你新聞中的關鍵字，跑出使用者平常的閱讀習慣，程式就幫你排好新聞的順序了！於是在網路的世界當中，新聞頭條已經不再是新聞人能夠決定的了，而是工程師所決定的！換句話說，

在過去，新聞人多是依靠自己本身對於新聞的價值和重要性，來判斷新聞該擺放在哪一個版面中的哪一個位置，但是在 Google 或者是在 Facebook 演算法當中，它會依照「同溫層」的認定，來重新排序新聞的重要性。這件事情當然有它的優、缺點，好處是網路新聞的民主化，能讓使用者自己來決定哪些新聞是能夠排在前面的，因為它會自動透過點擊率來排行。但是缺點是，當有一些「價值」是新聞人覺得需要去突顯它的，而在演算法當中，卻很難去強調這種新聞價值重要性，因為演算法呈現的，是大多數人的一種共同喜好或厭惡程度。於是，在網路新聞中，我們要如何學會跟演算法共存？反而是一個重要的課題！

　　前面我們提到，不論按讚、留言、分享、點擊這些動作，都是會為這則貼文或新聞造成權重的加分，所以我們的貼文及影片，要怎麼能夠讓更多的觀眾看到，有許多的技巧需要學習。通常在影片的最後，我們會需要提醒別人按讚、留言或者分享，這就是所謂的 "call to action"。那麼 "call to action" 和小編貼文「以問句作為結尾」又有什麼關聯性呢？當你以問句作結尾的時候，別人就比較容易來回答你的問題，於是會產生留言，只要使用者留言，就會為你的貼文產生積分權重。

　　我們看到了很多的粉絲團，它有很大量的粉絲，但是裡面都沒有人按讚，也沒有人留言或分享，這代表是一個僵屍的粉絲團，就算它有 20 萬或 30 萬以上的粉絲，其實都是沒有意義的！因為這表示，過去你可能做了太多的抽獎活動，或者做了可能是「買粉絲」等錯誤的方式去快速的擴張你的粉絲團，最後導致它過於肥大而沒有辦法運作！但是，你如果能夠和粉絲產生大量的互動，就表示這個粉絲團是活的！通常，一個粉絲團它一天當中觸及的觀眾，是這個粉絲團的二分之一至四分之一之間，我覺得這是比較健康的狀況。換句話說，一個 40 萬的粉絲團，它每天如果能夠觸及 10 萬、20 萬的觀眾，其實就算還不錯的了！但是有些比較活躍的粉絲團，它甚至可以觸及到自身粉絲團總數的 5 倍到 8 倍人數，這就是一個很強勢的粉絲團！反過來說，有的粉絲團即使有 40 萬的粉絲，它一天當

中可能接觸及不到 1,000 個觀眾，那這個就表示它的觸及率是有問題的，它呈現的就是一個僵屍化的現象！因此，粉絲的增長可以靠內容或者是靠廣告購買來達成，但是「互動率」就得要靠 "call to action"，以及你貼文內容的可被散布性、可被分享性和可被互動的程度，來達到讓粉絲團活化的效果！

第4章
FB 演算法及影片病毒式散布

 影片的成功關鍵

在 Facebook 演算法當中，對於影音的觀看分成三個部分，第一個是**「觀看次數」**。Facebook 的觀看次數是 3 秒就算一次觀看，其實相對 Youtube 的計次演算來說是短的，甚至差距是非常大的。所以 Facebook 用這樣的方法，在短期之內得到很多廣告商的認同，因為廣告商認為，FB 所達到的影音觀看次數對於廣告行銷比較有利。這當中還有一件事對他們有利，因為 Facebook 本身具有「autoplay」的功能，等於說你的手指滑到廣告影音內容，即使你根本沒有點進去仔細看，但它就開始自動播放，每 3 秒它就算你一次觀看，這個部分叫做「自動觀看」，它與「點擊觀看」是不一樣的。「點擊觀看」就是你把標題或內容點下去，它就會變成全螢幕的影音播放，所以「點擊觀看」的權重，是比「自動觀看」的權重更高的！當然，影音觀看的次數愈高，這則影片被 Facebook 病毒式（viral）散播的程度就會愈好。

第二個計入演算法的因素是**「觀看的總時間長度」**。什麼叫總時間長度？比如說，一個 60 秒的影片，如果每個人看了 30 秒，有 1 萬個人看過，它的總觀看時間就是 30 萬秒。總觀看時數還牽涉到兩個部分：第一個是「看的人要多」；第二個是「看的時間要長」。看的人多、又看得久，他在 Facebook 演算法中所獲得的加乘分數就會比較高。第三個因素

是「完成率」，也就是完整看完影音內容者的比例有多少。在 Facebook 後臺裡，如果你進去它的 inside 當中，可以看到有個「洞察報告」，它可以拉出一個 excel 表來看，你會看到有完成 5%、完成 50%、完成 95% 和 100% 的完成率。如果你的影音內容，能夠達到 100% 的完成率那當然是最好，因為能夠完全把你的影音內容看完的人愈多，這個影片所獲得的權重就會愈高。舉例來講，10 萬個人當中，如果有 1 萬個人把你影片從頭到尾看完，就會比 10 萬個人中、只有 1,000 個人把影片看完的權重更好。所以，總結來說，「觀看次數」、「觀看總時間長度」和「完成率」，這三個因素是一個影片成功的最主要關鍵（如圖 2-4-1）。

　　但是，重點是要怎麼樣做，才能讓你的影音有較高的觀看次數、觀看時間長度和完成率？影響上述成績的第一大因素，是要「找到好看的故事」！不管是電視或網路媒體，新聞工作者都在積極的找尋「好看的故事」，不過在網路的新聞處理上，它還是和傳統媒體有一些不一樣，茲分述如下。

圖 2-4-1　FB 後臺的影片觀看次數、觀看總時間，是觀察成效重要指標
　　　　　（資料來源：東森新聞）

二 記者從報導的故事中抽離

通常網路的報導，它對於記者「過音」的需求是比較低的。我們假定網路世代在觀看手機訊息的習慣當中，他們自主性和自信心會比較高；相對來說，他們對於記者的信任度就會比較低，所以他們會更在乎受訪者本身所講的內容。因此在前一段時間當中，我們產製自己採訪的原生新聞、專題跟影音的時候，就不再採用記者過音的方式去處理，我們會使用大量的畫面、標題再加上受訪者自己所說出來的話，來組合成一則報導。像蘋果日報等媒體，這些比較早期的電子媒體開始轉向做網路故事型態的專題報導時，它大部分都設定在 2 分鐘到 5 分鐘的長度；而近來的網路新聞媒體，專題報導多是設定在 2 分鐘左右，一般的新聞則是設定在 50 秒內講完一個故事。東森新聞網站曾經有一則報導，達到了 1,300 萬的影音觀看人次，它在講一個紅豆餅的三兄弟，如何把他媽媽 400 萬的遺產全部捐掉的動人情節。在許多新聞事件當中，我們要找到好看的故事情節，並且抓住重點切入，讓行動載具使用者能深入淺出的看到他想要關心的事件，這是影片成功首要重點（如圖 2-4-2）。

圖 2-4-2　四兄弟賣紅豆餅傳愛的網路報導，創下近 1,300 萬次影音觀看
（資料來源：東森新聞）

三 暖新聞的力量

過去我們在做電視新聞的時候，常常會處理到「屍體＋裸體」的新聞或者是三器新聞，好像電視新聞只有出現這些元素，它的收視率才會變好？其實很多時候，電視新聞工作者也不是真的想做屍體、裸體和三器新聞，但是很無奈，做好的、正面的新聞，在收視率上就是相對辛苦。電視新聞工作者也很痛苦，一直想要做正面的新聞來改善社會風氣，但是受限於收視率的現實因素，他們很難把正面新聞的光輝呈現出來。不過在網路的新聞邏輯剛好相反！在社群上面所有的足跡都是被記錄的，你的按讚、留言或分享行為，你身旁的朋友都會看到。以一般人的心理狀況來判斷，人做壞事時都知道要隱藏起自己，但是想要表達自己的人品高度跟價值觀的時候，卻喜歡讓大家都看到。所以在 Facebook 上面，我們在做社群新聞時發現一個很大的特色，就是**做暖新聞反而特別受歡迎！**早期我們在社群新聞中，也做過車禍或監視器畫面的新聞，一開始反應很好，但是到後來觀眾對於這類新聞反應愈來愈淡。於是我們去追蹤為何三器新聞在網路上會由盛轉衰，我們發現人們都不分享，因為沒有人想要分享這種負面的東西！以常理判斷，我們都不會想要在自己經營的粉絲團上面，出現一些殺人放火或犯罪的訊息，所以這類新聞並不會讓使用者產生想要分享給朋友的動機。後來我們就開始做**暖的新聞，**也就是後來出現的佛心、暖男、被讚爆的新聞。我們發現，暖的新聞是比較容易被按讚的，大家比較願意來留言、鼓勵或者是希望身旁的人一起來關注這些正面的議題，甚至大家會主動把影片給分享出去！於是，我們發現「暖新聞」在 Facebook 的權重表現反而是好的，社群新聞給了這個領域當中，有一個不斷去擴大正面新聞或暖心新聞效應的機會！（如圖 2-4-3 及圖 2-4-4）

圖 2-4-3、2-4-4　「中秋暖團圓」系列報導，喚起網友對弱勢的關懷，分享近萬次

四 掌握黃金 3 秒鐘！

　　前述 Facebook 的演算法當中，它一定要讓使用者看完 3 秒，才算你一次的觀看次數，所以，所有影片小編工作的第一大重點，是如何讓他們的觀眾，最少要看完影片前 3 秒，這是第一個重點。過去有些傳統媒體的敘事方法，是把最精彩、最有爆點的內容放到後面，不斷堆疊舖陳之後，到最後面才出現新聞高潮。但是在網路影片的製作當中，一定要把最精彩的那 3 秒鐘給剪輯到最前面來，讓它在影片的一開始，就能夠吸引住觀眾，並且給他們一個「為什麼要看完」的理由。想像一下，如果你要帶領

別人去你家鄉的某一個餐廳吃飯，你會怎麼樣做？你會跟人家形容：這個餐廳有個黃色的大門，門打開之後，看到裡面是一個富麗堂皇的一個餐廳，那個水晶的吊燈非常的炫爛奪目，裡面的餐廳侍者每個都穿得西裝筆挺來為你服務……。但是做影音新聞時，它的呈現邏輯就不會是這樣的循序漸近，你可能必須在鏡頭的一開始，就要秀出這家餐廳最令人驚艷的一道招牌菜，以及眾人對於這道菜的驚嘆聲。也就是說，**在畫面出現的前 3 秒內，你就要栩栩如生的把觀眾帶到那個情境裡頭**，讓他們不會一下子就想要走出這個情境。

第二個重點是，在做影音的過程中要**不斷讓人家看到 menu**！在報導當中，你帶著觀眾進到你營造的餐廳情境，觀眾會看到有前菜、主菜陸續端出來，但你還要記得提醒觀眾：最後會有「提拉米蘇」甜點喔！所以我們常常看到有些小編，他會賣關子說，在影片第幾分、幾秒的時候會有亮點；或者告訴觀眾說「沒想到最後的結果居然是……」。這些亮點或彩蛋，必須要在前面先對觀眾提點，說後面我們會來揭曉故事的關鍵，把懸疑性愈堆愈高！但最後這個「提拉米蘇」一定要是真的，你不能騙人，你最後真的要有那樣子的內容，否則你在平臺大量使用釣魚式的標題或是敘事的方法，長期來說，對這個平臺是會有傷害的，而觀眾也會覺得受到欺騙，慢慢離這個平臺而去！所以，我們總結這一段的重點：網路影音的製作，一定要先把前面的黃金 3 秒做好，讓觀眾直接被吸引或震撼到！之後，你帶著觀眾進到了餐廳的情境大門，中間一道菜、一道菜的出，而且在出菜之前，就要告訴人家，後面還有提拉米蘇！最後真的要把那個提拉米蘇端出來，讓大家看到，哇！原來是這樣子精彩的結尾，這樣的過程，才是一個好的影音呈現模式！

五 設定觀眾一開始是靜音觀看

每個人在滑手機的時侯，基本上都不想讓人家知道自己在看什麼內

容，而且有時候在公共場所或捷運上，手機發出聲音也會造成別人困擾，所以很多手機使用者是以「靜音」模式在觀看網路影音內容的。一般而言，在瀏覽網頁、沒有進行點擊內容之前，我們會把 Facebook 的影片自動播放設定為 "mute"，也就是靜音，這樣比較不會在重要場合突然出現聲音干擾到別人。其實 Youtube 也是一樣，在所有的社群平臺當中，一開始你要設定觀眾是靜音觀看的，有些小編會在影片的一開始加上一個小喇叭，提醒使用者要點擊喇叭，影片才會有聲音出現（如圖 2-4-5 及 2-4-6）。

圖 2-4-5、2-4-6　影片封面小編適時提醒使用者「開聲音」

　　但是，在一開始設定「沒有聲音」的手機影片中，要如何吸引使用者進一步點擊和觀看呢？有些小編會使用一些清晰的黃白色大字標題，目的就是希望在無聲環境中也能吸引使用者，讓他們產生「想要完整看完這則影音內容」的衝動或欲望。假設我們把電視新聞直接放到手機上，那電視上的新聞標題在手機上就會變得非常很小，如果又沒有上字幕，只能靠記者 OS 敘述新聞內容，在一個「沒有聲音」的手機影片中，是沒有辦法吸引觀眾來點開內容的。所以，網路影音新聞的產製，一定要有一些清楚的、大字的標題，讓人家知道你這段的內容在講什麼，這樣子的影片也會產生比較好的一個成效！

六　掌握影片的黃金長度

　　Facebook 從 2015 年開始，為了要跟 Youtube 競爭，所以大量的跟全球的影音媒體進行合作。2015 年以前，Facebook 比較多合作的媒體，是一般從傳統媒體轉往網路媒體發展的這些電子媒體和紙媒；2015 年後，他們覺得應該用短視頻來跟 Youtube 作抗衡，於是就開始切入了影音這個領域。Facebook 曾經跟我們分享，他們認為最黃金的影音秒數大概是 20 秒到 50 秒。不過 2018 年後，Facebook 已經決定要推出「Watch」這個新的功能，主要就是針對「節目」這種比較長的影音上傳。換句話說，Facebook 在短影音當中已經獲得一定程度的勝利，跟 Youtube 的距離已經拉近了，但他們認為這個成功還是不夠的！他們希望使用者在 Facebook 中可以停留更長的時間，所以開始轉攻長影音。也因為 FB 開始進攻長影音，所以演算法也跟著進行調整。依照現在狀況來看，Facebook 演算法認為，比較完美的影音可能在 1 分鐘到 2 分鐘之間，甚至更長的影音，如果你有比較高的完成度和品質，他們一樣認為是非常好的。

　　Youtube 的黃金長度是 10 分鐘！為什麼是 10 分鐘？其實有兩個理由：第一個是在 Youtube 的演算法當中，它的設定就是比較喜歡長影音的；

圖 2-4-7　真正好看的原生內容，長度不限，這才是決定勝負的關鍵！
（資料來源：東森新聞）

第二個是在 Youtube 上要播出 10 分鐘以上內容，他們才會開放讓你穿插廣告。廣告的營收，一向是 Youtuber 或者是一個社群媒體的重要收入來源，所以製作 Youtube 的影片是能夠愈長愈好！但是，不管是 Facebook 或者是 Youtube，都有一個例外原則，那就是：如果內容非常好看，長度是不限制的！（如圖 2-4-7）所以換句話說，在網路或社群媒體上要能夠生存，最後還是「內容為王」，如果你的內容是好看的、吸引人的，這才是真正決定勝負的關鍵！

七　寧缺勿濫、寧短勿長

做好了影音新聞之後，自己還要再審視一次：這已經是最好的版本了嗎？你有留給任何人有機會想要關掉你影片的空間嗎？只要你出現了讓人想要關掉影片的內容，最好都趕快把它剪掉，不要敝帚自珍、難以割捨！不是最精華的內容，就不需要讓它出現，你要掌握：**「把好看的部分都往前去堆疊」**的原則！如果你設定這則新聞要做到 1 分鐘，那完成帶也不一

圖 2-4-8　如何用短短的畫面製作出最精彩的影片，考驗小編功力

定就要做到滿 1 分鐘；如果你剪掉 10 秒鐘的畫面，可以讓觀眾更有興趣把它看完，你就把 10 秒的內容毫不猶豫的剪掉吧！假設你認爲這則影音新聞只有 10 秒鐘很好看，那就只做 10 秒的影音吧，不需要刻意做到 1 分鐘！很多的社群平臺都在統計，包括抖音、twitter 或者是 Facebook 這些平臺，他們其實都認爲，最 viral 的年度影片都是在 6 到 8 秒之間，所以千萬要記得：**有時候最好看的影片，不一定是最長的影片！**（如圖 2-4-8）

八　主題的挑選原則

前面我們曾經提到，你要如何去 "call to action"，所以要記得，在挑選你的內容主題的時候，這個主題本身最好就是值得被按讚、留言或分享的！年金的改革爭議，是不是一個會讓大家來吵架的問題？如果你判斷它「是」，那這就是一個值得被留言的內容！一個暖新聞是不是值得被按讚？一個幫大家去破除網路謠言，或者提醒你網路上出現新的詐騙行爲，大家千萬不要被騙的貼文，你看到之後，會不會想說要趕快分享給你朋友，提醒他不要被騙？如果「是」的話，那它就是一個值得被分享的內

容！你產製的影片也是一樣，如果你的影音內容是值得讓大家去點擊與分享的，那你就要不斷的去找到，對你的作品演算法有利的元素，然後把它加在你的影片或者你的貼文當中，如此就可以達到比較好的擴散效果！（如圖 2-4-9）

圖 2-4-9　鷹爸的教育觀報導，19 萬網友分享，創千萬次影音觀看

九 字幕大比小好

鏡面的字幕呈現設計，一定要記得一件事情：**千萬不要把字弄得小小的**！而且一定要在電腦上做完之後，用手機來看過一次，要從手機的視角來看，這樣的字體看起來會不會很舒適？我們在電視新聞上所看到字的大小，絕對是不符合手機觀看的！那很多人就常常會問說，手機影片標題字的級數到底該用多大，才是比較完美的？這可能還要看你的標題和動畫之間如何搭配！你可以把自己假想成使用者，去唸你自己寫的標題，並且搭配這一幕動畫的出現和消失，看需要花多少時間，這樣你才能進行判斷動畫之間轉換會不會太快？字會不會太多？假設你唸你自己寫的標題，例如：「感動！罹癌女童獲骨髓捐贈……」，但你還沒唸完這句標題，這一幕動畫它就已經消失了，那就表示你的字太多，動畫跑得太快，所以你還要縮減一些字數！如果在這幕動畫消失之前，你能夠清楚唸完這行標題，然後你用一個稍微快的速度換標題，那是可以的，因為人眼睛看的速度總是比嘴巴快！所以你只要能夠快速的唸完，同時讓這幕動畫也差不多跑完，而且你也不會覺得太趕，那麼它就是最好的標題和動畫相互搭配的 temple（節奏）和最適宜的字數、大小呈現（如圖 2-4-10）。

圖 2-4-10　要以手機的視角來看影片，檢視字體大小是否舒適

✛ 標題和特效的使用技巧

　　傳統電視鏡面會在左側有跑馬，下方有橫標題，上面還有「天空標」，電視鏡面是不斷地、一塊一塊地把整個畫面的空間給蓋住，尤其現在的電視尺寸愈做愈大，相形之下，手機的鏡面和電視比較起來其實是非常小的！目前手機頂多做到 6 吋左右的大小，看起來還有略微「長大」到 6.5 吋的空間，但和電視比較起來，鏡面還是小得可憐。所以在這個邏輯之下，儘量讓手機的鏡面不要再進行切割！整個手機畫面不要有分割、不要有邊框，它就是上幾個大大的標題字在上面就可以了，這就是標題「無邊界泳池」的概念！

　　而有關於特效的製作技巧，重點在於：**「特效不搶眼球！」** 它指的是一般編輯在選擇特效的時候，通常喜歡挑酷的、炫的、天女散花似的特效，但是他卻忘了一件事：一個好的內容和新聞報導，它的本質應該是**呈現它的內容，而不是做特效！** 所以有時候小編在做影片的時候，他會花很多的時間在做特效，甚至效果誇張到連原先上的字都看不清楚了。這時候，我就會告訴小編：你現在唸畫面上的字，看你還能不能唸得出來？如果唸不出來，表示特效已經搶了字幕的地位而且搶走觀眾眼球，這是不對的！應該要讓內容和影片的故事去主導畫面，而不是特效。同時，很多編輯喜歡把畫面用文字全部都填滿，但是最後卻發現那些文字，觀眾根本沒有時間看完！所以在做影音報導的時候一定要記得：所有的特效或者是文字，目的都是為了輔助這個故事，千萬不要喧賓奪主了，反而讓特效的效果，去超越內容本身的重要性！

　　另外，我們曾經作過一個試驗，我們把所有手機新聞標題的底色刷上一層淺淺的黑。這個刷黑的過程，會讓我們的黃黑色字體，看起來像是有一點浮在畫面上的感覺，這個做法在半島電視臺或者是國內 Nowthis 等網路媒體，都曾進行過這樣的運用，而且也收到不錯的效果！（如圖 2-4-11）

圖 2-4-11　標題襯底要刷黑，會讓字體有浮在畫面上的感覺

十一　不要太在意拍攝工具

　　我曾經到美國 CNN（美國有線電視新聞網）和他們進行交流，CNN 的主管說，他們的電視記者開始輔以手機來進行拍攝新聞，但這不是代表攝影記者未來就沒有工作了，它的著眼點是在於，有一些突發的事件比較不需要高畫質攝影機，它要的只是這個新聞的即時性或者這個評論者的專業性，所以在網路上面並不是那麼重視新聞的畫質，也不用太在意拍攝的工具！我們電視已經走到了 HD，但是你去想一下，電視新聞還是會出現很多透過手機所拍攝的直擊畫面。還記得八仙塵爆事件的時候，我們看到第一時間火燒起來的畫面，其實是用手機拍攝的（如圖 2-4-12）。所以這表示說，不要太在乎手機所拍攝的感覺，要記得新聞的即時性和真實性，這才是電視新聞或網路新聞的本質！

圖 2-4-12　八仙塵爆事件，第一時間火燒畫面，其實是用手機拍攝的

　　但是，這也不代表所有的記者都要開始用手機拍攝，手機在拍攝的角度和鏡頭的使用上，都有很多的限制，它需要解決兩個主要的問題：第一個就是在**黑夜裡的拍攝**，這個問題是比較難克服的，因爲手機本身的感光元件有所限制，所以補光的運用是很重要的。第二個問題是，手機通常**收音的效果比較差**，所以要使用一些迷你麥克風來改善收音效果。還好，這些有用的小工具它的價錢也不貴，一、二千塊，甚至幾百塊，它就能幫你達成不錯的拍攝效果！

　　我也曾向 CNN 的主管請教：CNN 在電視和網路媒體中的新聞都有很不錯的表現，那你們是如何來選購網路新聞拍攝的相關設備呢？他們說：你不要問我，你去問你們公司裡的年輕人，他們比我們這些主管更會挑選和使用這些輔助工具！所以，你看到現在很多年輕的直播主、網紅，他們拿著自拍棒直播，小小房間的四周有打光的燈，還放了電風扇吹動她的頭髮，讓她看起來仙氣逼人，這些都是科技時代不斷演進的結果！只要你肯時時去了解，時時去學習新科技的運用，你就能用手機拍到最好的畫質和呈現出最好的效果！

第**5**章
灑豆成兵的互動戰略

一 冷靜、高度、幽默感

　　過去的電視新聞記者採訪，回到電視臺之後，文字記者和攝影記者會共同剪輯完成一則報導，接下來就把作品交給編輯臺和副控等待播出，記者的工作已經完成，可以準備下班，隔天上班再來看收視率成績並調整當天議題的選擇。但是網路社群編輯的工作邏輯就完全不同了！他在發布訊息的當下，就會看到自己的成績，而且也會看到網友的反應。因此，社群編輯在發布訊息之後，他還必須要多做一個工作：「跟網友互動！」這種互動，反而是整個社群運作當中最困難的部分，因為網友意見和反應是千奇百怪，你到底要怎麼樣去回應他，就變成很重要的問題！比如說，有些小編看到有人上來社群或粉絲頁罵人，就會跟他們吵架；有些人說話冷言冷語，小編就會立刻回嗆，這些都是非常不好的做法。那麼，到底小編應該如何跟網友互動呢？有三個重點要注意：

　　首先是**冷靜**。因為網路上面會有非常多的酸民，他們看不順眼時就會開始謾罵，遇到這種狀況的時候，小編或記者因為是製作內容的人，所以本身的情緒比較容易被對方挑動！過去電視新聞產製模式，採訪記者不太需要到第一線去面對觀眾，但是網路編輯就不一樣了！鍵盤就在他手上，他如果按捺不住，要回嗆、要罵人，一按 enter，字馬上就出去了，其結果就像潑出去的水一樣，很難收得回來！所以，小編的第一個訓練，就是

一定要冷靜、冷靜、再冷靜！千萬不可以隨便加入網路的戰局當中，因為你如果負氣留言，網友就會截圖，你事後再刪、再道歉、再留言補救，都很難扭轉它所造成的影響。

第二個重點，就是**要有高度**。當對方在指責、談論某一件事情的時候，千萬不要一直跟他爭辯，不要想說：「真理愈辯愈明！」而跟對方一直來回糾纏。比如說，有些網友會上來罵說貼文有寫錯字，你不要跟他一直吵這個字有沒有寫錯，你應該要拉到一個更高的層次：「國文很重要，我們來共同學習，小編謙虛檢討！」就算你比較有理，但對方如果不高興，反而會轉為一種情緒發洩性的留言或謾罵，這樣對小編也沒有什麼好處，所以，我們要學著用智慧和高度來化解爭議。

第三個重點，是**幽默感**。在網路的環境當中，一般觀眾並不是重度使用者，他也不是對於任何新聞都很有概念，有時候小編適時的發揮幽默感，可以降低新聞本身在理解上的困難度。而且，網路使用者，年齡層會比電視觀眾來得低，甚至低非常多，你如果講太嚴肅的話題，是不容易引起共鳴的！所以，如何能夠透過小編的留言，軟化這則新聞的咀嚼困難程度，並且引起觀眾的討論興趣，就變成一個小編很重要的學習功課！

如果在同一則新聞留言裡，有意見非常極端的兩種意見時，小編千萬不要加入戰局！當兩派網友已經在互相挑釁和放話的時候，就是小編必須退出的時候。也就是，當你的 PO 文沒有人發言的時候，小編要進去帶動話題；但是如果小編遇到高度爭議話題的時候，他的留言就要非常的中性，不要讓人覺得你的態度是明顯偏向某一方。所以，小編在互動的時候，最大重點就是不要捲進網友們的混戰之中！你可以勾起大家對議題的討論興趣，但是千萬自己不要公親變事主，最後引火燒到自己！

二 PO 文後的回覆原則

網路新聞和社群新聞，是從它發布之後才開始發酵的！但是如果網友對這則新聞有疑問或各種意見，而你選擇視而不見，不積極回覆留言，那麼這則新聞就會逐漸變冷，或許就不會達到很好的擴散效果。不過因為 Facebook 沒有公布他們的演算法，所以我們也不知道他們是在 PO 文後多久才開始做運算？但是依據我們的經驗，在 PO 文後大約 10 分鐘到 20 分鐘之內，如果有網友留言，你最好每一則都去回覆他，這時候 Facebook 會自動且大幅度的擴張你的觸及率，或者是別人跟你互動的比例。因為 Facebook 預設的機制，如果發現貼文者很努力的回覆留言，那麼它就會把你這一則 PO 文再發給更多的人看到，所以擴散效果會變成加乘，這個時候就會往我們比較期待的方向去發展！

三 遇網友誇獎的回敬

遇到網友誇獎你的時候，你在他的留言上按讚回敬他，這是最基本的動作！你可以想想，如果你在路上遇到你認識的朋友，但你都不打招呼，他聽你講話，你也沒表情，他就會覺得，你根本沒有把他當作是朋友。所以按讚回敬是最基本的做人道理，這就像「點個頭」表示友善是一樣的意思。同時，新聞發布者跟網友之間，如果雙方有友善的互動或者是有意義的互動，例如針對某個議題大家討論得很深，那麼 Facebook 的演算法，就會把這一則的留言拉到最置頂的位置。反過來說，假設有一個人，他留言罵你這個粉絲團，如果你去回覆他，不管你回覆的是正面或者是負面的內容，它也都會被拉到最上面置頂。所以這個時候你要記得，別人罵你的、攻擊你的，你不想要讓人家看到的這些留言，就千萬不要去回覆他，否則你就會犯了一個最基本的錯誤！

四 酸民的處理原則

酸民通常是來者不善，但你也不能公開向他們叫陣，如何「與酸民共處」，就成了小編平常在互動處理上很重要的工作。這當中有四種相處原則提供參考：

1. **遭遇「微酸」的酸民，以幽默感回覆。**

2. **遇到「中酸」的酸民，裝委屈讓網友或網軍攻之。**

3. **遇到「重酸」的酸民或指責，留言會自動向下沉，切勿回覆。**

4. **遇到髒話或言語中傷、侮辱的留言，可先宣告已對此留言存證，並將採法律途徑**，一小段時間之後通常對方會自動收回留言。

上述四點「酸民處理原則」，大致是針對各種不同程度的網路留言，提供處理模式建議。小編若遇到「**微酸**」的酸民，只要記得以幽默感回覆他就好了，例如對方說：「小編有沒有讀書啊？連字都看不懂啊？」這時候你可以回覆他：「唉！小編在學校考試都考最後一名，您就不要再罵我了！」這就是一種以幽默感化解酸言的模式。

如果遇到「**中酸**」的酸民，這時候小編要先確定：對方罵你到底有沒有道理？如果他罵得有道理，那小編就認錯！負責！改過！不過要注意，改過的用意只是強調小編認錯的勇氣，不是叫你直接把那一則 PO 文刪掉，因為刪掉貼文，會造成權重的下降。所以，如果你確定自己是錯的，那你趕快認錯、修正就好了！相反的，如果對方罵你的時候，你覺得是不合理的、沒道理的，那你就要開始裝委屈！因為這時候會有別的網軍跟他意見不同，他們可能會出來拔刀相助，或者你的粉絲們也會幫你去捍衛，千萬不要自己跳下去跟對方辯得面紅耳赤！這樣就算你和擁護你的粉絲們最後辯贏了，那麼辯輸的那方可能就會離你而去，對社群媒體經營來說，其實這樣反而是有害無益的。

第三種是遇到留言「**重酸**」的酸民，這個時候你要記得，千萬不要回覆，讓對方的留言自動往下沉，因為我們如果做任何的回覆，他非但聽不

進去，而且會以更重的力度回來進行攻擊，這樣一來一往，會把他的非理性留言不斷置頂，讓看到的人變得更多！

最後一種，是來罵**髒話**的，或毫無理性的中傷、汙辱，那小編就需要先向主管報告。通常主管會指示小編回覆對方：「您的留言我們已經存證了，我們會跟法務討論，採取必要的法律途徑！」那麼這類留言通常不久就會「自動消失」，因為對方已收回留言。收回留言，就是最好的發展狀態，因為對方自己阻止了中傷、汙辱等攻擊性言論的繼續散布。但如果在祭出「將採法律途徑」的理性勸告後，對方仍然不斷辱罵、挑釁，那麼可能就真的要由公司的法務人員接手處理了！

五 遇重大攻擊的處理模式

什麼叫「重大攻擊」呢？通常不是所謂的駭客攻擊，而是當我們的PO文內容一下子出現數十則或者數百則的留言，有系統性的進行攻擊時，稱之為「重大攻擊」。什麼是「系統性攻擊」？就是留言的內容都一樣，或者都相近，他們用同一套論述來對粉絲團發動攻擊，而且對象不是單就其中一則新聞。如果對方是針對單則新聞就事論事，我們認為這是合理的範圍，但是他如果在每一則PO文都留下攻擊性言論，這就是系統性的攻擊了！他的目的是要擊沉你這個粉絲團，而且要引發你的粉絲退讚潮，同時又想讓搞不清楚狀況的粉絲，因為看了他的留言之後，而對你的粉絲團產生厭惡感。當遇到這種重大攻擊時，建議的處理大原則如下：

1. **禁止所有編輯留言，了解危機產生原因與各平臺輿論情形，快速拉出內部群組即時溝通訊息。**

2. **最高主管擬出正式新聞稿對媒體發布外，並針對4種網民設計回覆留言。**

3. **資深編輯在網路上以自由、脫離設計的方式給予網友靈活性回覆；一般編輯只能以制式方式回覆。**

4. 不分日夜，觀測 6-12 小時，等到評論、各則留言區、私訊都不再產生新留言，才停止觀測，隔日彙整資訊決定後續處理。

上述有關「系統性攻擊」的四大項處理原則，我們分述如下：

第一點，要先停止所有編輯的留言，大家都不要再對外發言了！因為這個時候發言，如果不慎有失慮之處被對方逮到把柄，那你就完蛋了！正確的做法是，要快速地建立一個溝通的內部群組，把跟這件事情有相關的人，不管是採訪的記者、新聞主管、受訪的對象以及相關部門人員，在 LINE 上拉出一個聯絡群組進行討論。首先，要先釐清我們自己的 PO 文有沒有犯了錯誤？假設有錯誤，在網路的危機處理當中，一定要認錯，而且要徹徹底底認錯！不管你錯誤的程度是 10%、5% 或者只是 1%？只要你有一點點錯，那你在網路上就要百分之百的、誠懇地認錯，而且千萬不要解釋太多理由和原因，這是唯一的方法。更多的解釋，我們要留到法律的攻防階段時再來進行。但是當你釐清 PO 文之後，發現完全沒有犯錯，這個時候你就要提出一篇非常委婉、溫柔而堅定的回覆，讓大家知道你這個粉絲團是沒有錯的！

第二點，當你必須正式對外說明時，群組當中的最高主管就須擬出一個正式的新聞稿（或者交由公關部門負責擬定）對外公告。但是在網路平臺的個別回覆，還必須要針對我們剛剛所講的這 3 至 4 種的網民，像是微酸的、中酸的、重酸的、講髒話中傷的，擬出四種不同的回覆方法，字數都不用多，務求要把事情解釋清楚。

第三點，當你要在網路上開始進行回覆時，回覆的地方分成幾種：第一個，要在你的動態牆上面，各則有被洗版的地方，進行回覆！而且每一則留言都要回覆，因為你的回覆，會讓留言的人及他的朋友，或者是在這個板上「逛」的人全部都看到。第二個區域，如果對方到 Facebook「評論區」的星級評價進行留言，你也要去回覆，讓他知道你對這件事的說明是什麼。第三個區域，是在自己留言的收件夾內，因為這個部分一般叫做「私訊」，有人在私訊中留言給你，你也要一一去回覆。這當中一定要有

二、三個比較資深的主管，他要掛在板上看到各種客訴的狀況，並及時進行處理。而資深的編輯就可以用比較靈活的、自由的方法去回應網友留言，把所有的問題都解決掉。一般基層的編輯，此時會比較被要求使用較為制式的回覆，因為他們還沒有辦法很有經驗的應付這些重大攻擊或系統性攻擊大軍！

最後一點是，危機處理是不分晝夜的！即使在深夜 12 點多遇到攻擊，你也要不睡覺，連續觀察 6 到 12 個小時，把剛剛我們說的，包括動態牆、評論區、收件夾，全部都看完，發現沒有任何新的訊息的時候，你才可以停止觀測。隔天上班的時候，再把整個網路上面的輿論重新 review 一次，然後進入下一個階段的危機處理程序。

六 關閉留言板和粉絲團？

我們在面對網軍或酸民攻擊的時候，一般還有幾個原則。第一個，**不刪留言**，除非這個人的留言是言語謾罵或者是不實言論，經過當事人來澄清或抗議之後，我們有義務把它刪掉。除此之外，還包括**不關閉留言板**！如果你一遭遇攻擊就關閉留言板，等於在堵塞你的輿論接收的管道，並會讓對方感覺到你沒有溝通的誠意，這樣的發展其實對社群經營來說是不好的。就像你去一間餐廳用餐，服務員態度讓你有了不好的感受，結果你要去跟客服經理反應時，他卻把鐵門給拉下來了，是同樣的道理。所以當你遇到重大攻擊的時候，關閉你的粉絲團，或關閉所有的留言管道，這都是非常不好的做法，因為最後的結果可能是你沒有辦法收拾的！

當你把粉絲團打開的時候，你是不斷地在吸收而且鎖定不同客層，今天如果有 5,000 個人對我有意見，我的溝通可以只針對這 5,000 個人進行回應；當你有了良好溝通而度過危機之後，這 5,000 個人都還是你的粉絲。但當你一關閉留言板或粉絲團，你所有粉絲團的名單都會無法取得，你未來如果想要重開粉絲團，再回過頭跟他們解釋和說明的時候，他們早

就已經跑光了！所以，當發生重大攻擊時，這個階段很難熬，但你一定要挺住，而且持續觀察，千萬不要把粉絲團或者留言區進行關閉，這是一個最不好的危機處理方法！

七　本章結論

　　要知道一個粉絲團如果危機處理不當，很可能你經營很久的粉絲都會一個個離開，讓你功虧一簣！所以小編平常的回覆就要有高度，然後要幽默、要包容瘋狂的粉絲，要有非常大的肚量，如果你能掌握這些原則，那麼酸民大軍就沒有辦法再興風作浪。同時，要記得留言**則則回覆**，而且**儘量回覆**（重度酸民留言例外），創造雙方高度的互動，這才是創造一個活躍的粉絲團，而不是僵屍粉絲團！

第 **6** 章
新媒體直播與節目

 新媒體節目與電視節目之不同

在一個電視的新聞節目製作流程中，如果它是週一到週五都播出的帶狀談話性節目，通常就是早上 09:00 或 9:30 開會，然後開會完之後訂出大概的議題方向，並且敲定來賓。到了中午，節目企劃就開始寫議題的大綱，接著和來賓對稿，讓製作單位和來賓都知道初步的對話內容。下午 2 點半的時候會再開一個 final 的會議，並且下好標題。下午 3 點多，晚報送達之後，節目團隊會針對晚報內容進行討論，以確保自己議題在錄影前是最新的狀態。到晚上大概 5 點左右，會開始進棚錄影，大概錄到 6 點半，然後進行上字幕的後製工作，差不多到晚上 8 點前會結束整集節目的作業，再把完成帶傳輸到主控，以預備在當晚的 9 到 11 點之間進行播出，這是一般電視新聞運作的方法。選題的來源，大致是參考國內的四大報和一些新聞網站內容，再來做篩選。但是在網路上做新聞性節目，它的邏輯卻和電視有很大的不同！

第一個不同，是它在**選題方法**的不同。過去在電視節目的選題當中，我們會從報紙報導的重點或電視新聞收視率比較高的事件來挑選議題，但是在網路上面，議題卻有更多的選擇性。例如：我們可以透過 Google 的熱門搜尋，看看網路新聞中什麼議題最為熱門，或者是透過社群工具來蒐集，哪些新聞或貼文的點閱率比較高？這些都是我們用來選題

的方法。所以在網路的新聞節目挑選考量當中，第一個選題標準，是要挑選能夠被互動和討論性最高的題目，也就是：要有網路熱議性！

第二個不同是，**節目長度和廣告破口**的不同。電視節目的長度通常是固定的，如果以一個小時的節目來說，它製作的實際長度大概就是 48 分鐘，最長到 49 分鐘，一般來說是一個比較固定的長度，而且中間會有 3 至 4 個廣告破口。但是在網路上所有的節目跟內容，並沒有節目播到一半要進廣告的一個概念，它是一整個「從頭到尾播完內容」的概念。同時，它的節目長度是不固定的，所以它沒有播多久的時間內一定要下架的概念。

再者，**平臺的挑選**也有不同。Facebook 的直播，一般來說它一旦播出之後，大概 1 到 3 天之內，它的點閱率就會停止增長，因為 Facebook 的直播是用動態牆來看的，所以動態牆如果有新的作品出現，就會把舊的給自動壓下去。但 YouTube 的運作邏輯是不一樣的。YouTube 推薦影片的演算法是靠兩個指標：一個是「熱門影片」，就是依照點閱的人數和觀看影片的時間長度來進行計算。第二個指標，是影片本身的長度。YouTube 喜歡比較長的影音，它會比較像電視，一個長達 48 分鐘甚至一個小時的直播，他們是很喜歡的。YouTube 鎖定的是一次觀看影片時間很久的這種使用習慣者；但是 Facebook 在意的，比較像是用戶拿手機在滑，剛好看一段影片，看個 10 秒、20 秒、30 秒，有興趣就繼續看，沒有興趣就關掉的用戶，所以跟 YouTube 鎖定看長影音用戶會有所不同。

同時，網路節目和電視節目還有一個很不一樣的地方：一般的電視新聞節目播出後，必須要到隔天上午 9 點左右，看到尼爾森收視率報表的時候，才能知道自己前一天做的節目是否受到觀眾歡迎，如果收視率不佳，那麼製作團隊今天就要開始調整議題內容和表現形式。但是在網路上做直播的時候，播出的當下，你就知道今天談的這個主題是否吸引觀眾。這件事情看起來很簡單，但是其實高度考驗節目的製作團隊！因為主持人和製作人當下就可以看到參與直播的粉絲數字，如果今天數字是 2,000 人、

3,000 人，大家可能會覺得今天的直播節目效果不錯，但是直播當中，如果只有 2、3 個人在看的時候，主持人和製作人的心情就會很差！由此我們可以知道，電視是以一整集節目的收視率去評斷好壞，但在網路的直播當中，是一秒鐘的「當下」來決定節目效果的好與壞，所以它也可能導致對內容的產製會有比較速食的一種文化出現，因此網路節目產製者，要如何在節目品質和觀眾反應之中去做一種拿捏與調配，就變得非常重要！

另外，電視節目會需要做很多的 CG（圖卡），而且資訊會塞得比較多、比較滿！在電視鏡面上，可能左上、左下、右上、右下都要呈現出不同的資訊內容，所以字會設計得比較小一點。網路節目的 CG，字體都比較大，因為要回到手機觀看的模式，所以它製作的流程和呈現方式都和電視節目不一樣。

最近，網路節目在嘗試一種型態，叫做「直的直播」，它在美國已經非常盛行了！簡單來說，電視新聞的鏡面設計都是橫的，主播會放在左邊，source 畫面會放在右邊框框裡 roll；但在網路上，因為手機是長的、直的，所以我們在手機鏡面裡，設計成主播放上面、roll 帶畫面放下面，它會逐漸變成一個新的鏡面跟節目的型態呈現。因此，我們可以說，現今網路節目跟電視的內容，從它的產製內容、選題、鏡面及長度，都有了明顯的區隔（如圖 2-6-1）。

圖 2-6-1 「直的直播」鏡面呈現

二 新媒體新聞與節目產製流程

▎即時新聞部分

在新聞事件發生的當下，通常在新媒體部分是沒有主播的，不像電視新聞有 SNG 車和主播可以到現場立刻進行連線。例如：中正機場第二航廈淹水、華航空姐罷工，或者八仙塵爆等重大事件發生時，第一時間，新媒體會先派攝影記者到現場，攝影機架起來之後，將畫面用 4G 包（註：一個 4G 包，最多可插 8 張 4G 卡，等同 8 支手機集中起來的功率）傳到訊號中心，並經由內部通道回傳到數位副控，然後把畫面直接上傳到我們經營的社群媒體之中。這樣的訊號傳輸過程，是沒有主播的，所以你會看到我們的頁面，從頭到尾掛的就是那個現場的新聞畫面。之後可能會有記者針對新聞畫面做一點陳述說明，告訴你現在事件發生的大致狀況，但大部分的時間是只有畫面、沒有人講話的。因為網路很在乎使用者直接的感受，所以要讓他感受到現場氣氛，不需要一直做說明。像我們曾經有一次直播萬安演習，當時臺北市整個交通淨空了，但空蕩蕩的街道畫面卻吸引超過一萬人在線上觀看！那時候我們也很好奇，大家怎麼會對萬安演習這麼有興趣？後來研判，可能是因為臺北市整個街道空無一人的狀況實在太少見了，這就是一種**直擊式的新聞**，也是網路媒體或者新媒體的一種經營特色！

▎新聞追蹤部分

這個部分是屬於新聞事件發生之後的現場重建。例如：2016 年 2 月，臺南發生規模 6.6 地震，造成維冠金龍大樓倒塌及 115 人罹難。大地震發生當時，我們沒有辦法做即時的直播，但是我們就隨即就派了二組記者到達現場，記者就會利用直播，帶所有的現場觀眾深入災區的現場，並且直擊救災情形。網路新聞直播報導和電視新聞 Live 連線報導有很大的不

同，一般的電視新聞連線，可能記者在一個整點內，要連數次 1 到 5 分鐘的時間；但是網路新聞直播，就考驗記者的現場報導實力了！他在現場可能必須要講 2、30 分鐘，過程當中他可能在走路沒有講話，但是攝影機直播一樣照開，不能中斷，因爲再重開一次直播，觀看人數就會立刻往下掉。所以在網路直播報導中，記者必須要在整個過程之中陪著觀眾，那種感覺有點像是帶著一個朋友，進入災難現場的一個狀況！有時候我們辦一些重大賽事，或是大型的典禮，記者後臺的直擊也是有點像是帶著觀眾走進後臺訪問歌手、直擊受獎人這樣子的感覺。所以這一類的網路直播，我們都歸類爲追蹤式的報導。

新聞性節目部分

這一類報導是針對某一個新聞事件，已經不是即時發生的了，它只是一個大家都關心的議題。比如說，年金改革、一例一休、死刑存廢問題等。在談這個議題時，我們必須要多方的觀點匯聚，所以我們會邀請來賓進入到攝影棚，來進行議題討論的現場直播或錄影，這種錄製模式會比較像電視談話性節目所操作的模式。至於重大或熱議新聞的節目直播，基本上作決定的時間會非常短！我們從記者對於新聞事件發展的回報，或者我們對於新聞本身可能引發重大效應進行評估之後，大部分會進行幾個準備工作：第一個，主播或主持人必須要在 30 分鐘，把這件事情的相關訊息做快速的整理，製作人要先寫出一些即時的標題，因爲新聞事件已經發生了，直播不能太晚開，所以製作人必須快速的寫出二、三個制式的標題。第二個，攝影和導播得要趕快進行現場棚的準備工作。第三個，執行製作和執行企劃也必須要大量去蒐集網路的資訊，讓主持人在節目進行中，能夠不斷地補充資訊。由於前置的準備時間很短，所以在節目播出的時候，也同步不斷在更新訊息，這其實和電視節目做 Live 的時候，是類似的狀態。

三 直播新聞性節目的產製技巧

由於網路節目直播是即時性的，因此節目的進行方式和內容走向也是可以即時調整的。網路節目直播進行時，製作人和主持人可以隨時看到直播人數的漲或跌，假設某個來賓講話時，大家看到直播的人數一直掉，從 800 人、700 人、600 人一直往下掉，這時可能主持人就會技巧性的插話或者接話，把現場交給另外一個來賓去講。相反的，如果這個來賓講話時，你發現進來觀看節目的粉絲人數一直在增長，你就要再問他更多問題，讓他講更多話。或者，節目在進畫面 roll 帶時，你看到觀眾人數開始成長，那麼你會判斷可能是這些畫面吸引了觀眾，你就必須要把畫面帶再不斷地 repeat（重複播出）。因此，網路新聞性節目的直播當中，它產製的變化性是很高的，你必須在製作跟播出的當下，要即時地因應現場的狀況來進行調整，這樣你才能夠做出一個節目品質比較高的直播。

還有一個部分就是，網路的直播當中，你會馬上看到網友的留言，他們對於節目內容的意見、批評與指正，馬上就會在直播留言區中 PO 出來。不管網友對於你的節目話題有興趣或者是沒興趣，你都要在節目進行當中即時對網友意見進行回覆與互動。另外還有一個重點是：網路的觀眾比較沒有辦法聽一個人一直講！因為在網路上其實更重視畫面，你有沒有一個最即時的新聞畫面才是最重要的！當一個重大事件正在進行中，例如美國總統大選開票直播，有那麼多人在網路上面看到川普的票數不斷跳動變化，大家的心也跟著一起蹦蹦跳！所以，愈是即時的畫面，愈適合在網路上面進行直播。

當然，網路節目直播也考驗一個網路節目的製作人，能不能即時地挑選到對的內容、對的主題，同時他們的團隊多快可以完成一場直播的準備？過去電視新聞節目的製作當中，最快也需要 2 到 3 個小時，才能夠完成一場節目錄影的準備，這已經是非常困難了！但是在網路上，必須要在 30 分鐘之內，做好上陣前的所有準備工作，它嚴格考驗主播或主持人在

節目產製過程的臨場反應，以及節目團隊的機動性！同時，製作人和主持人還要針對網友的留言、新進來的訊息及直播中觀眾人數的跳動做反應，所以網路節目直播，可說是高度考驗製作團隊的臨機應變能力！

四 新媒體新聞節目產製成本

　　電視談話性節目，除了主持人之外，來賓的邀請，依照節目的屬性不同，少則 3 人，多則 6 人。網路節目，大部分是以 1 個主持人，加上 2 個來賓作爲組合，他們 3 人要能撐完整場直播。在電視節目上，平均大概一個來賓要講的時間是 7 分鐘到 15 分鐘，但是在網路節目，可能一個來賓要分配 15 分鐘到 20 分鐘，每個人要講的時間會比較長。網路節目的製作成本也比較低，來賓費大概是電視節目預算的三分之二。也有人會跟我們抱怨說，我在你們這邊講的時間比較長，怎麼領的報酬比電視還要少？但是來賓上電視和上網路節目，所感受的壓力是不一樣的，網路節目的運作模式會稍微比較輕鬆一點。

第 7 章
新媒體工作者素描

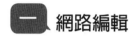 網路編輯

▌小編很小嗎？

　　網路上常在講「小編、小編」，本來它是一個比較親暱的稱呼，但是後來我們慢慢發現，很多網路使用者開始對小編失去應有的禮貌。其實「小編」是網路新聞工作者的一個泛稱，依工作位階，我們可以分成「助理小編」（正式職稱叫做「助理編輯」）、編輯、資深編輯、編輯的主管，這些新聞工作者在網路上都會化身為「小編」的名號出現。我常向編輯們說，小編並不是被要求要對粉絲卑躬屈膝，小編應該被定位為「**很友善的資訊傳遞者**」，所以小編跟網友或粉絲之間的關係，並不是誰的位階比較高、誰比較低，而是應該在一個彼此平行的狀況下運行。過去我們看電視和觀眾之間的關係，記者因為見多識廣，又有某些專業的知識，所以他在製作新聞上就是照著自己的意向走，不太在乎觀眾的感覺。但是進到網路之後，因為網路新聞初期在發展的過程當中，內容的產製者就是一般的平民百姓，再加上網路的廣告預算較難以取得，所以和網友之間的關係就有點「求著大家來看」一樣，好像小編或網路記者都必須要把自己的姿態擺到非常低才行？

　　在網路新聞的發布環境中，確實是和傳統電視很不一樣！網路的觀眾有一個很大的特性就是：「他們不喜歡被教導！」因為網路上的能人異

士很多，而且現在是 Google 大神的時代，每個人能夠 Google 到的資訊有時候比小編還多，所以在網路上，我們沒有辦法以一個「我比你知道更多」的這種姿態，去面對我們的網路使用者；但是，我們也沒有必要矮人一截，以卑躬屈膝、唯唯諾諾的態度去因應網友提出的任何質疑或要求。我們希望編輯和網友是一個彼此平等的狀態：也就是以**「我跟你分享我們所得到的一些資訊」**作為出發點！甚至在留言區當中，小編必須用**「身為一個主持人」**的概念，去帶領大家討論，小編會因為網友所分享的一些訊息，進而豐富他所發布的這則採訪內容。同時，網友也會因為小編所帶來的一些訊息，認識更多這個世界的知識，在整個訊息發布的過程當中是一種很良性的互動！

那麼，什麼時候小編必須變成扮黑臉？有以下幾種情形。第一個，就是當網友開始針對小編發動攻擊，或者是對於訊息發布單位產生不理性攻擊的時候，小編就被期待要提出禮貌性的制止。小編必須要理性的告訴對方：你不能夠用這種態度很針對性的進行不理性謾罵！維持網路秩序，也是小編的責任。不過，除非是情況嚴重的言語辱罵或者是提出不實攻擊言論，否則基於言論自由前提，即便網友對於我們發布的內容進行一些指責、更正或不滿言論，小編都不應該做任何留言刪除的動作，因為我們必須尊重每一個人對我們喜歡或不喜歡的權利，這是我們的一種學習或是對於網路新聞發布的一種謙卑！我們不認為我們是一個全知者，在網路上，我們是跟大家進行新聞訊息的交流和學習，所以我們要用平等的角度來彼此溝通！身為小編要有一個認知，就是：**「你要有一個溝通的高度！」**你不能夠跟網友爭論這件事情的是與非，也不能夠突顯個人的立場，你只能夠去引導大家進行討論。但是，如果網友討論已經快要擦槍走火，小編就要試圖把火爆的氣氛降溫下來，讓大家恢復理性的討論。所以，「小編」真的很小嗎？我認為小編其實並不小，他不是高高在上的名嘴或記者，也不是被踩在網友腳底下謙卑的僕人，他就是一個**「跟你一起聊新聞的朋友」**，這是我們對於小編這個職位的一種定位！

▌小編的職務要求條件

考評小編表現的第一個關鍵是他的**學習力**！小編一定要有學習能力和意願，他才能夠不斷地去臨機應變。最基礎的部分，小編一定要有社群平臺使用的能力，比如說他一定要擅長 Facebook、Line、YouTube 這些社群媒體的使用，最好有專業的證明文件或資料。例如：YouTube 有一個專門的課程，你如果上完課程，他們就會給你一個 license，得到這個證照，你就可以在面試小編工作時，為自己的專業能力加分。Facebook 目前還沒有這樣的證照制度，但是你可以到他們的線上平臺上課，這種課程大多都是免費的，也是一個很好的學習機會！有這樣的學習證明，它同樣可以為自己的專業能力加分。第二個，小編要有**影音剪輯的能力**和**Photoshop 的使用能力**，這些對現在的年輕人來說都算是基本能力了；而另一個基本功夫，則是使用手機 APP 就可以修圖、製作圖檔或者是影音剪輯。第三個能力，我認為是對於**新聞的概念**，包括新聞採訪、查證和新聞寫作的基本功夫。第四個能力，還要有**幽默感**，因為在網路上幽默感是很重要的！你能不能用幽默的態度來陳述一件事情？這是很重要的！所以上述四項原則，大概是網路新聞媒體對於新進小編的任用基本要求。

▌小編的待遇

有些較小型的公司，可能把小編的起薪壓縮到 2 萬 2 千元到 2 萬 5 千元之間；但是在業界當中，一般電視臺的網路部門或比較有規模的網路媒體，任用剛從大學畢業的助理編輯，起薪大概都從 2 萬 5 千元到 3 萬 2 千元之間不等。從「助理編輯」再上去一個階級是「編輯」。一般助理編輯的工作，可能就是要負責做一點簡單的採訪、剪輯影像、跟網友互動等等，來作為每天的排程。而到編輯的位階，他要做的比較多是在採訪工作和影音的剪輯，同時他還要負責搜尋題目，看看有什麼樣的題目值得報導或追蹤，所以編輯會被要求有網路採集資訊的能力，當然編輯的薪水範

圍，也會往上拉高到 3 萬 2 千元到 4 萬元之間。至於「資深編輯」，指的是比較有工作經驗的編輯，他要帶領比他資淺的小編團隊，做一些比較有深度的內容，例如政治、財經、生活類的懶人包；而且「資深編輯」還必須要能夠針對某些新聞議題提出一些論述，因此「資深編輯」薪資，大概會落在 4 萬元至 5 萬 5 千元之間。再往上的位階是「編輯主管」，可能薪資會在 6 萬元上下，甚至更高。所以，他們做的工作範圍可能很不相同，但是在網路新聞單位，他們做的都是泛稱「小編」的工作。談到這裡，你還會認為「小編很小」嗎？

二 記者：影文全能的特種部隊

社群記者的時代，簡單來說，一個記者就是要有「用一隻手機完成拍攝、剪輯跟寫稿的能力」！一個社群記者，當他出去進行新聞連線時，他必須從自拍棒中伸出手機自拍，並且從他的手機孔中接出一支耳機來，如此他就能夠自己做完一場連線，這已是社群記者的基本條件。但是，網路新聞媒體的記者，並不是所有新聞來源都來自網路，他還是必須像一般的電視記者或者是報紙記者，平常就要經營自己的採訪路線，當有記者會進行時，他自己拿著手機到現場就能完成所有採訪、剪輯、連線和新聞發布。過去的年代，記者採訪新聞都愛互相比較，誰的攝影機比較大、誰的比較專業，但是如今身為網路時代記者，你就是要突破這種迷思，網路新聞追求的是速度要快，但未必強調使用專業器材！網路媒體記者要有一個認知，那就是器材上的先天不足。因為手機的拍攝畫質或是拍攝的距離，一定會比專業器材弱上許多，同時在黑暗當中的拍攝效果也明顯比較差。所以網媒記者對於手機和小型攝影機的功能、使用技能都要非常的熟悉！雖然器材並不是太專業，但是網路記者會知道使用輔助的工具，比如說像是自拍棒、廣角鏡、效果鏡、補光燈、穩定器等小工具，來為自己拍攝的作品加分。

完成拍攝工作後，再來就是進入到剪輯作業。網媒記者和編輯的訓練，很多是在手機上完成的，如果他用的手機是 iPhone，那他使用 iMovie 可能就能剪輯完成。因此，類似像 iMovie 這種剪輯 App，他必須要很熟悉！因爲在手機上把不要的畫面切掉並做了簡單的效果之後，他就能快速的把畫面傳回公司裡。公司值勤編輯收到了，加上標題後，馬上就能有一則即時新聞可以發布出去。當然，上傳之後，記者後續還可能要負責跟觀眾進行互動。總的來說，我們可以看到一個社群記者所需要具備的能力，就是要有經營採訪路線的能力；要有到現場去採訪、問得出正確問題的能力；要有能使用手機拍攝、剪輯的能力，可說需要「十項全能」，這和電視新聞產製，講求「專業分工」的確非常不一樣。這就是爲什麼有人說，一個社群記者或網媒記者必須「能文能武」，採訪、影音製作、上傳、互動全部都要會，因爲這些記者是網路新聞媒體所訓練的「特種部隊」！

在網路記者的這個階層，由上而下的職務分成「採訪主任」、「採訪主管」和「採訪記者」等。這個階層的職稱區分和電視臺的採訪中心編制差不多。主要的差別在於，網路媒體的記者也常會成爲這個媒體的主播，因爲他們必須進行一些網路新聞的播報，而主播也是從記者群中進行挑選。一般而言，網路媒體記者的薪資和編輯差不多，但是網路編輯的分工卻和電視新聞媒體不太一樣。電視臺的記者負責採訪新聞，新聞編輯是在辦公室內做新聞的包裝和 on air 的準備工作；而網路新聞媒體的編輯，則是在辦公室內進行網路資訊蒐集和求證，也算是另一種新聞採訪工作，只是不用出門而已，所以網媒記者的薪資和編輯差不多，就是這個道理。

三 新聞主管：技能融合的新聞人

在網路的社群時代，新聞主管首先必須具備新聞人的所有素質和技能，包括新聞倫理、新聞專業、新聞採訪技巧、人員管理等等。第二，他

必須要具備一點網路科技的使用能力，例如：他必須要會寫一些程式和擅長使用第三方的軟體，有些新的工具上市後，主管們必須常常去測試跟了解。第三，我覺得最困難的，就是每天要看非常多的數據。以 Facebook 來說，每一天當中我們必須經常性監看的，大概就有 30 幾種數據，從影音的觀看人數、觀看長度、有多少使用者、全球當中你的觀眾分布在哪些區域？它會有非常多的數據顯示。而在 YouTube 當中，是另一種計算方式；在自己的官網上面又是另外一種的計算方式。所以網路新聞主管有非常多的數據必須要觀看，他要依據這些數據和發布的新聞訊息，來進行一些交叉判斷。同時，新聞主管的反應速度要快，有時候看到別家網路媒體做了一則新聞在擴散和發酵了，你趕快要跟進，因為你如果不跟的話就會獨漏！所以新聞主管在得到一個訊息的 Feedback 之後，或者是我們做了某一則新聞開始熱了，他就要趕快請記者寫配稿，接在這一則「發熱」的新聞的後面，趕快讓它跟進發布，這種應變時間經常是非常短的。新聞主管必須要能夠快速的看過數據之後，去融合他的新聞專業，了解各個平臺如何交互運作的把新聞做及時發布，這就會變成是他另一個專業技能。

　　所以總結來說，新聞主管要能夠從「數據面」、「新聞專業面」和「平臺新工具的了解面」，三者非常擅長運用，而且還一定需要具備最關鍵的「學習力」！他能不能時時 enjoy 在「學習」這件事情，如果他樂於學習，才會是一個好的網路新聞主管或社群的新聞主管，否則，他終將會在新媒體環境的快速滾動當中，變成一個舊媒體主管了！

四　網路媒體是一個沒有下班的工作？

　　我們每一個人，當要把自己的工作做好的時候，都容易不斷的延伸自己上班的時間，網路業更可能會有這種可怕的事情發生！過去在電視新聞工作環境中，我們做完節目之後，假設是晚上 7 點下班好了，至少到隔天早上 9 點才會看到收視率報表，換句話說，會有 10 幾個小時的時間可以

讓腦袋休息。但網路媒體的環境並不是這樣！即使你現在下班了，隨時隨地，只要你打開手機，透過 App 或者是監測的軟體，你馬上就可以看到現在線上在看我新聞的人數，你不自覺的又會陷入到工作的情境當中，所以感覺上似乎就沒有所謂的「下班時間」？！

另外，從事網路新聞工作還有一件事情要特別注意，那就是「心理素質」一定要建設好！網路新聞發布後，可能隨時會有網友留言罵你，網路的主管不管何時看到觸及率、按讚數、分享數那些數字高低起伏，他的心裡會產生很大的壓力，這些壓力是有可能會影響自己的休假時間和家庭生活的，所以抗壓性也要比較強一些才好。但是無論如何，都要記得一件事情，當你今天已經完成工作，下班之後就要把手機網路關掉！

國外有一個新興的溝通軟體叫做 slack，為什麼國外很多的電視臺都會使用這一個軟體來做溝通，而不是 LINE、Messenger？其實有一個很大的關鍵。像 CNN、路透社等這些全球的網路媒體，它們 24 小時資訊都在跑，這件事情很可怕！你想像我們的新媒體部門，24 小時都有人在採訪和播出，如果是用 LINE 在溝通的話，你隨時都會收到訊息，即使關了靜音，你還是每隔一段時間會不由自主的上去 LINE 看有沒有訊息，那你還要不要休息、還要不要睡覺？所以，slack 的功能是什麼？它就是在你設定的時間，上班時間以外它都不會有訊息通知你，所以這是為什麼國外的媒體記者很喜歡使用這個 App 的原因！例如：我今天晚上 9 點可以發一個通知說，我要告訴某個記者明天早上要發什麼新聞，這個時候你就可以設定，明天早上 9 點他才收得到這個訊息。但是因為你怕這件事到了明天你就會忘記，所以你可以今晚先發出這個訊息，到了明天早上的設定時間，軟體會自動通知記者這件事。因此，網路媒體記者如果要有比較好的私人生活品質，第一個就是慎選通訊軟體使用；第二個，主管們要養成習慣，不要在員工下班時間向他們交辦或溝通事情，這個是必須要去養成的習慣。

最後，還有一件事情我要說的，就是我曾經看過一本企管的書，寫

說：「為什麼人不要加班？」因為你今天忙完了，明天還是會生出更多新的工作，尤其在網路媒體永遠是這樣！網路媒體的「數字」永遠沒有上限，你今天做到500萬觸及率，明天可能會成長到600萬；今天做到1,000萬觸及率，明天可能會做到1,200萬！所以不要糾結在當天的數字之中，只要在每一天當中你做到問心無愧就好了！尤其是新聞主管，要能學會放鬆，並且重視自己的私人生活，該放下工作時，就要好好的放下！過去我自己在做電視製作人的時候，其實也常常下班時間還在工作，因為怕隔天沒有好的題目可以來做節目，我那時覺得是自己對於工作負責任的表現。但是，比較好的心態，是在上班時間盡可能的認真、努力工作，下班之後就好好休息，尤其身為一個主管，不要在下班時間繼續荼毒你的團隊，那也是一個新聞主管所該負的責任！

第**8**章
新媒體國際發展趨勢

　　美國媒體的數位化其實蠻早就開始了，我在 2016 年第一次到 CNN 交流的時候，他們的數位化已經啟動了將近 5 到 10 年。近期，中國大陸也快速崛起，在新媒體的新聞製作和發布上有很大幅度的成長。本章將帶大家一探美國 CNN 和中國大陸許多新媒體的成功經營或轉型案例。

一 CNN（美國有線電視新聞網）

圖 2-8-1　CNN（美國有線電視新聞網）

█ 重新定位自己

　　2016 年我去參訪 CNN 的時候,他們已經有非常清楚的一個數位策略了!當時 CNN 有一位負責新聞數位化和論壇的副總 Carl Lavin,他向我提到一個概念:在面對 CNN 數位化的過程當中,他們是重新定位自己的!過去別人都定位 CNN 是一個電視臺,但是他們希望重新定位自己:**新聞工作者是不分平臺的,而且是擅長數位的!**CNN 在市場上也給自己一個更清楚的新定位:重視即時新聞、政治新聞,提供即時和精彩的影像,並且可以整合傳統電視及新媒體之間的特性和優勢(如圖 2-8-2)。

　　當時 CNN 訂下一個 "Mobile first" 的概念!他們觀察到網路新聞 61% 的流量來自於手機,所以他們的策略就是:讓電視新聞觀眾的流失放慢、web 的流量不要縮減,但是要讓 Mobile(手機)新聞能夠快速成長,這是他們當時定下的一個重要經營方向。CNN 當初的觀察結果包括二個面向:

圖 2-8-2　CNN 跨平臺戰略

第一個，他們認為數位新聞的發展其實不會大幅影響電視新聞的收視率。第二個，他們從 Yahoo 新聞、Huffington post、New York Times 這些雜誌的線上瀏覽量發現，傳統雜誌和網路新聞媒體所經營的網站流量，其實都不斷在下降當中！也就是，桌機的流量下滑是不可逆轉的，只有 Mobile 流量是上升的，所以可能所有的數位新聞發展，都要回到手機上面來做設計和定位。從 2015 年至 2016 年那個階段來看，手機新聞的發展，還沒像現在這麼完全的取得壓倒性的勝利，但是從那個時候已可看出它的大致趨勢，而且目前看起來，這個趨勢是不會改變的！

從 CNN 的觀察當中我們也可以看到，CNN 電視新聞所定的 TA（Target Audience，目標觀眾族群）年紀比較大，它大概是鎖定在 40 歲到 50 歲之間；網站的部分，目標觀眾族群大概是在 45 到 52 歲之間。另外，它的社交平臺，是設定從小學生到 40 歲中年人之間都可以使用的 Twitter、Facebook、Intasgram、Snapchat 等品牌，並且不定期地在這些平臺進行新聞內容的發布。所以，CNN 本來是一個以傳統電視為主的發布平臺，但他們很早就開始在多個數位平臺當中，不管是 Social media、Website 或者是 Mobile website，都全方位的進行耕耘和策略性布建（如圖 2-8-3）。

CNN 分析自己的營收，數位媒體和電視新聞的收入比例大概是 3 比 7，也就是數位媒體收入是占 3 成、電視媒體收入是占 7 成。早期在 CNN 整體數位營收當中，還是以網站為主的，他們的網站營收占了 80%，社群媒體（social media）部分占了 20%，但是他們堅定的認為，社群的營收還會不斷的往上增加。CNN 數位總編輯 Meredith Artley 表示，在數位和電視的融合上，他們做了很多的努力，包括了新聞工作者心態的調整，尤其是必須在幕前出現的主播、主持人和記者。例如 CNN 一個很有名的新聞工作者 Brian Stelter，他就說他自己**既是主播、特派員，也是節目的主持人，更是一個數位媒體記者和內容發布者**！在數位部門的社群媒體發布中心，他的身分是文字記者、網站記者、社群記者和小編，幾乎囊括了

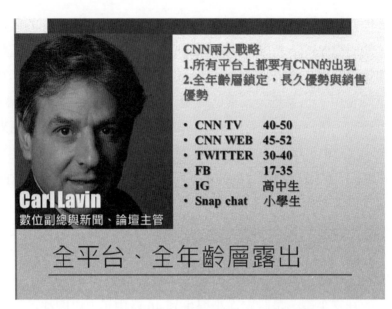

圖 2-8-3　CNN 在各個媒體設定的不同觀眾群年齡定位

　　現階段所有的媒體角色，他是萬能的嗎？Brian Stelter 說：「Yes！這就是
現代的記者！」（如圖 2-8-4）

　　所以，CNN 的記者已經重新定位了：沒有分成什麼是電視記者、數
位記者或是新媒體記者，其實大家的角色都是更加的多元化！他們認為，
當記者出外採訪的時候，不用太在乎畫面的角度，也不用擔心是否穿著整
齊，只要能夠自拍一段最新、最快的新聞現場畫面傳回來，那才是最重要
的。因為在新媒體的時代中，即時、快速、來自最真實的新聞現場，這
就是一則最好的新聞！同時，CNN 也針對記者在社群媒體上的定位和言
論，做了一次清楚規範（如圖 2-8-5）。

　　電視，過去看起來是一個平臺，但 CNN 重新定義電視新聞的複合性
改變：電視是一種有能量的盒子、是一種說故事的方式，它的製作過程還
是比較精密的！但是電視只是發布內容的一種方式，它可以做很多內容的
形式轉換，所以 CNN 開始努力從電視的組織變成一個全球性的跨平臺新

Brian Stelter 的身份是……

主播？電視節目主持人？ CNN特派員？
社群媒體發布中心文字記者？
網站記者？小編？

答案：都是！ 這就是現代記者！

圖 2-8-4　CNN 的 Brian Stelter，重新被定位為「現代記者」

- 社群上訊息須審核確認，否則容易變噩夢。
- 所有記者在所有社群平台上發言都被規範，從個人FB
  到粉絲團，都照公司政策發布、經長官同意，沒有社
  群平台是私人，除非你只有一個朋友。
- 所有上鏡頭的人，隨時都在連線。你沒有隱私，沒有
  社群私人空間，我們知道這會影響言論自由，但這是
  你選擇這行業時就該有的認知。
- 每個ON AIR的人都要有粉絲團，觀眾可以不用經過
  網站就看到你的報導。
- 不論形態，每天挑一時段跟觀眾聊天，露面是公司給
  你的影響力，不該只在電視上有影響力。
- 但主播要上去聊就是要聊專業或今天報導幕後，記得
  不要跟大家聊衣服穿甚麼。

CNN對記者的社群規範

圖 2-8-5　CNN 對記者的社群規範

圖 2-8-6　CNN 的電視和數位融合策略

聞組織！他們不希望別人再定位 CNN 就是一個電視新聞臺，他們希望觀眾定義它是一個全球性的、無所不在的跨平臺新聞媒體，在不同的螢幕上面、用不同的方法做新聞的發布，不管是在電腦螢幕、手機或傳統電視等所有的平臺，CNN 都希望有它的新聞出現！（如圖 2-8-6）

▎部門組織的調整

我們可以看到 CNN 部門組織的設計，主要分成「電視」跟「數位」二個大部門，在電視部門中，「新聞產製者」不叫做 TV generator，而是稱之為「現代記者」。「現代記者」就有 1,800 人的編制，他們產製的新聞內容會由電視製作人進行統合之後，再經由將近 100 名的電視編輯，把這些新聞做相關的編播。而「數位」部門當中，負責做 content 的數位記者，它的編制也有 180 名記者，所以你可以看到「電視」和「數位」二大

部門的記者編制比例大概是 10 比 1，電視記者還是占多數，數位的記者比較少。但是數位部門的編輯，在網站的部分有 50 名、Social Media 配置有 30 名，他們還有數位製作人的編制（如圖 2-8-7）。

CNN 的數位組織是怎麼運作呢？在電視部門當中的「現代記者」，他們就是製作每一天的即時新聞，做好之後將作品交給電視和數位部門的製作人來進行內容的發布。但是電視新聞的產製邏輯，畢竟和新媒體的表現形式有所不同，因此「數位」部門的製作人會再把電視「現代記者」產製的初步產品，分發給負責網站的編輯和 Social Media 的編輯，將這些初剪帶進行再一次的加工，做成適合每一個平臺可以發布的內容。

圖 2-8-7　CNN 的電視和數位部門組織編制

至於數位部門的記者，他們工作內容是什麼呢？其實數位記者雖然身在一個快速變化的網路環境當中，但是他反而必須去做更多的新聞專題！CNN 安排讓數位記者做大量的深度報導專題發表，比如說他們曾經做過亞特蘭大機場 24 小時的運作當中，需要花多少人力的一個深度報導，這個專題花了他們將近半年的時間來做研究、企劃和採訪，做出來的深度內容就可以同時放在網站和電視的跨平臺播出。所以，Digital 部門的數位記者所做的新聞和專題，在放到網路上面之後，他們也會把相關的內容提供給 TV 部門的新聞製作人，來進行內容的發布，這就是他們的一個完整分工，也類似於我們現在「電視」和「新媒體」部門的跨平臺資源整合（如圖 2-8-8）。

CNN 的數位組織和新聞發布流程，對於國內新媒體的發展也有很大的啟發。當初我來到東森電視的新媒體單位時，只有一個由 5 到 8 名數位

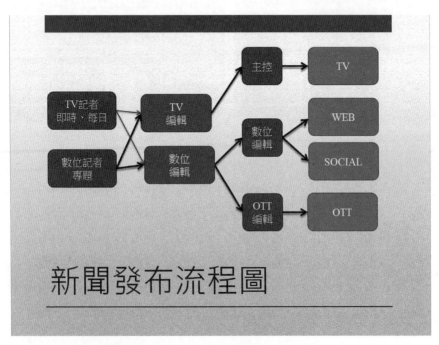

圖 2-8-8　CNN 的跨平臺新聞資源整合

記者組成的團隊，但我們並不向電視臺的記者搶線，也不做大量的即時性報導，我們在那個時期做了非常多的暖新聞、深度報導、社會事件的追蹤和國內外重大刑案的回顧，這些報導後來放到電視去播，收視率表現也還不錯，這就是我們師法 CNN 的做法：電視的記者和社群的記者彼此做不同的內容，但是在兩邊都進行發布！

▌新聞戰情室的建構

我也特別觀察到 CNN 有一個 24 小時的戰情室。2014 年，他們開始在紐約總部建構一個數位戰情室之後，很快的在亞特蘭大也有數位新聞戰情室，之後 CNN Money（CNN 財經新聞和資訊網）在紐約也成立了財經戰情室。在戰情室裡，所有的新聞工作者會看到 Google 的熱門搜尋關鍵字，以及他們自己網站上的熱門新聞排行榜。為什麼要在戰情室放這些資訊呢？因為他們希望讓所有的記者或編輯，每天都要習慣於「面對數字」！過去我們在觀察電視新聞收視率的時候，必須要隔天才能看得到相關的數字，但是 CNN 很早就讓所有的數位新聞工作者在自己的桌機上面，或者是在電視牆的大螢幕上面，讓每個人都可以看到所有重要數據的變化（如圖 2-8-9 及 2-8-10）。因此戰情室會運用到的，包括 "tropic"，這是專門 follow 熱門關鍵字的一個軟體；而 "slack" 則是戰情室對內部各單位的橫向連繫通訊軟體。戰情室大型螢幕鏡面會秀出的，包括 Google 熱門關鍵字的網頁、他們經營的 Social Media，以及他們在 Website 中最受到歡迎的影音，這些內容的標題和數據，馬上就會跳到戰情室螢幕的最上端，讓每個新聞工作者都能看得到（如圖 2-8-11 及 2-8-12）。因此，所有的編輯不再是「矇著眼睛」工作了，也不需要靠猜測來思考這些事情，每一個新聞工作者都必須要學會透過對數據的了解與掌握，來進行新聞的發布，這是新媒體發展的一個重要環節。

戰情室： **TV Newsroom→ Digital Newsroom**

2011的CNN戰情室是長這個樣子↑

現在 2014 打造 │ 資訊戰情室

所有編輯和記者用**SLACK**溝通，估計省下**40%**開會時間，讓所有人都能進行最有效率溝通，記者被尊重，訊息也能快速傳遞。

圖 2-8-9、2-8-10　CNN 戰情室的演進

*戰情室上方看得到所有數據，所有人面向數據、面向觀眾。
*保留走道，讓所有人都能走向前來看。
*業務部門也可透過電腦即時得到訊息，以利銷售

圖 2-8-11　CNN 戰情室電視牆的配置

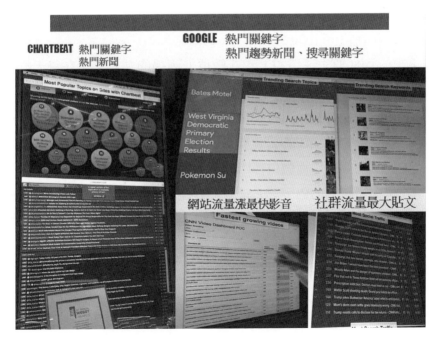

圖 2-8-12　CNN 戰情室各種數據和軟體的運用

跨平臺的新聞運用

CNN 所做的網路 content 比較特別，跟我們現在臺灣網路新聞的方向也較不同。CNN 的觀眾比較在乎一個記者的評論，所以他們在數位平臺當中，對於新聞事件報導，會比較注重在特派員本身對於這個新聞事件的看法。與電視新聞記者簡短連線不一樣的是，數位平臺中的記者，他們反而是一個人在螢幕中要講很久的話。當這段內容放到在電視上播出的時候，他們會把它包裝得像是一個電視臺的棚內主播跟一個在外面採訪的記者，雙方用「4G 包」在連線的那種感覺。因此，CNN 在把網路的內容放到電視上播出之前，會針對不同平臺進行一點區隔處理，但是，並不是所有的網路內容都能夠放到電視上去播！

CNN 人員曾經提到，在他們網路新聞的排行榜當中，流量最高的內容，通常是會讓人覺得**好笑的、感動的、想哭的、貓狗和寵物、萌獸**這些內容，最受到大眾歡迎！所以在網站上出現的新聞內容，還是會有淺碟化的一種傾向，但是這些淺碟的新聞內容，CNN 不會把它放到電視新聞上播出；如果是特派記者在新聞現場當中直擊性的觀察，這些內容才會在 CNN 的電視頻道上面出現。

同時，CNN 要求「電視」和「數位」兩邊的製作人，在每天早上進行**跨平臺會議**，目的就是希望透過這樣的會議，讓彼此了解對方新聞規劃和做法之後，兩邊的製作人再各自到大平臺中，去挑選適合自己平臺露出的內容。所以，電視部門的記者被要求做「符合電視為主、但是網路可能用得到的新聞內容」；而數位部門的記者，則被要求做「符合數位平臺、但是電視可能用得到的內容」。這些內容在放到大平臺之後，各自的編輯會依需求進行選用和包裝，這樣的交叉運作，是目前融媒體的運作中蠻前瞻性的思考和規劃！

▌師法 CNN 的困難度

我們從 CNN 的編制中可以看到，他們光電視部門的記者就有 1,800 人，其中派在外面採訪的的特派員也有 3 至 4 百人。新聞在全世界各地輪流上演，CNN 是個永不休息的新聞頻道，他們是真的 24 小時播出新聞，而不是有些時段錄影重播！通常，亞洲的新聞工作者要上床睡覺了，英國的新聞工作者才開始要做事；英國的新聞工作者要準備休息了，美國那邊的新聞工作者就開始要工作了，所以它會不斷循環進行世界各地新聞播報的任務。

但是，CNN 因為有充足的人力，所以記者工作、休息的輪班和調度都十分正常。同時，國外媒體相關的就業環境相對成熟，他們對新聞工作者的養成時間也比較長，這樣的環境，比較能把好的新聞人才留下來持續產製新聞。所以我覺得，臺灣的媒體要如何去**創造一個更好的工作環境**？這是第一個重點；第二個就是**科技**。臺灣目前的科技發展，不管是 IP 的研發、半導體製程或是智慧家庭科技等等，這些部分投資的人力和物力是很龐大的；但是在新聞媒體、人文科技這些部分投入卻是相對比較弱的。在這種狀況之下，我們要如何讓新聞媒體的工作環境、內容創新和人才培養，能夠跟我們的高端科技同步發展，並且相互進行融合，這是接下來臺灣要面對的一個很重要問題！

▌未來的發展趨勢

2018 年，我們有一個同事赴 CNN 訪問，在整體的運作上，他們觀察到一件事：本來 CNN 在 2015 年到 2016 年之間，預期電視的發展狀況會不斷的下滑，但是現在他們發現，美國 2017 年的媒體產業發展趨勢當中，電視反而是有一點**谷底翻身**的現象出現。過去，媒體悲觀主義者認為電視的重要性會一直下滑，一直到整個被網路取代，但是目前在先進國家的發展狀況，我們可以看到這樣的情形並沒有發生！電視承受網路媒體

挑戰到一定程度之後，慢慢的人們會發現，電視新聞還是非常重要的！所以它走弱到一定程度之後，就開始慢慢就往上爬升了，但是網路新聞的重要性也不斷的在攀升，這件事情是沒有改變的！所以換句話說，接下來全球有關新聞平臺的彼此競爭中，「電視」和「網路」這兩個新聞的發布平臺，會是同樣比重的發展趨勢！

另外，我認為未來所有的媒體環境會遇到一個機器人的時代。像 CNN 這種跨平臺的大型新聞媒體，會愈來愈依靠 AI 機器人作業！他們產製一則新聞，經過組裝、編輯、製作完成之後，最好的模式是：它可以讓機器人進行判讀，並且自動產出符合不同平臺的標題。例如：當一則影片剪輯完成之後，它就會被放進了電腦的運算中判讀，然後產生出符合電視規格的 90 秒新聞標題；同時也產出符合網路的 3 分鐘新聞標題，而手機新聞的標題是需要字體比較大的；另外，也會自動產出要放到 YouTube 上 30 分鐘報導內容的標題。未來，AI 機器人會大幅降低新聞平臺所需的專業人力！

現在有一些處理照片的軟體，機器人已經有辦法判讀到相當程度了。像我們看到 Google 照片也有這樣子的功能，它會從你過去的照片檔中，把同一個人的人臉抓出來，然後自動串成一個影片，所以未來在新聞事件當中，也許能夠透過機器學習（Machine Learning），把新聞影片做一個初步的加工，然後再讓各個平臺來做選用，我覺得這是未來需要面對的挑戰。

再來就是說，記者要如何去了解不同的新聞作業平臺？這可能是未來最大的挑戰！一個好的電視記者，要深入了解電視新聞的運作平臺，那可能不是一年、二年的事情，如果要能掌握收視率、觀眾的喜好和新聞的規劃執行，這些都是要花 10 到 20 年的時間來學習和養成。學習一個平臺就是這麼困難，更何況未來記者是要**學習多個平臺**？所以如何讓每一個新聞的從業人員都能夠了解多個平臺如何同時運作，我認為是非常大的一個學習和考驗！對於多平臺的學習、Machine Learning 和科技的改變，我們能

不能夠讓臺灣的媒體持續接合國際的競爭軌道，這些是攸關臺灣媒體產業成長很重要的問題！

二 中國大陸新媒體市場

中國大陸對新聞的管制是比臺灣嚴格不少，但是在網路市場部分，他們也發展得十分快速而且獨特。比如說 QR code，在全世界早就是一個舊技術，也可以說在全世界都失敗的一個技術，只有在中國大陸發展出 QR code 加上微信，二者 Combine 在一起變成「微信支付」，它變成整個中國大陸的電子支付市場，也十分令人意外。

由於中國大陸對於網路媒體開放的時間比較晚，但是對於新聞管制的力道卻比較強，因此也發展出幾個比較獨特的網路媒體，第一個是**騰訊**。騰訊對於新聞的經營也是大幅度的投入，但它不是傳統的新聞媒體，它在新聞部分投入的人力，是去製作一些精緻的紀錄片，或者是比較偏新聞資訊類的影片，他們投入的人力和資金是非常龐大的。同時，在近幾年視頻的網站當中，騰訊和**愛奇藝**也是快速崛起的，他們成為網路娛樂的一大勢力，這當中也包括部分和新聞相關的產品和內容。

第二個，以新聞專業網站來說，中國大陸規模最大的是一個叫做「**今日頭條**」的網媒。我們在前面也介紹過，「今日頭條」這間公司非常有趣，它雖然是做新聞，但是它是「純的」科技公司，整間公司沒有用一個記者或編輯，它的員工全部都是工程師，大家都在寫程式，去撈全中國大陸各個媒體所發布的新聞。「今日頭條」最厲害的是它的演算法，他們會用演算法來判斷你喜歡看的新聞是哪一類？在他們的平臺當中有數百萬則新聞，當你開始點閱之後，它會依照你個人的喜好來推薦給你新聞。在演算法中，中文跟英文的困難度不一樣，英文的語法比較簡單，所以電腦 AI 比較容易判別，但中文在判別上就比較困難。所以大家常在討論，為什麼「今日頭條」可以把有關中文的演算機制做到如此精細，能夠真的精

準地判別到每一個人想看的新聞，這是很不容易的！「今日頭條」人員曾經私下告訴我一個訊息，只要你進到他們網站看五篇新聞，「今日頭條」就會知道你比較喜歡看哪一類的新聞！所以這種匯集性新聞的平臺，就變成中國大陸非常主流的一個網路新聞媒體。從 2012 年開始到 2018 年，「今日頭條」在中國大陸的用戶快速成長，甚至它也把觸角伸向國際。在世界各個國家當中，如果出現具有競爭力的網路新聞公司，「今日頭條」就會把它收購下來成為自己公司的版圖，所以這家公司是愈來愈壯大！

中國大陸網路新聞崛起快速，或許有人會問，那中國大陸的電視臺呢？原則上來說，中國大陸沒有一個新聞頻道是只做新聞的，大部分有新聞的頻道都像是我們的老三臺（台視、中視、華視），只在早、午、晚有 3 節新聞播出。例如像「浙江衛視」、「湖南衛視」等，都是以綜藝節目和娛樂性節目為主，而他們談話性節目的尺度也被管制得比較緊，難以自由發揮，因此就有很多優秀的電視人或新聞人，離開了電視圈之後到外面去創建了新的媒體平臺，其中一個叫做**梨視頻**。[1]「梨視頻」以提供資訊類的短視頻為主，它構築的商業模式是：除了自有的 240 名專業媒體和技術團隊之外，在全中國大陸還與 3,100 名的「拍客」進行合作！什麼叫「拍客」呢？他們有點像是某些日報的「狗仔」或「駐地記者」這樣的概念，但他們並非「梨視頻」的員工！這些散布在全世界各地的「拍客」，是自由媒體工作者或兼差短視頻創作者。當「拍客」拍完各地新聞相關影像之後，就會把內容回報給「梨視頻」，雙方談妥價碼之後，「拍客」會將這些影像傳到「梨視頻」的總部，由總部專業人員來進行後製、剪輯，然後再把這些新聞視頻上傳到他們的網站當中，這就是「黎視頻」最近蔚

---

1 梨視頻，是原澎湃新聞 CEO 邱兵創始的一個資訊類視頻平臺，於 2016 年 11 月 3 日上線，它曾獲得 5 億元（人民幣）的創業資金支援，黎瑞剛負責華人文化占股 70%。2017 年 10 月 28 日，梨視頻獲得「2017 中國應用新聞傳播十大創新案例」。引自「百度百科」，網址：https://baike.baidu.com/item/%E6%A2%A8%E8%A7%86%E9%A2%91

為風潮的一個營運模式。

「梨視頻」的拍客很接近於 YouTuber，只是 YouTuber 是個人主動拍短視頻後上傳賺點擊率分潤的自我營運者，而「拍客」則是「梨視頻」付錢給你，並把你當做他們自己的狗仔或駐地記者這樣的概念。但是，「拍客」做的並不是偷拍性的新聞，他們拍的是當地所發生的大、小事，有些甚至是「黑狗咬到了門口的婆婆」這種地方趣聞；部分內容則是當地年輕人對於社會現況的一些想法和觀察。拍客們都非常的年輕，大多是從 18 到 24 歲左右，這種「拍客」新聞網站是中國大陸最近不斷在崛起的一個新趨勢。

另外一個中國大陸受到矚目的新聞網站是**「澎湃新聞」**，[2] 它的母企業是《東方早報》，過去是傳統紙媒，現在一部分轉型做網路新聞，比較像臺灣的《中時電子報》、《自由電子報》或者是《蘋果日報》的媒體轉型過程。「澎湃新聞」的發展模式和「今日頭條」剛好顛倒，「今日頭條」是不養記者，只靠工程師到處蒐羅別人發的新聞；而「澎湃新聞」則是由自己的記者大量產出原創新聞，除了供自己平臺使用，也將這些新聞外賣給許多線上新聞平臺使用。

中國大陸還有一個受到重視的視頻是**「羅輯思維」**，它的主要負責人是被暱稱為「羅胖」的羅振宇，臺灣定位他為「知識型網紅」。「羅

---

2 澎湃新聞，是一家中國線上免費綜合新聞網站，也曾是《東方早報》的一項新媒體計畫，繼承了《東方早報》的新聞風格，以敢言及揭弊著稱，總部位於上海市。該網站主要發表記者撰寫的原創新聞文章，並為其他網站所轉載。「澎湃新聞」是中國大陸乃至中文地區擁有一定影響力的網路媒體，也是中文網際網路原創新聞主要全媒體內容供應商之一，截止 2017 年底，澎湃新聞用戶端下載量破億次，行動端活躍戶近 860 萬。在中央網信辦發布的月度「中國新聞網站行動端傳播力總榜」上，澎湃新聞 2017 年 1 至 12 月份全部上榜，共取得6 次第一、4 次第二的成績，被譽為「中國網際網路原創新聞第一陣營」。引自「維基百科」，網址：https://zh.wikipedia.org/zh-tw/%E6%BE%8E%E6%B9%83%E6%96%B0%E9%97%BB

胖」本來是上海《第一財經》頻道當中非常優秀的財經節目的製作人和主持人，後來他就自己跟過去的老同事們，也就是一群電視人創立了一間公司，他們做了一個創舉：開闢線上「知識收費」類型節目！「羅胖」的概念是，邀請非常多有名的北大、清大教授，來錄很多的講授知識影音，並在線上招收會員販售。原來「羅輯思維」在網路上有視頻版，但 2017 年 3 月 8 日，「羅輯思維」視頻版在播出 205 集後，正式停播。視頻版播出的 4 年之中，「羅輯思維」已在全世界累積了超過 10 億次的影片觀看次數。後來「羅輯思維」改爲「音頻」版，只在「得到」App 播出，播出頻率也從每週一次，改爲週一到週五每天一次，每集時間則縮短到 5 至 8 分鐘。根據羅胖的說法，這個大改版是從流量思維轉爲產品思維、從大量的時間占用改爲擁抱破碎時間，以及回到它的「本來面目」。[3]

　　爲什麼「羅輯思維」音頻會做得比較短？他們曾經提到一個概念：如果是做「愛奇藝」的娛樂影音內容的話，就儘量做長一點的，因爲大家覺得像《鐵達尼號》這種劇情片演了 3 個小時，觀眾一次把它看完後，會有值回票價感覺。但如果是使用影音上課，大家都不喜歡上課上很久，所以時間就儘量縮短！這些比較短的聲音檔，讓人好像聽廣播一樣，每天聽個幾分鐘，告訴你一些成功人士或是商業人士的觀念和想法，讓你從他們的成功經驗中獲得一些啓示。「羅輯思維」音頻每年的訂購金額差不多是 99 塊人民幣，算是比較小的一個金額，以便讓線上收聽知識能夠更加普及化！羅振宇用這種知識收費的模式，邀請了包括商業界、文學界等非常優秀的「大腕」級人物到線上開講，吸引了龐大訂戶，所以這個模式也非常成功！在整個亞洲的新媒體發展當中，「羅輯思維」，是比較少見的知識付費模式，它也是一個比較特殊而有趣的一個案例！

　　2017 年，我曾經參加了一場北京的「全球的視頻論壇」，當中有

---

[3] 引自 Ettoday 新聞雲，2017.03.09，網址：https://www.ettoday.net/news/20170309/880958.ht

一個北京大學教授說得非常好。他認為未來只有 20% 的內容會是 BGC
（Brand Generated Content，品牌生產內容）和 PGC（Professionally
Generated Content，專業生產內容，如明星、網紅、名人），其他 80%
的內容都是 UGC（User Generated Content），也就是網路或手機用戶所
生產的那些內容占 80%。但是他也提到另一個重要的概念：未來 80% 的
營收會被 20% 的專業人士拿走！換句話說，雖然在網路上面 80% 內容都
是這些業餘者生產的內容，但是他們拿到的獲利反而會比較少；而比較
由專業人士或具有品牌優勢的公司，他們所生產的內容會捲走 80% 的利
潤。所以在邏輯上，我們會比較投資在專業的內容生產者身上，因為他們
能夠在網路世界當中，有繼續發展的優越潛力！

尾聲

電視新聞主管：我們又見面了！

新媒體主管：是啊！這陣子大家都忙得很啊！

「電視」：你先前說過，舊媒體人如果具有新思維，他就可以叫做「新媒體人」嗎？

「新媒」：傳統媒體工作的人，他不見得是舊媒體人喔！因為他不斷的在學習，他所製作節目和新聞的表現形式也不斷在改變，他每天都在思考如何做得更好，也不斷在嘗試新聞和節目的創新模式，這種人我們認為他就是「新媒體人」！

「電視」：那你覺得我如果調到新媒體部門工作，我就是新媒體人嗎？

「新媒」：我們看到很多的新聞主管，他從舊媒體來到新媒體之後，是沒有學習心態的，他所有的運作都照著舊媒體的做法在進行，這樣的主管，他在新媒體中就不會交出好的成績單，所以在新媒體當中也會有舊媒體人！但是當你到新媒體的環境後，每一天都在學習更多的資訊，你就會變成是一個能夠做新媒體的人！

「電視」：所以現在的「網路工作者」，其實也不一定能叫做「新媒體人」囉？

「新媒」：在網路新聞媒體中，有些人來自於網路公司，但是你會發現他觀念非常舊，到現在還想說要做 PC、Notebook 作為載具的新聞，還要花很多時間去計算 PC 版的 Web 流量，這就叫**舊媒體人**啊！現在大家都在用手機看新聞和影片了，誰還抱著 Notebook 看一整天？網路業看起來好像很新穎，其實它已經興起將近 20 年了！新的媒體環境當中會有「舊的人」，舊的媒體環境當中也是會有「新的人」，新和舊，端看每個媒體人是否有新思維，這是我一直強調的！

「電視」：你過去也在電視臺工作，你並沒有任何新媒體經驗，為何你調到新媒體部門後還可以存活呢？

「新媒」：在新媒體的環境當中，淘汰的速度非常的快！假設一個電視媒體人，他在原來的媒體環境當中，就一直在學習跟創新，其實他早就是新媒體人，當他來到新媒體環境後，他是沒有鴻溝的，是不需要銜接的。但是如果你帶著舊觀念過來，因循舊制度，那就很難在新媒體環境中存活！

「電視」：如果學生們在學校學習新媒體課程，但是等到他們從學校畢業時，前面他們所學的東西，可能都已經變成新媒體的舊科技了，這樣還有用嗎？

「新媒」：網路科技的發展日新月異，但是學生在前面幾年所學的東西，並不是事過境遷後，它就被丟到垃圾桶，其實並不是這樣的！在學校當中，你要學習的重點是：**「新媒體的精神」，也就是不斷創新和勇於嘗試的精神！**當你學到這個精神之後，接下來的更高階技術，是要靠你自己去開創的！在新媒體裡工作，不管未來技術如何創新，有些基礎的工作是一定要先做好的，學生在學校，就是把這些打底的工作學會，當你畢業後進了新媒體，就會在這個基礎上再繼續的學習更專業化的內容！所以，不要說學校的課程都沒有用。

「電視」：看起來新媒體部門的工作，真不如我們想像的簡單啊！

「新媒」：我們也是不斷摸索和學習，才會有這些心得，讓我們一起努力吧！

附錄一　建立我國事實查證參考原則

類目	細項說明
宣示	1. 媒體為社會公器，製播新聞時應基於承擔公共責任及維護消費者權益之前提，將事實查證理念落實至採、編、播等環節，並明確責任歸屬。 2. 對於播送之內容應力求證據充足、避免無根據猜測，以確保產出內容的正確性。 3. 如發生錯誤應勇於承認，並即時為後續適當之處理。
查證	1. 應持質疑態度客觀檢視事件訊息之正確性、合理性，妥就消息來源、訊息內容正確性進行嚴謹之查證。 2. 針對所有消息內容，包括網路資料或外電消息，均應多方求證，避免單一消息來源；尤其針對涉公共事務新聞，應至政府澄清專區及具公信力之第三方查核中心查證。 3. 引用網路訊息應注意事項： (1) 應小心內容農場或不實、惡意網站，注意其真實性，並檢視網站經營者、誠信紀錄，必要時與獨立機構確認消息真偽。 (2) 應注意網路爆料內容之爆料者可信度，並直接採訪爆料者，或向內容中提及的相關單位、當事人等確實查證。 (3) 對於來自網路而來源不明的圖片或影片，應注意是否經過變造、拼湊、修改，必要時請影像處理專家協助辨識。 (4) 引用來自特定利益團體或遊說團體之內容應特別注意。 (5) 注意資訊的合法性，例如是否違反著作權法、是否侵害他人隱私。 4. 引用外電消息應注意事項： (1) 注意消息是否來自國際主要媒體，並判斷其可信度，例如是否已採訪相關當事人等。 (2) 在不同國外媒體之間比較新聞內容的差異，如有疑問，應再查證，例如直接向該媒體詢問，或者盡可能聯繫報導中所涉當事人，以證實其真實性。 5. 若消息內容無法查證，檢視是否有使用必要性，以避免導致觀眾對事件的重大誤導性印象。

類目	細項說明
提報	1. 採訪時或採訪後須盡力留下完整紀錄，並保留所有查證過程資料以供事後查驗。 2. 對於匿名爆料、來源不明或證據不足之新聞資料，均須小心查證並依製播規範之規定將新聞資料及查證過程向主管報告。 3. 新聞內容播出後，不論主動發現或當事人投訴新聞內容有誤，皆須依製播規範之規定通報負責主管。 4. 製播規範應就可疑或爭議之新聞資料建立提報機制，明確規定提報流程與負責主管。
呈現	1. 新聞報導應儘量揭露消息來源，方便民眾訊息判斷。 2. 若對消息來源有保護義務時，應於新聞呈現時進行必要之隱匿。 3. 若因故無法就訊息充分查證或需要引用匿名之消息來源，應該於報導中予以說明，方便觀眾辨識。 4. 新聞節目命題、推論、結語皆應有所本，禁止利用評論和畫面編輯導致觀眾對事件產生誤導。 5. 新聞報導若須以動畫或模擬畫面呈現時應予註明，避免混淆觀眾。
更正	1. 新聞事件之發展可能隨時間演變，若已有所澄清應為及時更新或為必要之平衡報導。 2. 發現報導之內容有事實錯誤時，應依廣電法及衛廣法相關規定辦理，快速、清楚地於同一時間之節目呈現更正內容。

資料來源：NCC 網站 http://opweb.ncc.gov.tw/

附錄二

▋Google Trends 搜尋熱門新聞（電腦網頁版及手機 APP 版）

https://trends.google.com.tw

「關鍵字探索」功能，可以選擇地區、時間、議題（新聞、政治、財經）與搜尋來源（Google 圖片、影片、Youtube 搜尋等）。可依循這些類別查詢近期的熱門關鍵字。

A. GOOGLE 熱門關鍵字

2018年7月24日 星期二

1 剛力彩芽　　　　　　　　　　　　　　　　　　　　2000+ 筆搜尋
愛800億富商臭了嗎？剛力彩芽謝罪剔照 蘋果日報 (新聞發布)‧17 小時前

2 不可能的任務全面瓦解　　　　　　　　　　　　　　2000+ 筆搜尋
娛樂筆記：《不可能的任務：全面瓦解》演繹精采謀對謀 大紀元 (新聞發布)‧11 小時前

2018年7月23日 星期一

1 迪麗熱巴　　　　　　　　　　　　　　　　　　　　5000+ 筆搜尋
歐陽娜娜、迪麗熱巴愛吃零食公開！唯一健康的只有她，根本小… beauty美人圈 (新聞發布) (網誌)‧12 …

2 林明禎　　　　　　　　　　　　　　　　　　　　　5000+ 筆搜尋
林明禎張軒睿戀愛見光死 中時電子報 (新聞發布)‧5 小時前

3 周興哲　　　　　　　　　　　　　　　　　　　　　5000+ 筆搜尋
周興哲與甜心主播逛超市300萬名車溫馨接送 自由時報電子報‧12 小時前

4 假疫苗　　　　　　　　　　　　　　　　　　　　　5000+

B. 可做關鍵字比較，並鎖定新聞類別

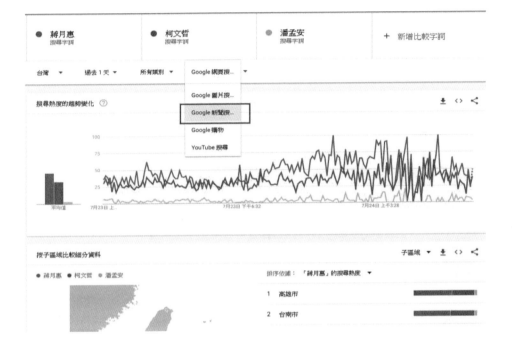

新文易數標籤雲

http://tag.analysis.tw/

透過新聞媒體的 # 關鍵字，搜出當下熱門的關鍵字新聞。

| 排行榜 | 事件表 | 媒體分析 | 臉書社群排行榜 | 社群標籤 | 標籤排行榜 | 過熱度 | 臉書金榜 | 事件歷史 | 人物榜 |

新聞媒體 在 2018-10-20 11 時最重要的 30 事件

後一天　　後一小時　　前一小時　　前一天

名次	分數	對應標籤
1	127.3	台北市長　蔣月惠　兩岸一家親　柯文哲　選舉　姚国瑜　陳其邁　姚文智　宋楚瑜　彭博
		姚文智：台北是首都　應跟世界自由陣營站在一起 | TVBS新聞網
		柯文哲接受《彭博》專訪：台灣只不過是川普的一項商品
		北市選戰背水一戰！　姚文智：第3名就退出政壇 | TVBS新聞網
2	114.7	租金　東區　店面　房東　火鍋店
		房客不埋單 台北東區金店面冷
		王品承租 東區二樓店面王 租金創新高
		電商衝擊！　北市每坪租金破萬店面只剩個位數 | TVBS新聞網
3	104.3	林岱樺　農地工廠　台商　賴清德
		農地工廠遍布全台 賴清德：用10年合法化
		農地工廠臨時登記延期　賴清德：盼用10年合法化
		賴揆拍胸脯 助台商鳳還巢
4	102.7	電廠　深澳電廠　深澳
時 電子		經部火速送件！　廢深澳電廠環評 最快下周五公告

參考書目

中文部分

中國新聞學會（1997）。《90 年代我國新聞傳播事業》。臺北：風雲論壇出版社。

《中視十年》（1979）。臺北：中國電視公司出版部。

牛隆光（2005）。《電視新聞「小報化」及其守門行為研究》。臺北：政大新聞研究所
　　博士論文，未出版。

王育誠（1998）。《王育誠之新聞 X 檔案──中視社會秘密檔案節目集結》。臺北：
　　高霖國際股份有限公司。

王泰俐（2004）。〈電視新聞節目「感官主義」之初探研究〉，《新聞學研究》，81：
　　1-41。

王泰俐（2006）。〈電視新聞「感官主義」對閱聽人接收新聞的影響〉，《新聞學研
　　究》，86：91-133。

王毓莉（2005）。〈初探運用「置入性行銷」從事菸害防制工作之研究〉，「中華傳播
　　學會研討會」論文。臺北：臺灣大學，7 月 13-15 日。

《台視二十年》。（1982）。臺北：臺灣電視公司出版。

《台視三十年》。（1992）。臺北：臺灣電視公司出版。

位明宇（2005）。《臺灣電視新聞鏡面設計改變之研究 1962-2005》，政大碩士論文。

何貽謀（2002）。《臺灣電視風雲史》。臺北：臺灣商務印書館股份有限公司。

林世宗（2005）。《言論新聞自由與誹謗隱私權》。臺北：三民書局。

林照真（2009）。〈收視率與電視新聞內容趨勢──四家有線電視新聞個案分析〉，
　　《收視率新聞學：臺灣電視新聞商品化》。臺北：聯經出版公司。

林照真（2018）。〈假新聞情境初探：以阿拉伯世界的資訊逆流為例〉，《傳播研究與
　　實踐》，第 8 卷第 1 期，頁 1-26。

洪賢智（2005）。《電視新論》，臺北：亞太圖書出版社。

胡宗駒（2014）。卓越新聞獎基金會網站。上網日期：2014.12.10。取自：http://www.
　　feja.org.tw/modules/news007/article.php?storyid=1612

張勤（1977、1983）。〈電視新聞與新聞節目分類〉。《電視新聞》。臺北：三民書局。

張煦華（1996）。《邁向 21 世紀臺灣媒體大剖析》。臺北：幼獅文化。

梅長齡（1981）。《中華民國電視事業的回顧與前瞻》。臺北：中國電視公司出版部。

盛竹如（1995）。《〈螢光幕前——盛竹如回憶錄》。頁 307。臺北：新新聞文化事業公司。

許志明（2010）。《天使與魔鬼的糾纏——《社會追緝令》節目產製、規範與文本分析》。世新大學新聞研究所碩士論文。

許志明（2018）。《批判和實踐典範的會診初探——以臺灣電視遊民新聞為例》。臺北：五南出版社。

許志明（2018）。《媒體裂變：從駐地記者到博士總監》。臺北：書泉出版社。

陳克任（2005）。《有線電視》。臺北：儒林出版社。

陳炳宏（2001）。《傳播產業研究》。臺北：五南出版社。

陳炳宏、鄭麗琪（2003）。〈臺灣電視產業市場結構與經營績效關係之研究〉，《新聞學研究》，75：37-71。

陳清河（1999）。《衛星電視新論——科技、法規與媒介應用之探討》。臺北：財團法人廣電事業發展基金。

陳清河（2005）。《臺灣地下電臺角色的變遷（1991-2004）》。臺北：世新大學傳播研究所博士論文。

彭芸、鍾起惠（1997）。《有線電視與觀眾》。臺北：財團法人廣電事業發展基金。

《華視二十年》（1991）。臺北：中華電視公司。

馮建三、程宗明譯（1998）。《傳播政治經濟學——再思考與再更新》。原著：Vincent Mosco。臺北：五南出版社。

黃新生（1992）。《媒介批評——理論與方法》。臺北：五南出版社。

劉幼琍（2005）。《數位時代的有線電視經營與管理》。臺北：正中書局出版。

劉新白、陳清河、沈文英編（2003）。《電視節目概論》。臺北：國立空中大學發行。

劉新白編（1985）。《英漢廣播電視辭典》。臺北：廣播與電視雜誌社。

滕淑芬譯（1992）。《大眾傳播的恆久話題》。原著：E. E. Dennis & A. H. Ismach & D. M. Gillmo 編著。遠流出版事業股份有限公司。

鄧榮坤、張令慧（1995）。《有線電視解讀》。臺北：月旦出版公司。

鄭貞銘（1993）。《傳播發展的省思》。臺北：臺北市新聞記者公會。

盧非易（1995）。《有線（限）電視無限（線）文化》。臺北：幼獅文化。

謝章富（1996）。《電視映像美學析論——攝影的內涵與形式》。臺北：國立臺灣藝術

學院廣播電視學會出版。

關尚仁（1994）。《電視事業節目品質管理研究報告》。臺北：電視文化研究委員會。

英文部分

Allcott, H., & Gentzkow, M. (2017). Social media and fake news in the 2016 election. *Journal of Economics Perspectives*, *31*(2), 211-236.

Braverman, Harry (1974). *Labor and Monopoly Capital.* New York: Monthly Review Press.

Borel, B. (2017, January 4). Fact-checking won't save us from fake news. *FiveThirtyEight*. Retrieved from https://fivethirtyeight.com/features/fact-checkingwont-save-us-from-fake-news/

Slattery, K. L., & Hakanen, E. A. (1994). Sensationalism versus public affairs content of local TV news: Pennsylvania revisited, *Journal of Broadcasting & Electronic Media*, *38*(2), 205-216.

Örnebring, H. and Jönsson, A. M. (2004). Tabloid journalism and the public sphere: A historical perspective on tabloid journalism, *Journalism Studies*, *5*(3), 283-295.

Yang, N. (2017, January 4). The solution to fake news. *Editor & Publisher*. Retrieved from http://www.editorandpublisher.com/columns/editorial-the-solution-to-fakenews/

國家圖書館出版品預行編目資料

電視與新媒體新聞製作實務／許志明,沈建宏
　著. -- 初版. -- 臺北市：五南, 2019.02
　　面；　公分
　ISBN 978-957-763-240-1 (平裝)

1.電視新聞　2.新聞報導　3.媒體

897.5　　　　　　　　　　　107023492

1ZOB

電視與新媒體新聞製作實務

作　　　者 ― 許志明（234.5）　沈建宏

發 行 人 ― 楊榮川

總 經 理 ― 楊士清

副總編輯 ― 陳念祖

責任編輯 ― 黃淑真　李敏華

封面設計 ― 王麗娟

出 版 者 ― 五南圖書出版股份有限公司

地　　　址：106台北市大安區和平東路二段339號4樓

電　　　話：(02)2705-5066　　傳　　　真：(02)2706-6100

網　　　址：http://www.wunan.com.tw

電子郵件：wunan@wunan.com.tw

劃撥帳號：01068953

戶　　　名：五南圖書出版股份有限公司

法律顧問　林勝安律師事務所　林勝安律師

出版日期　2019年2月初版一刷

定　　　價　新臺幣400元